红店文学系列

中国作家协会 2014 年重点作品扶持项目篇目
长篇小说

尖锐的瓷片

JIANRUI

DE

CIPIAN

江华明◎著

江西高校出版社

图书在版编目（CIP）数据

尖锐的瓷片 / 江华明著. —— 南昌：江西高校出版社，2016.3
（红店文学系列）
ISBN 978-7-5493-4128-3

Ⅰ.①尖… Ⅱ.①江… Ⅲ.①长篇小说—中国—当代
Ⅳ.①I247.5

中国版本图书馆 CIP 数据核字（2016）第 053084 号

出 版 发 行	江西高校出版社
社　　　址	江西省南昌市洪都北大道 96 号
总编室电话	（0791）88504319
销 售 电 话	（0791）88592590
网　　　址	www.juacp.com
印　　　刷	南昌市光华印刷有限责任公司
经　　　销	全国新华书店
开　　　本	787mm×1092mm　1/16
印　　　张	15.5
字　　　数	280 千字
版　　　次	2016 年 3 月第 1 版
	2016 年 10 月第 1 次印刷
书　　　号	ISBN 978-7-5493-4128-3
定　　　价	48.00 元

赣版权登字-07-2016-107

一串瓷片似悟叙呈现的"尖锐"感受与记忆

一幅弄巷小民生活的古镇近半个世纪的画卷

一部关于陶瓷梦想、民俗文化、生命感悟的精神长篇

Mulu

目录

尖锐的瓷片

中篇：蟋蟀季节 /087

Mulu

下篇：瓷器故事 /161

上篇

有关尿床

1. 遭遇痒痒

痒痒从我的幼年开始。

这是我有生以来最早的不幸。

有相当长的一段时间——我也记不清到底有多长的时间,在我还是穿着开裆裤的时候,我常常是独自坐在家门口那个老旧的磉墩之上,一边任屁股底下的阴潮冰凉,侵蚀着我小壶嘴一般的鸡鸡,一边津津有味地吸吮着指头,羡慕地望着对面的铃子和好奇地观望着过往的路人。这就是当时我,脱离尿椅之后的日常态势。

鲜活的世界由此在我面前渐次展开。各色人等。我以观看路上新鲜面孔的方式,来填充我幼童时期大面积的时间空洞。

因为临河有个渡口码头,码头上有一艘破烂的公共渡船,所以那个时候我所居住的龙缸弄,成了瓷器镇连贯东西两岸的一个交通要道。在上游建有石孔桥之前,尽管我们龙缸弄是一条地势低洼、巷道狭窄的石板路弄堂,但是在上下班高峰时段,上船下船过往的各色行人犹如过江之鲫。

而我坐在门口的原因,当然是因为我确实是无所事事。

我开始感觉到痒痒。下体,裤裆上敞开的那一小部分。以为不过是蚂蚁或者沙子,因此当时并不去、更不知道要去深究痒痒的根源,我只是用我的"爪子",围绕着我于家的那个"祖宗"反复地使劲挠挠。家里人进进出出一无所知——大家似乎都在为国家的发展提速上紧了发条。

记忆中,不经我同意,走我面前过的人都轻易地想在我身上过一过手瘾。像变态一样顺手钳一钳我的鼻头,或者往我嘴里塞一片辣椒,甚至陌生人都忍不住用劲捆一捆我白嫩的腮帮。但是,从来没有一个人去关心一个小屁孩裤裆里的瘙痒不安。

印象里,那是一段屈辱孤独的幼年光阴。

哪怕是礼拜天都放假在家,姐姐们均不屑让我这个"小捣蛋"参与她们的任何一宗游戏。她们更多的时候,是在后院里拉长一根颤颤悠悠的橡皮筋,起劲地哼着有节奏的顺口溜,两只脚像发弹脚瘟一样缠绕着皮筋东一下西一下地乱点。还有跳绳,在弄堂的中间握着绳头两端一晃一晃。偏偏跟防贼一样,每个人都时刻准备着阻拦我突然钻进晃荡的绳圈。踢毽子就更没有人要和我做一边的,她们客客气气,她们异口同声地请我做她们的裁判,就是把我当作脑膜炎一样让我帮她们一脚一脚地数数。

我上面一共有四个姐姐,年龄像上楼梯一样,两三年一级近乎等差式的排序。也就是说:虽然新中国已经成立了十几年,虽然我父亲多少还算是个毛鸡(注:景德镇方言,基层)干部,虽然我们生活在一个资本主义最早萌芽的城镇,但是在我们于氏家族里,依然徘徊着一股浓郁的"人多势众""男尊女卑"的封建气息。结果在爷爷奶奶鼓励的目光中,母亲凭借强壮的躯体,理直气壮地像母猪一波一波地高高隆起她的肚子;结果有规律的两三年一胎,她在一个相当于抗战加解放战争的时间内,把我原本瘦骨嶙峋的父亲,搞得越发骨瘦如柴形同扁担;结果一胎一个"贱货",一胎一个"贱货",使得我们家两间狭小的偏房里塞满了"丫头片子";结果最后,好容易落下我这根唯一能够延续于家香火的"吊桶索",才致使他们革命的干劲偃旗息鼓。

我当然地成了这个家庭的"宝贝飞飞"。

我被叫做飞飞。

然而,当我无所事事地孤坐在磉墩上的时候,旁边的人根本看不出我上面有四个姐姐。这符合唯物辩证法认定的规律:任何事物都是一个统一的整体;同时它又分裂为两个既相互联系依赖,又互为排斥对立的部分。于是在国家"三年自然灾害"接近尾声的那个年头,我也当然地因为"宝贝"的地位和待遇,而被大多数饱受食物与精神歧视的姐姐们所嫉恨孤立。姐姐们几乎都黄皮寡瘦,而我却白胖成一个"地主"。这种被深度排斥的"孤家寡人"生活,直到我慢慢长成一个小小的汉子以后才算告一段落。

在我家边上的码头,从船上还经常装卸一担担从矿上运来的瓷土、在河西做好的匣钵以及上游漂来的窑柴,当然也不可避免地常常传来河里打捞尸体的消息。因为临河的危险,那个时候全家人对我的态度是:既不放心我走出他们的视线,又没一个人有耐心来陪我玩小孩子的游戏。所以在我"孤立无援"的时候,我就像个孤儿独自坐到门口的磉墩之上,一只手在不停地糊弄着冰冷的鸡鸡,一边痴呆症似的默默地看着路面,以及正对面那个板壁房屋里面的动静。

"对面铃子的姆妈（注：景德镇方言：妈妈）总是抱着铃子。"吃晚饭的时候我说给大人听，有嫉妒和埋怨的意思，我主要面对的是一向难得理我的母亲。

"那你过去做她的崽去。"我母亲往门口推我。

"铃子爸爸总是买鸡蛋糕回家。"我又对于家男说。

我父亲就笑："那个单身汉不是铃子的爸爸，买鸡蛋糕是为了哄铃子姆妈的。"

"铃子姆妈又不哭，哄她做什么用？"

于是那一天，我奇怪地看到，爷爷、父母和大姐他们都无缘无故地发出呵呵的大笑。

这就是我刚刚懂事就开始试图深入的人物——铃子的姆妈，以及想得到铃子姆妈的那个光棍。这两个人物均频繁地进出于我家对面的那个房屋。那是个简易破旧的板壁房屋，两边和后面都是斑驳开裂的窑砖墙体，正面却是以一块一块的木板推进上下凹槽组成的屏障，屋里面很小，光线昏暗的厅堂里居然一边一个摆着两张饭桌。据老人家说那板壁房屋，不过是早先资本家查冠一大家人的厨房，及其堆放柴火的厩间。所以简易，所以粗糙，所以不能与我家青砖粉墙的老土府屋相比。至少，在严寒酷暑的时候，会有冷风或热浪能钻进木板与木板之间的缝隙，侵害着他们低贱的神经和躯体。

005

就在这个时候，我大姐像强奸犯一样突然闯过来掰开我大腿。细心的大姐发现我一只手总是放在下面不断地使劲。扒开裤裆一看，于是类似于城门失火，全家人在她大惊小怪的声音中都放下碗筷——有关我的生殖器方面的问题，就此摆上了桌面。

但是我和我爷爷都没有放在心上，不过是芝麻大的事情。像一只四脚朝天的癞蛤蟆一样，我被仰躺在大姐的怀里，恬不知耻地在众目睽睽之中敞开着红色的斑点。爷爷一个人坐在阁楼上面照样吸他的烟管。而我当时耿耿于怀的问题一直是：对面屋子里的一男二女为什么会不是一家三口？这成为我小时候独立思考的，第一个比较深奥的社会学课题。

一个男人和一个妇女为什么要挤住在一起？都有一个小孩，怎么又分两张桌子吃饭分两个房间睡觉？在同一个屋檐下进进出出，铃子竟然叫女人叫"姆妈"叫男人叫"叔叔"。叔叔和姆妈可以在一起生小孩吗？

后来，好容易才弄懂了复杂的缘由———一户是刚刚吊完丧的年轻寡妇带着一个比我还小两岁的女孩，而另一户人家，仅仅就只有一个举目无亲的年轻光棍。那个板壁屋起先是公家分给光棍的住所，孤儿寡母没地方落脚，前进瓷厂的干部就坐下来做光棍的思想工作。思想一下子就通了，仿佛是瞌困碰到了枕头。板壁屋在干部们走后，立马被意向性地一分为二。于是在同一屋檐底下，就有了两户并在一起的蜗居状态。

其实在当时统一分配的年代，只要是可以容身，人们对居所的松紧似乎没有更多的要求。老镇上的"蜗居"比比皆是，就比如我们临河的这片居民区，除了一些早先窑户老板的宅院，大家房屋的简易与破烂程度，都基本与我家对面的板壁屋不相上下。它们多半是半封建半殖民地时代的产物。那些逐步被新厂房淘汰下来的破烂坯房，被当时的管理者——国营瓷厂一间一间地用料板隔成笼子似的房间，以安置窑里佬、坯房佬、捡渣工、脚夫，以及上镇打工的乡巴佬家庭。而这些家庭偏偏又繁殖迅猛，所以一些用以增容的龇牙漏风的茅棚，又见缝插针地在屋边的空隙间生长。瓷器镇上的瓷业工人大多被圈养在这一带。大家无怨无悔地像牲口一样，在这个集镇的河边起早摸黑，繁衍生息。

"铃子铃子，姆妈抱抱。"

在记忆中，像《红灯记》里的李铁梅一样，对面的那个年轻寡妇，梳着一条既黑又粗的像长蛇一样可以拖到屁股上的辫子，她丰满无比。在她怀抱铃子走出龙缸弄的时候，我探照灯似的目光追随着她肉感厚实的背影。那条黑粗的长蛇，便欢快地在那个结实而又饱满的屁股上贪婪地拍打。她就是铃子母亲，一个从乡下老家赶来奔丧而不愿回去的寡妇——冯大妹。

"铃子铃子，姆妈抱抱，上街街去。"

每每那一刹那的时间，我的心都会忽然温暖一下。我能真切地替铃子感受到被搂进怀抱时的温柔。虽然小手依然捏在下面，但是我停止了搔挠。那个时候冰冷的小鸡鸡竟然有些发热发胀，并且非常奇怪地雄壮地翘起了头颅。到现在我才算真正明白，小时候我经常坐在门口的潜意识，实际上就是试图挠我内心深处的痒痒。我总是在期待：对子女拍拍双手敞开怀抱的年轻妇女的出现，或者是铃子被拥进怀抱那一刻的温暖感受。

冯大妹的老公是在窑场事故中因公死亡。一次开窑，将窑弄里的匣钵搬出来的时候，一摞顶层的匣钵突然破裂坍塌，结结实实地砸中了他的天庭。厂里面考虑到孤儿寡母的回农村可怜，就同意了冯大妹留下的要求，并安排了她一个足不出户给瓷器贴花的临时性工作。

最后那一次，我裤裆里的"痒痒"被确诊为普通的湿疹。

那一回确诊我病情的高手，竟然是一个在前进瓷厂医务所里实习的年轻医生。

进一步强调"被确诊"，是因为在此之前我不断恶化的皮肉，经历了一场被再三误诊的煎熬过程。

说起来非常好笑。在那个年代,这个由普普通通红色斑点而引发的热心和无知,曲折地耽误了对症下药的时间。至今我都非常清晰地记得,由于铃子母亲的盲目参与和所谓权威郎中的自以为是,我竟被钻心难熬的痒痒持续折磨了整整三天三夜。

结果三个昼夜的情形当然就是,从大腿根和阴囊起始的痒痒,被越挠越痒,越挠越多,乃至指甲所至,斑点所至,红色燎原之势犹如"农村包围城市"高潮时期的星星之火。向上,它们沿着肚皮、腰间、胳膊等白嫩的薄弱环节,蚕食扩张。向下,它顺着屁股、大腿肚内侧、腘窝等这些多肉的路线,迅速蔓延。

耽误病情的缘故非常简单。在那天吃晚饭的时候,经由家里人一惊一乍的喧嚣引起了隔壁邻居的上门围观。大家鹅一句鸭一句七嘴八舌,没有办法,以前的弄堂里都是这个样子。不要说有人发病,就是哪家打破了一个盘子,或者夹子夹到了一个老鼠,都会像吸铁石一样把周边闲散而热心的居民,凝聚为一锅热气腾腾的稀饭。

"小孩子家的,什么了不得的事情,抹点菜油明天就好了。"我爷爷依然坐在人群之外的阁楼上,满不在乎地吸着烟发表意见。菜油被当时的民间当成万金油使用。但是这种粗枝大叶缺乏责任心的意见,立马遭到许多妇女同志的抨击。铃子的母亲冯大妹肉滚滚地挤进来,看看后大叫起来:"这不是疥疮吗?铃子去年都得过!"冯大妹说:"这可不是好玩的事情,很容易传染的!"冯大妹又说:"天天坐在门外的碌墩上,碌墩上肯定有疥虫,疥虫最喜欢这些嫩皮细肉的鸡巴了。"冯大妹还说:"我家里还有去年剩下来的药膏,我这就去拿来,搽一搽把疥虫杀死了,明天就会好的!"

但是第二天没好。

不仅没好,而且蔓延开来的红色斑点竟出现渗出的倾向。

于是我父亲于家男,机会难得地显示出一家之主的果断和力量,挥挥手打发我的二姐姐去叫瓷器镇最著名的郎中——钱大统。六十多岁的钱大统,不是随随便便哪一个人都可以请得动的角色。但是,他仍然有碍于我伯父的身份和家父的情面。家父于家男在镇政府工作,钱大统六十多岁依然在镇政府的医务室拿一份不菲的工资。

"水痘,这是病毒性水痘!"

信心十足的郎中钱大统老花眼镜都没有戴上,边听我母亲介绍,边用树皮一样粗糙的手指摸一摸我屁股上的麻点,就耸人听闻地得出一个恐怖的结论,"跟天花病一样厉害"。钱大统轻松地站起身拍拍老手,然后丢下一句,"叫你家里的老二跟我去拿药方子就是"。

结果那一回"三黄"也搽了,苦药也灌了,硬是不仅没有一丝好转的迹象,反而更加严重。严重到红点痒上了脖子、耳背、腮帮和脚腕,我整个人就好像是捅了马蜂窝一样,被密集的点状红斑团团包裹,而且在要命的地方都已经被挠成疱疹和水泡,开始显见出浮肿与糜烂。

"全都是混账,混账!"母亲跳起来吼叫。

这种溃不成军的症状,终于激怒了我大大咧咧的母亲,急哭了我心地善良的大姐。我不知道她愤怒的指向,是我,是郎中,还是父亲。于是她们在第三天头上火烧火燎自作主张,在太阳还没有照进弄堂的时候,就跟绑架一样不由分说地将我一把抱起来就走。走进了一幢我深恶痛绝的弥漫着药味的两层楼的红砖房子。

就是在这幢红房子里面,我们荣幸地碰到了那个对症下药的实习医生。

那是我母亲厂里面自办的职工福利诊所,有一本《就诊证》将国营的福利延伸到职工的子女。毫无疑问,我当时是用手死命抠进墙缝,杀猪一样哭号着坚决不肯跨进红房子的大门。我有生以来都没有见过她们两个那种气势汹汹的阵势。那一回大姐姐助纣为虐,充当了母亲强有力的帮凶。多少次银针狠狠扎进屁股或手臂的疼痛记忆,总叫我对那幢红房子,及其里面的白色大褂胆战心惊。

"你不进去看医生,你的那个小祖宗就会烂掉的。"母亲凶神恶煞地威胁道,"就会破皮流脓,就会像腊生拐子的脚一样被剐掉,到时候尿都屙不出来,就那样胀死!胀死去!"

"飞飞乖,乖乖!"大姐姐表面上温柔,实际上在掰开我手指的时候暗暗用力。大姐说:"不打针的不打针的,不要怕,只是让医生摸摸,痒痒就会好的。"

果然,那一次大姐姐没有骗我。我进去以后,难得享受地"窝"躺在母亲怀里,舒舒服服像个分娩的孕妇一样老老实实地叉开双腿。那次戴着手套的"白大褂"并没有叫我扒开屁股,而是笑眯眯地用电筒照着我的腿根和阴囊。我当时甚至都能感觉得到,一束电筒光柱的热量在隐私处反复游移。后来是医生细长的手指,轻轻地扒拉着我的鸡鸡,并在我长满红点的皮肤上如同上课一般耐心地指指点点。而他虔诚的学生,正是一位含苞待放的扑闪扑闪着眼睛的少女。

我大姐姐肯定是被那略带磁性的声音迷糊了。

厂医是一个很温和的青年。

是他洗手后开药时扯下口罩,我才看清楚他温和的样子:身材匀称,皮肤白净,眼睛明亮。除了笑起来暴露出上排牙齿正中有半粒米空隙之外,我们很难从他身上再找到其他的缺陷。那一天他自始至终脸带热情的微笑,说话轻声细语,甚至开好处方后还主动领我大姐去药房拿药。这也是有生以来遇到的,第一个让我没有感觉到害怕的医生。而且那一次最让我欣喜的是——这个医生只给我开了一小包白色的丸子,以及一

瓶用于涂抹患处的像牛奶一样的药水。

湿疹:属于比较常见的有多种内外因素引起的,表皮及真皮浅层的炎症性皮肤病。其特点为自觉、剧烈瘙痒,皮损多形性,对称分布,有渗出倾向,慢性病程,易反复发作。这是我现在在网上搜索到的词条解释。

痒痒其实不是问题,但由痒痒带来的后果"问题相当严重"。

这点我深有体会。

在所有的病种中,对我而言刻骨铭心的就是这种源自极其复杂诱因的"湿疹"。要死,死不下去;要活,活不新鲜。口干舌燥,五心烦闷。我麻风病人一样总被亲朋们躲得远远的,所有的生活用具全被隔离,经常被家里人喝令洗手,用过的澡盆被反复消毒……

这些都是小事,大事是我幼年就经历了低下的屈辱与裸露的羞耻,尊严从此犹如粪便与草芥。

009

比如,在奇痒难耐的时候,谁都可以无端地勒令我停止挠痒的动作,甚至蛮横地禁锢着我的双手;任何人都可以高高在上,都可以随时随地拿着药水吆喝我张开大腿;有一股令人避之不及的药味始终弥漫于我身体,甚至裤裆,让至亲们对我皱起眉头显示出厌恶的神色。而且挡都挡不住的是,由此而来的嘲笑和歧视,时不时会像冰雹一样朝我乒里乓啷乱砸。

2. 磉墩

　　估计引发我湿疹的基础，就是那窑户老板查冠在建房子时多余下来的那个基础，这是居民们一致的看法。那是民国十几年时的老东西———尊经过雕琢的麻石。但是摆在我家门口的麻石形状，就像一面逼真的小鼓，侧面精致地浮雕着突出的铆钉，以及蒙住鼓面的巾边。仰天的鼓面平缓，但疙疙瘩瘩多少有些粗糙的麻石颗粒。因为日晒夜露，颗粒与颗粒的缝隙间，肯定就夹杂着阴潮或糜菌。我经常拿臭烘烘的屁股欺压着它们，它们当然就像人一样渐渐有了报复我的想法和行为。

　　于家的"祖宗"成了被报复的对象。

　　我只能责怪我自己，我丝毫没有埋怨磉墩的意思。

　　它不过就是个死物。在我们镇上的许多大土府屋里，一般都会有这种由石头雕琢而成的坚实基础。瓷器镇这个依靠手工制瓷而兴旺起来的古镇，坐落在黄山余脉向鄱阳湖平原过渡的丘陵地带。古镇的作坊、窑场与民居沿河而建，生产、加工和买卖，促使了其发达繁华的程度，甚至超过了管辖自己的县城乃至州府。

　　我们家门口的磉墩，是我父亲从后院角落里搬出来的家伙。这个房子和院子都是资本家查冠遗产的组成部分，我们理所当然地占据了一小部分。于家和查家没有关系，但是依阶级社会的理论分析，我们两个姓氏变成了剥削与被剥削、专政和被专政的敌对阵营。

　　父亲于家男，把磉墩搬到大门口一边一个的意思非常明显。

　　首先是他可以当家做主。其次是源自于对称的美学观念——在没有石头狮子的情

况下家门口摆一对礤墩，至少说明于家男有他一定的文化心思。再次就是适用，他省得我们老坐在门槛上或者小凳子忘记搬回家中，以及，串门的街坊闲聊屁股也有个比较方便的安置。在那个时代街坊邻居闲聊的现象，就好比今天缩在家里上网，或低头划拉着手机屏幕一样普遍。路过时停下来递一根香烟，或者端着饭碗站到你对面——那就是生活。闲扯一下子就能把枯燥的时光，幸福地打发过去。

那段时间我经常独坐在门口的礤墩之上，是因为我刚刚从叫作"轿子"的尿椅里解放出来。我长大了一些，身体已不再需要竹轿的围栏团团稳固。但没有人知道，我的内心同时也拆除了围栏，我开始有了人世间情意上的感受，我触景生情地面对铃子被她母亲抱在怀里时，心里面会泛出无边的空落与酸意——因为我大大咧咧的母亲从来都懒得抱我。

由于能干，我母亲被提拔成前进瓷厂成型车间一个作业线上的组长。在那个激情高涨的时代，她清早就赶到坯坊里上班施釉，一天要腰酸手痛地工作十几个小时，夜间还要上"扫盲"夜校或者开会，周末作兴按列宁同志的倡议参加"星期天义务劳动"。

"千万盯到飞飞不要到河边去看水，上晒楼的门也一定要锁死，千万千万！"这就是我的母亲周荣花，每天上班之前对我的最大关怀。她在出门时急急忙忙地回头叮嘱，对着三姐和四姐，相当于交给她们一根套住我颈上的锁链。"河里会有专捉小孩的水鬼"。她还煞有其事地冲我威胁。她的公开撒谎，小时候听过后曾对河流产生过恐惧，但稍大一点就知道，这些拙劣的谎言不过是大人们吓唬小孩的惯用伎俩。

在那个时候的大多数时间里，上班的上班，上学的上学去了，我们家里就只剩下我，以及两个被当作看守的姐姐——她们一个只大我四五岁的样子，另一个仅仅比我大两岁的于好好，也只是穿着一条开裆裤头，还经常淅淅飒飒傻站着把自己的裤脚淋得像一个漏水的笕筒。

礤墩，在那段时间里就成了我冰冷的着落和依靠。

这就是我跟铃子幼年时代的根本区别。

"大屁股！"有一回，我忍不住嫉恨地冲着冯大妹的屁股吼叫了一声。

"你姆妈才是大屁股。"铃子知道反击。

"还有两个大奶奶！"我叉着腰雄赳赳地站在两个姐姐之间。

铃子趴在冯大妹肩上，说："姆妈姆妈，他在骂你两个大奶奶。"

我强蛮的措辞和勇气，立即博得我身边两个姐姐母鸡一样的咯咯大笑，同时也迫使行进中的冯大妹停下了脚步。我吓坏了，以为这下子闯下了大祸，想不到冯大妹是回眸和善地冲我一笑——她是多么好多么好的一个姆妈！哦……我幼小的心脏嗵地一热,当即就在她的笑靥如花中被软软地融化。

那时候刚刚好光棍张步秀来了。

"你说什么脏话？你再说一遍！"张步秀很远指着我的鼻子,露出一副吃人的样子。

我抵抗说:"关你什么事,我爸爸说她又不是你的老婆！"

冯大妹也对张步秀大叫:"你作死啊,他不过是一个小鬼,你等下把人家吓哭了。"

"这么小就流氓,等下我告诉你家的大人！"生怕人家不知道他很正经,痨病壳总是摆出一副作古认真的腔调。他就是这种神经,边说边用指头点点我的脑壳。

我厌恶地拨开他鸡爪样的手。倒不是怕大人回来骂我,而是我觉得头发里有被痨病壳手指头传染过来的细菌——我听到母亲说过。我确实是厌恶这个一副苦瓜样子的痨病壳。我当即转身离开了磉墩,进屋用毛巾使劲擦痒痒的头皮和潮湿的屁股。

记得在我湿疹被治好以后,门口发霉的两个磉墩又回到了后面院子。它们再一次遭到冷落和遗弃,就只好躲在后院草丛里更加发霉。痊愈后的我似乎一下子长大了许多,从此也跟劳改释放犯一样被允许了更大的活动范围,我成了小伙伴们可以放心玩耍的伙伴。

我的伙伴来自于隔壁和对面,隔壁有一对叫做查云华和查云珍的双胞胎兄妹,对面还有一个我可以偷偷掐她腮帮的铃子。但是有一天黄昏返回家里时候,我在我家门口碰到鬼了。我看到被父亲搬回后院里的一个磉墩,自己又莫名其妙地返回到了我家的门口。

这就是我要说到的,对面的痨病壳光棍。

那个被误以为是磉墩的一团东西,就是那个光棍蹲在地上的黑影。

像一条小狗,他蹲在我家门口有他的理由。他这个人是个怪胎。不仅面相五官紧凑,样子尖嘴猴腮,而且全身皮包骨头,个子既瘦又小,突然看上去有点像灶马蟋那种猥琐的样子。因为这个叫做张步秀的光棍,弄里人不喊他大名,而是轻蔑地一口一个"痨病壳子"。

之所以那天他蹲在我家门口充当磉墩,是因为他想等一个人从我家里面出来。

有规律地在每个星期天的晚饭时候,我大伯伯于家驹要到我家里来看望他的父亲。于家驹是南下的干部,在瓷器镇做不怎么说话而又有些威严的镇长。这个新中国成立前吃尽了苦头的痨病壳张步秀,打心眼里崇拜让穷人翻身做主的革命干部,他总想逮住一个机会跟于家驹汇报汇报思想——就好比现在的追星族想见到心目中的偶像一样,实际上他就是想零距离接触接触,哪怕就是仅仅能嗅一嗅革命者身上的汗臭气息。但是,他又不敢贸然闯进我家的家门。

我母亲周荣花对他脸色不好,不管哪一个都可以,她唯独就是不欢迎父亲招惹光棍痨病壳上门。哪怕是站在门口,坐一下发糜的磉墩都不允许。像嫌弃路上的猪狗屎一样,她嘴角撇一撇,眼角斜着瞄上一眼。这个女人,从骨子里极端歧视那个三十多岁还孤身只影的光棍。虽然是不在门缝里,但是她还是坚决持久地将他看扁。

我进家门以后就听到父母在饭桌上的对话。

我说"我在门口碰到鬼了。"

"是不是那个痨病壳又在门口?"我母亲周荣花问我父亲。

我父亲说:"很可能又在给我们家站岗。"

"神经病一样!"

"我出去告诉他一声,镇长今天没来,省得他空等。"

"你帮他着想,他哪回帮过别人着想?"母亲周荣花的嫌弃之心溢于言表。

嫌弃的原因,我估计有如下三个:

之一是下作和卑贱。都混到了吃皇粮的地步,一个仍然需要返乡找便宜老婆的国营工人,在我们瓷器镇应该算在婚姻上走投无路的男人,冯大妹她那短命的老公就是这样一个老实巴交的男人。但是前赴后继,跟寡妇同屋的那个光棍张步秀,面对乡下女人,依然对自己的精神和身体上的冲动无可奈何。

013

"痨病壳子"喜欢上寡妇冯大妹的表现,是时不时撕一片鸡蛋糕拿在手里,逗引被抱在怀里的铃子。铃子常常被逗得"嘻嘻嘻嘻"地蜜笑,因此蛋糕屑子就纷纷扬扬被嬉笑声振落。蛋糕屑滴落进冯大妹壮壮实实的胳膊和鼓鼓囊囊的胸口,香甜的气味混合着人体的肉香,就被张步秀贪婪地吸进鼻孔。

问题是,这个"痨病壳"的年纪已经超出了男人冲动的底线。这本来就是一个人生中磨(注:方言,很沉的)样重的问题。而他的人,却又始终没有一个女人愿意用半只眼睛惠顾。磨样大的问题因此就变成了天大的问题。他迫切地试图与一个乡下来的、比自己大好几岁的、牵着一个拖油瓶的寡妇"混为一谈"。光棍就这样打着喜欢逗铃子玩的幌子,下班就花钱买两块鸡蛋糕回家丢到冯大妹的菜碗橱里。这行动就有些低落,丢尽了镇上人和工人阶级的脸面。

自私是第二个原因。我以前独坐磉墩的时候,他走进走出视若无人。在我患上湿疹的漫长过程中,附近的街坊几乎都上门来探望过我的病情,哪怕是拿几个鸡蛋,或者一包半斤红糖,甚至空手上门来问候,那都是隔壁邻居的温暖。而整个龙缸弄唯一不去理问别人家事情的,就是这个像狗一样守在别人家门口的黑影。

这个人平时把公家当作自家,把岗位视为命根,他对街坊邻居的事情一般都置若阒闻。

第三，他有病，估计是患上了职业性的"痨病"。

张步秀能够进国营瓷厂，是因为在鄱阳湖发水灾那一年，他夹杂在大批迁徙的难民队伍里，流落到瓷器镇睡破窑讨饭和收兜脚打杂。新中国成立后，他被民政干部同情地划到公私合营的坯房里做徒弟崽子，学习拉坯，一下子成了当家做主的工人阶级。

因为自小没有父母，党和政府就当然地被他铁了心认做了再生父母。在当时，瓷厂里还没有用模子压坯的手段。出师以后，张步秀就整天整天坐在轮车转盘边上，像拉尿一样撒开大腿，用搅车棍拨动转盘，两只泥巴邋遢的手按住转盘中心的泥料，然后把湿泥向上向外拉成一个个大小不等的坯胎。他就这样一心一意埋着头，在辘轳车上一个接一个为国家制造出无数的碗盘器形。这就像前进瓷厂在广播喇叭里表彰的那样——"他在用忘我的劳动，回报共产党对他天大的恩情"。

拉坯是成型作业线上的头一道工序。他当时又是成型车间307组的组长。一脚压一脚的作业线，致使307组因为这个勤快的拉坯师傅而累瘫了所有的工人。好在当时的工人思想单纯，每月的月初厂部又总是敲锣打鼓，将一面绸缎布做的"超产循环红旗"挂到他们班组的门口，所以天天被张步秀逼得多拉快跑，不仅没有任何人发出一声怨言，反而都感觉到在307组工作的无上荣光。

所有的这一切，应该都不是坏事，但是张步秀坏事的到来——是他忽视了自己的身体。

坯房里本身就尘灰弥漫，而坯粉又被他扫得纷纷扬扬，含有二氧化硅的粉尘时刻都通过他的口鼻钻进他的肺部。也是当时的"无知无畏"促成了他对粉尘危害的蔑视。劳保福利不领、挡灰的口罩不戴、打灰的猪血不吃、扫地不洒水、下班不休息……粉尘就日复一日报复性地纠集于他鲜嫩的肺部，让他时不时地发出"呃嘿呃嘿"的声音。

日子就这样一天一天过着。

而在相当长的一个历史阶段里，对面的男女就好似一对磉墩，奇怪地在同一个屋檐下面，一直相安无事地过着寡妇和光棍的生活。

但是，痨病壳还是有痨病壳一套。"痨病壳"在民间的另一层意思就是，想心思把自己想得藤筋寡瘦的家伙。这个做梦都思量着打破困境的张步秀，终于用简单的办法在某天上午的九点多钟，让同一屋檐下的冯大妹感到了骄傲和幸福。

记得那一天太阳都照进了院子，张步秀破天荒没有去上班，而且还急不可耐地发了疯似的在他的前院里走来走去。精瘦精瘦的他，像是过年一样套一件没有补丁的白土布褂子晃晃荡荡。他穿着一双洗得发白的解放鞋，步伐轻松，精神抖擞，连平时轻微

的咳嗽都在用清理咽喉的方式加以控制。面对现状,我和两个姐姐都奇怪地躲在窗户底下百思不得其解。

"发什么神经?"我母亲出门前也觉得蹊跷。

我问:"他是不是今天要跟铃子姆妈结婚?"

"做他的癞蛤蟆梦去!"母亲丢下一句让我半天都想不通的狠话。

我父亲清楚,我父亲说"痨病壳是有个喜事"。

果然上午九点多钟,"咚锵咚锵"敲锣打鼓的声音突然在龙缸弄弄口响起,震耳欲聋的声音越来越近,近到我家对面时,张步秀点燃了一挂欢迎的鞭炮。我稚嫩的心脏,当时就随着嘭嘭的鼓点在激动地跳跃。

只可惜是在上班上学的时间,但沿河边依然招引来"苍蝇嗡狗屎"一样多的镇民。好像是迎接新娘,那一天弄底的路都被围观者堵得水泄不通,渡船被迫停开半个小时,有四五个人甚至站在我家门口的台阶上看对面的热闹。张步秀激动得手忙脚乱、泪眼婆娑。铃子被兴奋的冯大妹高高地举过了头顶。

015

我父亲和大伯都在一窝蜂的队伍里面。我大伯昂首挺胸走在前面,握握手送给张步秀一张很大很大的红纸,我父亲跟在队伍后面耍猴一样一下一下地"咣咣"打锣。我削尖头从人缝间挤到前面,心突突地蹦跳得更加欢腾。我不是庆贺痨病壳子,痨病壳有什么了不起啊?他弯着腰两只手讨好地握着我大伯的手抖动,痨病壳的高兴毕竟还是源自于我大伯和父亲的光临。

那一天,镇政府给不起眼的痨病壳张步秀送来了喜报——一张大红纸和一个小奖状——张步秀获得了地区"劳动模范"的光荣称号!

"磉墩呢?放在这里的磉墩呢?"有人在找垫脚的东西,想登高看人堆里的热闹。但他们不知道,那一对用以承受屋柱的磉墩,早已经被我父亲丢弃到了草丛中滋生苔藓。

3. 梦寐飞

直到现在还没有一个人知道，我小时候会经常做一个神经质似的怪梦——我会飞。

我是说我在睡梦中俯身做蛙泳的动作，两只手臂像船桨，手掌一下接一下地向后扒拉着水一般的空气。奇怪的是，我身体随着双手使劲地运动，竟然感觉到跟老鹰一样，轻盈地升空并能够随意地盘旋。

这样的梦幻，很可能起始于我婴幼时光的视野。更早的婴儿时代，我们大多数时间都是以平仰的姿势被大人们端抱在怀里，或者安放在摇篮之中。像稀罕小宠物一样，那个时候愿意搂抱我的人非常之多，祖父祖母、父亲母亲、四个姐姐，甚至隔壁邻居等等。一天下来，基本上都不给我在摇篮里一点点安生的时间。

于是可以推断，当时我经常能够仰视到的东西就是，大人们装腔作势的笑脸、老旧残破的屋檐、喷云吐雾的烟囱，乃至天上的太阳、云朵和飞鸟……这就为我后来天马行空的向往与幻想，埋下了坚实的不着边际的伏笔。

一直都没有人知道，我俯瞰人间时的舒坦与骄傲。这种自由的高高在上的轻飘享受，它既让我期待着再次梦遇，又叫我羞于与人道白。我生怕这种好高骛远的梦幻，会引起他人的对我精神上的猜忌与怀疑。至今我没敢告诉他人，包括我的母亲。"你不是在做梦吧？"平时在生活中，我们经常可以听到这样一句对虚拟快乐的嘲讽与鄙视。

有一次在隔壁的查家，我就差一点因失言而暴露出其中的马脚。面对一般大的查云华和查云珍双胞胎兄妹，我忍不住描述说："昨天夜间我飞得好高好高，我都超过了

烟囱。"我当时踮起脚尖,一只小手拼命地举过头顶在尽量地向上拉长自己的身体,以表示我梦飞的高度。

"怪不得半夜里,好像听到你姆妈在发火。"查云华说。

我立马噤声,查云华这句疑似的表述,一枪将我兴奋的小鸟当空狙击,我脸红耳赤,屁股还隐隐生痛。隔墙有耳,纸终归包不住火焰,飞翔的代价让我羞愧难当。

实际上后来我也知道,睡梦中飞翔的姿势其实就是游泳的翻版。我将蛙泳的水中技术下意识地转嫁到天空,使气体变得浓稠,叫虚空承载躯体,让人类不可能实现的腾飞,成了一种精神领域上的成功与可能。

"梦飞"的时间起点,记得就是在成年人新鲜感淡化之后,我作为一个生活的包袱或累赘,开始逐渐被疏离大人们的温暖怀抱。因为我不再是婴儿,我已经变得"没小时候好玩"。顽童"鬼都是嫌的",诸如欢喜大声啼哭、动则喷痰反击、迟于言语表达、频繁尿湿被盖,以及需要时时刻刻的安全监控等等。也或许,是大人们当时的无暇顾及。在那个年代里大家都比较繁忙,进进出出,或吆三喝四。我们于家的局面是:奶奶在我周岁时在大伯伯家去世;爷爷老了且"唏呼唏呼"有硅肺病的迹象;父亲碰到了各种各样的运动而疲于畏避;母亲风风火火而被前进瓷厂当作行政骨干使唤;就连大我十一岁的大姐,那时候也不得不在家承担起担水、劈柴、买菜、烧饭等等小保姆似的繁重家务。

所以结果就不难想象,在后来大多数的时间里,因为地面很潮、房屋很挤和另外一些杂七杂八的原因,我被当然地搁置在晒楼上的那个,被叫做"轿子"的相当于儿童囚车的尿椅之上。逐渐逐渐,除了一日三餐之外,除了大姐于东东和爷爷于德礼偶尔喂我一些零食和温水,其他姐姐上去,不是咬我的脸蛋,就是捏我鸡鸡弄得我大哭大叫。

好在晒楼上视野还比较开阔,河风微拂。在河岸一棵大樟树树冠的庇护之下,我坐东朝西的竹尿椅被绳子稳固在身后的铁窗栅子上,而我的身体则远远面对着开阔的瓷片河河流,这使得我两只无邪的眼睛,能够无所事事地追寻着河面上白色的云朵、金色的太阳,特别是忽上忽下肆意翱翔的水鸟。

事情也特别地诡异。

我是说,那时候我对空中的灵动所产生出来的莫名反应。

我甚至还没有完全学会说话。我勉强的语言表达迟钝到三岁零一个半月才磕磕碰碰地启动,但是兴奋,依然阻止不住我常常的情不自禁。面对鸟飞,我用身体使劲地晃动着竹椅,并以"嗷嗷"的叫声来表示自己发自内心的向往与欣喜。我当时的表现真正应验那句"走都没有学会,就想跑"的俗话。而我还不只是"想跑",就在我尚不具备行走能力的时候,我就深深地感到,升空飘游是一个多么多么自由和舒服的行为。

然而，这时候出现了一个问题。一个我始终回避的重大问题。

这个问题，并不在于我夜半床榻上的腾飞。浮想不算是错误，然而梦飞常常发生在阴雨绵绵的天气当中，并因此条件反射地引发出羞耻的结果——这就成了问题的关键所在。记得在梦飞的前夕，我沉睡中总能听到淅沥沥的雨声，声音引起我膀胱的膨胀或憋闷。这时我就急于想找一个便于释放的处所，于是我昂起精神的头颅，伸展出缺乏羽毛的双臂，心情舒畅地放松了绷紧的闸门……

那个夜晚在被窝里，我必定把长长的气味浓烈的尿液，随着蛙泳般的飞翔享受，酣畅淋漓地流淌于干爽的棉絮之上。

雨天，蛙泳，腾空，以及尿床，这是婴幼岁月里的一溜非常奇怪的单词串联，属于风马牛之类的混乱堆砌与衔接。这种奇特的经历，造成我以后在相当长的历史时期，只要面临着阴雨，我就会忧郁和惶恐，就能感觉到悲剧与伤痛。你叫我如何道白？

"天哪天哪，又尿床了，他又尿床了！"姐姐们惊叫起来。

"姆妈姆妈，飞飞又打湿了好大一块哟。"

在若干年终止了羞耻的毛病之后，每每回想起过去的梦境，我往往跟一个刚刚苏醒的病人一样浑浑噩噩迷糊不解。我既理不清头绪，又不好意思张口。在某个半夜或者凌晨的时候，我总是突然被姐姐们惊恐夸张的叫喊，以及母亲狠狠掐屁股的钻心疼痛所惊醒。

"哟哟哟，你个天收的，你又作孽，你怎么不死啊！"母亲翻转我身体，气急败坏"噼里啪啦"照我肥厚的屁股愤怒地抽她的巴掌。

"下雨天你偏偏作孽，下雨天你偏偏作孽，下雨天你偏偏作孽，下雨天你偏偏作孽……"

那个时候，在一片刺耳的叫骂声中，我几乎要被一声声拍肉的巨响与狂暴的吼叫震破耳膜。我鸡皮疙瘩地裸露于掀起的被盖之外，蜷缩在宁波老床的一个角落。大腿和臀部的肥肉已青紫斑斑，一股股浓郁的尿骚阵阵扑鼻。

至今我依然哑口无言。

诸多的现象，叫我心明如镜却又力不从心。这不是我的故意，但我要接受惩罚。我看着这个让我屡屡纳闷和受伤的世界一声不响。脸红、低头、懊恼、沮丧、担心，以及眼泪巴巴。无论是面对母亲气急败坏的暴力，还是面对二姐三姐幸灾乐祸的窃笑，我尿床后自始至终的表现是紧咬牙关，紧闭双唇，像石雕一样顽固地不躲不避，生硬地用不争气的躯体一声不吭地承受着罪有应得的打击，并心急如焚地祈祷着暴风骤雨的尽快结束。

这种值得怜悯的场景，在我们老于家断断续续一直延续到我小学毕业。

"轻点，轻点，半夜别吵醒了别人。"

父亲于家男短裤衩一吊钱似的无可奈何地站在一边。他捂着心窝，"吵得我心脏都扑扑地加速。"一个到哪里都顾及一张狗脸的镇政府毛鸡干部，穿件破成蜘蛛网状的白色背心，同情地看着他不争气的儿子在忍受着野蛮和屈辱。

他刚刚从后院窸窸窣窣放完一泡长长的夜尿。他因为干瘦枯长和泄尽元气而挺不直腰杆。面对世界，我和父亲都只能是这种态度。他是一个谨小慎微而又顾虑重重，树叶子掉下来都生怕打破脑壳的男人。

水漫金山，一而再，再而三的屡教不改。抑制的方法都一一被我们试过，民间各式的土方子均已黔驴技穷，当时，差只差用菜刀把我老于家这条"根"当做萝卜条一刀两断。

但是是不可能的事情。

我是老于家的"祖宗"。营养与呵护的偏重使用，造成我幼小阶段既白又胖的弥陀佛表象。是那种脱离家族基因本质而打肿脸充胖子的浮华假象。我爷爷于德礼曾经是一位失去土地并饥肠辘辘的农民，饥寒交迫地进镇打工，无非是想以苦力换几个现钱——黑瘦硬朗，筋骨根根，那才是我们"老于家"的基本特征。

所谓"天庭饱满，地阁方圆"，是奶奶抱我去算命先生那里摸出来的结论。当时我只是婴儿。听说算命瞎子话音刚落，立马就伸手得到了我爷爷一块钱的巨额酬谢。那时候一个月的工资最多也不过十几二十块。当时前进瓷厂的厂长马经堂就是我这个福气坨坨的样子。据老辈们说，新中国成立前镇上最大的窑户老板也不过是我这个样子。长大了一点，我在隔壁查家的香案上得到了验证，资本家查冠的瓷板肖像是慈眉善目、宽面大耳。

"地主崽子！"有人就嫉妒地骂我。

在当时社会，这种叫骂算是最最恶毒的人身攻击。我爷爷愣了一下，随后就禁不住喜笑颜开。那是一个充满矛盾的年代，一个既仇视富足阶级而又渴望温饱无忧的年代。在那种物质匮乏的岁月里，我出类拔萃的身体肥膘，让我们一家子老老小小大多数人都欣喜若狂。

这就有些与众不同。

尿床挨打的当时，我爷爷尚在，也居住在我家。所以爷爷于德礼在万不得已的时刻，往往忍不住会大口喘着气，从阁楼上一步一步下来，以不温不火的长辈姿态出现在房间门口，冷眼向我母亲喷射出压抑的怒火。

"不就是四五岁小鬼吗？家男在床上都尿到了九岁。"冷不丁他爆出一个猛料。

这是在打击她的丈夫，我母亲的丈夫于家男。

需要说明的是：我肥头大耳的相貌，唯独对于她的丈夫，我父亲而言一直都是疑虑重重的心结。也难怪于家男笑脸难开。他那隐秘的关于"走种"的担忧，一直就书写在他那苦大仇深的脸上。这种乌龟一样的抑郁心结，一直等到我抽条似的发育年代，才算是土崩瓦解烟消云散。但是那时候已经迟了，父亲于家男在运动中已磕磕碰碰，心如死灰。

然而，我尿床的耻辱并没有止步于九岁。

说起来确实是有些不好意思。"尿不湿"发明得太迟，虽然渐渐趋于稀疏，但在有限的生涯里，我一直无可奈何地将这种断断续续的病态，将这种突如其来的"天灾"，将这种夜不能寐的困境，滴滴答答延续到我过继给大伯的时候才宣告结束。

就这样，我内忧外患。我在我的童年里，常常要为我梦里的虚拟享乐，付出精神和肉体上的沉重的代价。

4. 瓷器破碎

"咣当"一声,惊吓于某天下午。

花瓶属易碎物品,瓷器镇有很多瓷器。当然我已经记不清是哪一年哪一月的下午。因为在玩躲猫猫的游戏,有一天,我把隔壁查家香案上的一个美人肩花瓶打了个七零八落。几个孩子都被突然的破碎声惊呆了。

我很清楚地记得有一束鲜花躺在地上,还有一个肥胖的查家祖父在香案上露出意味深长的微笑。"本来我是不想爬上去的",惊呆的一瞬间,很小很小的我,首先脱口而出的竟是一句推脱责任的台词。

这就是我儿时生活里的一个最心悸的片段。人长大了才能够生造盘根错节的故事,孩提时代就像一篇接一篇的散文,片段星罗棋布。我们一生到底打破过多少易碎的东西?易碎的物品又将分裂成多少片锐利的碎片?当成年回首往事的时候,我总会情不自禁地停顿在这个场面上久久发呆:满地是碎片的记忆。那种尖锐的、釉光闪烁的、带有色彩画面的瓷片,安静地躺在地板上,让我至今都能体会到冰凉、硬实、锋利,以及如花似玉的冷艳。

应该是受到破碎声音的惊吓,我当时脱口而出。

捉迷藏原本是一个十分乏味的游戏,但是在那样一个没有电器,甚至缺乏儿歌的年月,大人们一个个都像注射了鸡血一样在外面"鼓足干劲力争上游",如果不去玩这种低级的寻找游戏,我们漫长的学龄前时间又拿什么来一分一秒地打发?破碎,多少还能够给我们带来一些细微的慌乱波澜,同时也能给我们没有油盐的日子带来跌宕的快意。

问题是我们要把持住自己。

不是吹牛，在这个幼儿团伙中我始终掌控着全局。他们喊我作"地主飞飞"。查云华、查云珍、铃子和我，还有前街走来的马博，加上从窗台溜进的一只金黄色的小猫，当时一共有六个动物。除了那个香案上慈祥的祖父查冠，查家大屋子里的那天下午没有一个大人。

玩耍的地点就在查家。

不像我们家的狭小，查家的房屋宽敞幽暗很适宜少儿们游戏。在瓷器镇曾经繁忙的水运码头岸边，这是一座查家祖上在镇上留下的遗产之一。但是已经朝不保夕，遗产中旁斜逸出的偏舍和厫间部分，新中国成立后陆续被政府无条件分割给我们这些赤贫如洗的无产阶级。查家的后人就被挤压到宅屋的主体部分。

尽管如此，查云华、查云珍的家里依然房间套着房间，楼上楼下，清一色光洁的地板，造就了可供满地打滚的少儿舞台；家具也是难得一见的精致和巨大，光洁照人并散发着香气的翘头香案、镂雕茶几、螭纹圈椅，以及可以装进我和查云珍的雕花柜子或樟木箱子。

趁着大人没有回家之前，当时每一个人都翘着兰花指帮我把碎片捡进一个纸袋。没有一个人站出来责怪我的破坏，也包括花瓶的主人查氏兄妹。而我与众不同，我到门角落里拿来一把芦花笤帚，笨手笨脚搞了一十几下，才把碎瓷片归归拢扫进簸箕，再"丁零当啷"倒进他家和我家之间的隔墙檐沟之中。过程中，其他人都崇敬地看着我发呆，因为没有人知道头天晚上我尿床挨打的事实，我表情因此尽可以傲慢成一个鼻孔朝天的伟人。

但是，地板缝缝里残留着一些白色且零星的瓷器碎渣，成了事发现场的明显破绽。小孩和大人脑筋的区别就落实在这个细节。然而意想不到的是：大人们并没有计较，他们到隔墙之中看到一地零零碎碎的尖锐瓷片后，感到奇怪的是——作案现场竟没有一个人因为瓷片而鲜血淋漓。

"假如不是飞飞，总有人会割破手指的。"

最后在那个晚上，一宗破碎的祸害反而获得了公开的表扬。

查云华的母亲赵飞燕来到我们家串门。赵飞燕是一个镇中心学校的人民教师。她给我大姐二姐送来几支绘画用的蜡笔，顺嘴就跟我父亲笑谈起一些关于瓷器碎片的闲话，是祖传的粉彩瓶子。眼下回想起来，那估计至少是乾隆或雍正什么年间上好的花瓶，拿到陶瓷大世界古玩市场上出售，想必价格不会低于公务员几年的工薪。幸好是在

那个蔑视奢侈的年代,那个年代的"破四旧"也为我孟浪的行为,减免了巨大的经济责任。

我在镇政府当一般干部的父亲说:"我到晒楼上拿一对青花瓶赔你。"

"这你就见外了。"赵飞燕伸手阻拦了我父亲的起身,"看你说到哪里去了,查家老头子别的财产都公私合营了,这些不值钱的瓶瓶罐罐楼上到处都是。"

"你们有是你们的,飞飞打破了我们要赔。"我父亲坐在太师椅上喝茶。

"我真的不是这个意思,我只是说飞飞聪明。"她生怕我们大人误会。

赵飞燕原本是一个矜持的少妇,私塾先生家庭的闺秀,在龙缸弄一般都难得亲自串门,但唯独能够,并且愿意跟我父亲于家男唠几句闲话。然而叫人想不通的是,她一身的清香干净,竟然奇怪地嫁给了一个剥削阶级的传人。

事情当然不会这么简单。也许,还可能是我父亲在镇机关大院工作的原因。父亲曾读过三个月私塾,能背得下来《三字经》和《增广贤文》,用毛笔涂几副对联也没什么问题,抽屉里也藏有几本毛了边《玉茗堂四梦》之类的旧书,在我们镇上这种文化人,在当时工人阶级队伍里应该算是鹤立鸡群。正好我家的大伯于家驹又从部队上派遣到地方,就把我闷头闷脑的父亲借用到镇上去做一个普通的文书。

当然还在于父亲于家男的平时为人。因为平时镇机关院子里晚上放《李双双》或《地雷战》之类的电影,打开铁门一条缝放查氏母子进去的就是我瘦长的父亲。铁门外围满了很多嗷嗷待哺的镇民,我父亲有这个权利。我父亲背后还站着他的哥哥于家驹。于家男甚至还亲自从办公室端来板凳,放在我撒手撒脚躺靠的藤椅旁边,还拿来茶杯和开水,让我们邻家的少妇有了舒服的观看条件,并心生出优越的虚荣。

对于我而言,关键是查云华的妹妹查云珍好看。我由衷地喜欢,我那么小就开始喜欢那个嘴唇红嘟嘟的比她哥哥查云华只小两天的双胞胎妹妹。那时候我充其量不过是一颗尚未开芽的"种粒"。查云珍的皮肤跟她妈妈赵飞燕一样白里透红,这就是当年我这颗"种粒"动不动就溜进查家"发芽"的动机。

"查云珍跟我做一家"。

前街来的黑大头马博也意识到要跟我竞争。马博是有来头的家伙:他是前进瓷厂厂长马经堂的公子,是镇上"蟋蟀王"的孙子。那时候铃子还小得像一垛鼻屎,只有在她妈妈出门买菜时才被寄存到我们一堆在楼板上打滚。所以马博总是撇下铃子抢先拖查云珍的袖子,争着要"查云珍做我一家"。

我昂头说:"我跟她隔壁,你是前街来的。"

"地主飞飞是我们隔壁。"哥哥查云华也支持我这个理由。

于是,我又得以把查云珍勾肩搭背地揽到一个旮旯做所谓的夫妻。叮里当啷做饭或者弄菜。旮旯的地上有一整套精巧绝伦的锅盆碗盏的瓷质微缩厨具。我们摆弄着查云华父亲手工制造的玩具做摆家家的游戏。在三个男孩和两个女孩的游戏中,我经常获得的角色,是我能够公开地在查云珍粉嫩的脸蛋上轻轻地嘬上喷香的一口。那是销魂的一口,我至今都回味得出那个童年的肉香。

那个时候,马博咬着下唇站在旁边一动不动。他的黑大头僵硬在脖子上面像坨牛粪。当时我闻不出醋味,我想不到儿时的游戏,以后会给我和查云华带来非常严重的被记恨的麻烦。

那一回,查云华的妈妈并没有因为花瓶破碎而兴师问罪,但我的母亲当时做出的事情却有些过火。

我母亲周荣花她吸完最后一口烟蒂,噗噜一口吐进垃圾桶。在邻居还没有告辞的时候,她却起身大声地吆喝我上床睡觉,十分明了的事情。那个晚上七点半钟不到,人家铃子家的大门都是开的,有好几个人还在对面就着昏暗的灯泡搁手搁脚喝茶聊天。除非是停电一团漆黑,七点半钟,主人就咋咋呼呼地高喊着"睡觉",再迟钝的客人也会坐立不安。查云华的母亲赵飞燕赶紧出门——她是个有尊严的知识分子。那天晚上赵飞燕到我家不仅一事无成,而且还弄得满鼻子灰尘。

做人做事总得要一个分寸。

我母亲周荣花就是这样一个没有文化的妇女。

我母亲眼睛锐利,肩宽体壮,说话声音的分贝奇高,一对永远饱满的乳房随急促的步伐经常会在宽松的工作服里面摆动。一般的情况,她匆匆戴上无檐的白帽,像原先的护士一样火急火燎地捋上袖套出门。

清早我母亲都是一边啃着红薯,一边回头嘱咐小孩"不要下河玩水"——她忙于去赶坯坊里上班的钟点。路过隔壁查家门口的时候,冲里面喊一声"上班了查师傅"。然后她两只脚马不停蹄地跌跌撞撞。我母亲周荣花在前进瓷厂成型车间的作业线上,给坯胎施釉。也就是坐在位置上不动,听着"超英赶美"广播社论,重复着吸坯往釉桶里浸釉的动作,为的是尽快多给一些瓷器的外表罩上那层洁白的光亮。

原釉,是一种白色的浆水,装在一个偌大的木桶里面。木桶又放在施釉工的肚子面前。母亲工作的坯坊被我不止一次地光临。那是一个民国手里遗留下来的破败的院子,两边是低矮压抑而又拥挤凌乱的内敞式平房。我母亲和各个工种的师傅都被安置在平房下面,一长溜输送坯胎的皮带作业线连接着每道工序的位置。

有太阳的时候,太阳通过顶瓦的孔洞会射进几道光柱。光柱里的粉尘就纷纷扬扬

像细菌一样在挤来挤去蠕动。进坯坊谁都能听得到皮带龙和削坯转盘在呼啦啦地闷响，摸得到房梁和坯架上积满的灰尘，看得到空中密密麻麻飘悠的白色粉尘。而工作在里面的坯房佬戴一副口罩，用不了多长时间，就清一色都会被污染成"白发魔女"或"太上老君"。

从小，我就不喜欢肮里肮脏的坯坊。

而隔壁查家的宽敞和洁净让我着迷。

但是星期天放假在家的姐姐们，叽叽喳喳跟麻雀一样，关在家里面就像坐牢一样感到非常的空虚和寂寞。于是她们其中的一个，会时不时心血来潮地蹦出来，打着关心我安全的旗号，跟叫魂一样扯着难听的嗓子对着弄堂"飞飞，飞飞"地到处乱喊乱叫。

一帮智力低下的无聊女人。

尽管她们都清楚我就在隔壁查家，但她们依然要用食指和拇指钳着我的脸蛋或耳朵，像拎一个猫仔似的把我拎回家放在她们当中，将我当作一个好玩的皮球，让我一个小小的男子饱受搞笑的调戏和甜蜜的侮辱，并产生出一股无可奈何的烦心。

"你为什么不好好在家里待着？为什么总是死到查家去让我们担心？"三姐姐于红红在后面打我一下屁股。

连最小的，只比我大两岁的于好好四姐都敢伸出小巴掌，在我的脸蛋上削一个耳刮，说："以后再也不准去了，你这个地主应该跟资本家划清界限。"

二姐姐于方方就更加下流，拿手拍一下我翘起的裤裆，说："查云珍是个妖精，小心她把你这个家伙吃掉！"

"哎哟。"我两个卵蛋被她没轻没重的骨手拍得生痛。

我"呸"她一口唾沫。

我接着又被于方方更重地打了一下。

"你打痛了我。"我疼痛得嚎叫起来，"我操你姆妈！"我奋不顾身扑上去揪她的头发，于是我被众多的姐姐七手八脚拖住，拳脚不得施展，我寡不敌众。

5. 混居

说起姐姐们，我想起当初的男女混居。

如今有单独卧室的独生子女，会误以为我在开始讲一个黄色的故事，其实不是。我小时候就男男女女五个人挤过一张床铺，七个人共过一间所谓的卧室。在相当长的一个历史阶段，我家的卧室中间拉一块旧得辨不出本色的隔布，隔布另一边马桶中叮叮咚咚的声音，常常让我在梦中都能感觉到一股浓郁的尿骚。

这就是我童年居所的格局。

"混居"这个词组，在《现代汉语词典》上好像是没有。但是经过 20 世纪六七十年代的人，或者现在还处在贫困线下的家庭，估计都可以听得懂我这种"混居"词组的生造。眼下的"加紧城镇棚户区改造"，说明国家高层正对这种民生的囧事深表忧虑。

当初我们于家，从查氏资本家手里瓜分过来，再封门隔断的临河偏房一共有两间。

卧室之外另一间，使用功能相当于现在的厅堂和厨房。布局是从大门口起步，厅堂不过是可供摆一套用膳的桌凳，饭桌前有一点可供转身踢腿的空间。再深入进去是所谓的厨房，也就是靠被熏黑的墙面架两口锅灶，外加一口水缸和一个菜碗橱子。再后面就是后院的小门。

尽管无产者人有所居，但是蜗居，仍然是那个年代大家庭里的困惑。陋室让人感到压抑憋屈挺不直腰杆，让人容易产生狭窄猥琐的心态。生活仿佛就是沤烂在陶罐里的腌菜。这就是我聪明的爷爷总不愿窝在家里，并有时把我带出去，领进窑场打发日子的重要原因。

窑场是我爷爷的阵地，他一直在那里面做"把桩师傅"。

爷爷带我进窑场——这个我印象最深。在小鸡鸡还露在外面的时候，从鸽子笼走出来的我一直以为房屋如查家的巨大，后来突然有一天见识了前进瓷厂的国营窑场，就像深山沟里的人，突然有一天看到辽阔的草原或无边的大海。在离我家只有两百米左右的地方就有一个庞大连绵的窑场。在这个窑场内，一共错落着八座像巨型编钟一样的煤烧圆窑，后来又加建了一条长长的跟巨龙一般的隧道窑炉。

那是另一个童话般的世界。窑场以它高高的架空和连绵的顶棚，让我猛然被它浩瀚的气势吓得仰头惊叫、呼吸急促。后来稍大一点，有一个浅显的问题却使我困惑不解，我打扁脑袋都想不通这样一个问题：人为什么傻乎乎要给窑炉建那么高大宽敞的房屋？我又想，如果是在窑场随便划拉一块给我们家用，我们家的男人半夜里也不至于冷飕飕地在后院捞开裤裆，我们家的女人半夜里更不至于用"泉水叮咚"的声音将我们吵醒。

027

在这个问题我还没有想通的时候，我父母亲开始感觉到确实不成体统。

混居，严重影响着他们正常的床第生活和姐姐们的发育历程。他们间谍一样嘀里咕噜密谋了很久，于是终于下定决心排除万难，花钱买下了坯房里淘汰下来的、废旧的一大堆捧坯料板，用了一个礼拜天的时间，乒里乓啷将肮脏的中间布帘换成了龇牙漏风的板壁。

一间不足二十平方米的小房，被劈柴一样一分为二地隔成两间。因为有一张被白蚁蛀坏了的宁波大床被我兄妹们占据，所以我们小孩这边的空间无形中超出了平均面积。而父母蜗居的一头，就像火柴盒一般只勉强放得下一张铺板和一个柜橱，剩下的空间连一个人做广播体操都打不开拳脚。

尿骚刺鼻的味道，依然在两个空间来回穿梭和弥漫。

我们不应该怪罪哪个。后来到了会思索哲理的时候我经常这样想，包括王子也包括乞丐，人生之前不可能被征求意见，而且你还不能从来的路上回去。如果不安分守己，面对生养自己的恶劣环境而痛心疾首时，摆在我们面前的只有两条路：一个是一死了之，二是不怕头破血流拿根打狗棍去左冲右突。

这时我突然发觉了我叙述的遗漏。我忘记了说明我家一个一生一世都在左冲右突的老人，他就是我爷爷。我爷爷也跟着我们住在一窝，我爷爷于德礼总得要有一个睡觉的地方。

两间房间被两代人安排得严严实实，已经没有了立锥之地，爷爷就只好像风干的腊肉一样被悬挂在空中。没错，他确实就被安置在房屋的空中——居住在一走一颤的木板阁楼上的一间陋室里。阁楼并不是这个房屋的原本构造，是后来住进来后挖空心思所增加的空间。走投无路的人就会急中生智。方法非常简单：在资本家偏房的顶瓦之下和扎实的房梁之上，铺一层地板和钉几面板壁。

无中生有的"空中楼阁"，在瓷器镇的老城区比比皆是。

尽管我们家阁楼架空的大部分地方，都必须以弯腰驼背改变人直立行走的方式，才能避免头顶碰到瓦片、椽子或檩条，但是阁楼里的空间自成一统的自在，在我们饱受拥挤之苦的于家人心目中，仍然升值为近似于"家长官邸"的最高规格。

这是当然的事情，爷爷于德礼独享单间的事实无法改变。这是历史遗留的福利待遇。龙缸弄河边的房屋是共产党分给我爷爷的，爷爷当时是我们于家的户主。只不过后来是为了更多地享受政府的计划待遇，我父母亲才将我们的姓名从爷爷的本子上分离出去，而以于家男为首的一帮人另立门户，从而彻底孤立了这位心高气傲的"把桩"老人。

爷爷在奶奶没死的那些年一直从木梯上爬上爬下。奶奶过世以后，总不能因为拥挤而叫一个年迈的鳏夫再爬出家门。但是我母亲周荣花后来做出了这样的恶事，做出了遭雷打电劈丢祖宗的坏事，这是后话。我肯定要披露，我绝不会将它当作地方上的塌方或垮桥之类的责任事故而加以瞒报漏报。

退休之前，我爷爷就一直在那个气势恢宏的窑场里"把桩"。

"把桩"师傅，就是那种用肉眼掌控火候然后发号施令的窑头角色。在我模糊的记忆中，爷爷在窑里的八面威风就相当于一个战场上的将军。我爷爷威猛高大的形象，就是这样地叫我骄傲和自豪——通红的火焰映照出他古铜色的脸面和肌肉。他大吼一声"上煤哟"或"松一炉"，一帮赤膊短裤的窑里佬就赶紧乖乖地拿起铁铲，嗖嗖地往炉口里灌煤，或者拿一杆长长的钢钎笃笃地捅碎炉膛里的结渣。随即，炉口上的火焰和烟囱上的煤烟就会憋不住呼啦啦地窜将出来。

黑夜都火光通明，形如白昼。

很自然的事情，因为瓷器烧得好不好全靠"把桩"师傅，所以新中国成立前很多窑户老板都盯住我爷爷这个土工程师不放。据说按照习俗，元宵一过就去茶楼谈妥一年的盘子，以后都是好酒好菜招待，大把大把光洋聘雇。因此我父亲才得以有条件读三个月的私塾，我大伯才有机会被放出家门去闯荡天下。

我爷爷过去的优厚待遇，后来在政治运动中得到了扳本似的恶果。但是我爷爷逃避了追究，他以一命呜呼的方式躲到阎王那里去眼不见为净。这些恶果，就当然地落在我大伯和父亲的头上。大伯伯于家驹的对立面，拼命地污蔑我爷爷本来就是资本家的

"走狗"——要不是共产党解放及时,老于家很有可能就发展成了镇上又一户骑在人民头上作威作福的窑户老板。但是所幸的都是,共产党赶在我爷爷尚未具备盘剥的能力之前,就一举将瓷器镇彻底解放,把我们于家划归于到"上无片瓦下无寸地"的"领导一切"的队伍中。

缺乏蜗居经历的人,肯定不能感受到"混居"的苦处,这等于是废话。就比方说,"另立中央"的于家男当时虽说成了户主。但是随着家庭队伍的日渐庞大,身为家长的于家男便开始感觉到泰山压顶般的忧心忡忡。他不仅拥有来自于自身被挤压的烦躁,而且还多出在脸面上搁不住的精神负担。于是在我很小很小的时候,黔驴技穷的家长于家男,终于被迫产生了一幅添砖加瓦的宏伟蓝图——搭建一间棚屋。

在勘察规划蓝图的头一天晚上,半夜,兴奋折磨着他,而他在折磨着自己的老婆和床铺。

"你就晓得……天天在外面下棋,你还有什么本事……让一家人……宽松一些。"这是板壁另一边传来的埋怨。是我母亲放在父亲耳朵边上的轻若蚊蝇的声音。

"后院……我想利用,就……是一直、下不了决心,搭一间……的地方、是够。"黑暗里,粗糙一些的声音尽管压低在嗓子眼里,但是我还是能感觉得到父亲在吭哧吭哧地吃力辩解着。

"你早……干什么?你这个没有……用的家伙!"他们的床铺显然是痛苦了一下,我隐约听到"嘎达"一响,好像是于家男被掀了下来,坚硬的骨头碰到了床板。

"你就晓得抱怨,抱怨!"于家男的声音急了。

母亲逼他:"有本事你做啊,你做给我看呐!"

那个晚上,睡梦中我一直听到隔壁咿呀咿呀的床板响声。那本来就是两条长凳上搭几块木板组合成的简易床铺。我纳闷父母亲为什么半夜还不睡觉。后来我被他们的对话吵醒,就摸索着爬起身,试图拿眼睛去瞄准隔板的缝隙,却被我大姐姐于东东猛地拖回了被窝。实际上她不阻拦我也看不到隔壁什么,父母的隔间里面黑咕隆咚。

我猜想大姐于东东在那个晚上也始终没睡。我感觉到她全身发热,呼吸急剧起伏,胸前一对奶子抵着我一紧一松,两只手臂好像生怕我爬起来似的把我箍得死紧。

第二天,我才知道父母在研讨家庭基本建设的重大战略。

第二天,无精打采的父亲站在狭窄后院里规划了很久。走来走去像个设计师一样拿一卷皮尺这里量量,那里比比,最后我看到了他的眉心越拧越紧,紧张到中间出现好几道壕沟,眉毛也八字倒挂,挂出一脸的无奈与失败。我记得十分清楚:他最后干脆将皮尺一丢,以摇头叹息的方式流产了那次他对家里难得的操心,于家男从来都是这样一个"夜晚想到路千条,白天蒲扇摇一摇"的户主。

"你是想做一个流尿的水沟吗?"因为我们男子汉经常在这里对着角落端着枪淅淅沥沥,我问。

"不,我准备再搭个狗窝。"他丢下皮尺洗手。

我兴致勃勃地问:"我们家准备养小狗吗?"

我母亲在厅堂里接嘴:"就是为了养你这条小狗。"

我说:"那你就是狗姆妈。"

"你再说一遍。"

"小狗就是狗姆妈生的!"

其实,后院不过是货车车厢大小的一块临河荒地。没有到过我家后院的人都以为里面是绿草茵茵,野趣横生,属于类似于"三味书屋"的园子。可是没有人可以想象得出,我家的院子会是一个类似于堆满破烂的露天仓库。于家男加盖违章建筑的设想,因种种不可否定的因素而被迅速泡汤。

第一,院子靠查家墙体的那一面堆满了垃圾般的杂物,比如可以当做烧饭燃料的边角料木头,比如下雨时顶替瓦片的旧雨衣塑料布,还比如可以卖零钱或换蔗糖的烂铁管、破锅、半截塑料拖鞋、鸡毛狗骨、破套鞋、破搪瓷脸盆……我都说不完,也不耐烦说了。因为贫穷,那时厉行节约的人民群众,大多像拾荒者一样把这些"鸡肋"都当作宝贝,既舍不得丢掉又不断拾取。第二,院子里确实有一棵半大的年年结果的枣树,还有一个鸡窝。五只没有老公而又天天下蛋的母鸡是我们于家的功臣。在奉献卵蛋的同时,它们也确实需要一个可供锻炼和拉屎的空间。第三,至关重要的是——后院子临河的一面岸坡陡峭相当于悬崖,而悬崖的下面河水细浪拍岸——质地疏松的砖砌岸堤有随时塌方的危险。

有了这个理由,我母亲对懒汉丈夫只能是张嘴结舌哑口无言。我父亲理直气壮地阐述完这些道理之后便如释重负,从此他可以睁一只眼闭一只眼,心安理得地陪着一家人像老鼠一样过着不要脸面的混居生活。

下班后,他可以继续赖在外面迷恋着他的象棋。

出于缓解压力的思考,以及另外的一些原因,这时候家里有人不忍心袖手旁观。这个人就是我爷爷于德礼。

当时爷爷想带我上阁楼上睡觉,他老人家已经当众表达过这一想法。但是我母亲周荣花根本不领这个老朽的情意。她虽然什么话都没有说,可是只要我一显示出想爬上阁楼的举动,就立马被周荣花凶狠的眼光闪电一般制止。他们有史以来就是一对刀子对钻子的关系。这是一个公公与媳妇关系奇特的家庭。记忆里，我爷爷任何的"阴谋"在周荣花面前都化为了泡影。连爷爷的儿子于家男都只能听之任之，束手无策。

我母亲不想他与他孙子过分亲近，我母亲强硬的理由，能让所有的人善罢甘休无以应对，爷爷呼哧呼哧的喘气是"矽肺"传染病的征兆。

那个时候我被夹在中间纠结万分，一方面我喜欢我大姐慈爱的胸怀，大姐姐身上一股好闻的奶香能让我能迅速安稳地沉浸于梦乡；另一方面我盼望着上楼，我被弄堂里知情的同伴羞羞脸已经羞得无地自容。有一次，我甚至忍无可忍地窜回家给了小姐姐一口唾液。

我扑一声吐在她脸上，说："你这个叛徒！"

"你凭什么骂我叛徒？"

"你为什么告诉别人我和大姐在一头睡觉？"

于好好扁着嘴巴带哭腔说："本来嘛，这是事实。"

我说："事实是你肚皮上有一大块长毛的胎记，你为什么不说？"

又是大姐姐上前调停。大姐象征性地拍了两下我的屁股，才使得于好好把两串尿水憋回了眼眶。但是小姐姐于好好一直耿耿于怀，等傍晚母亲一走进家门就击鼓鸣冤。结果是大快人心：她话音未落，即刻遭受到青天大人"家丑不可外扬"等等严词的断然驳回。

"走，跟我去学习'把桩'。"

在企图横遭遏制之后，我爷爷并不甘心。在家里计划没有得逞，他把他亲近孙子的地点转移到窑场。他伸出他既大又粗的巴掌，经常公然地像牵小狗一样牵着我去他工作的窑场。而且爷爷只带我去过，四个姐姐一个都没有带过。母亲坐在大门口轻蔑地撇撇嘴巴算是送行。她无可奈何，但是在旧痕上被划上一道新伤的仇恨是可想而知的。

接下来就是我跟进的问题，我只有不断加速两腿迈动的频率，滴滴嘟嘟跑步才能勉强跟上爷爷不紧不慢的步伐。

"为什么你老是不带姐姐去窑里？"

"因为她们没长鸡鸡，带霉气。"

"有鸡鸡就不会发霉吗？"我仰起脑袋困惑不解。

爷爷于德礼说："拿早先的规矩，女人是不能进窑的，女人进窑烧窑会烧倒窑的，或者瓷器会烧爽崩的。窑户老板看到女人进窑会发脾气的。"

"那现在她们长鸡鸡了吗？现在马经堂厂长怎么不发脾气？"

"马经堂又不是窑户老板。"爷爷被我说得眯眯发笑，说，"过去邪门，现在毛主席福大命大可以镇得住这些迷信,再说新中国成立前女人进窑也不方便,窑场热气腾腾都是清一色的汉子,窑里佬一身臭汗,赤膊短裤,好多人短裤都不穿只围一条腰巾,鸡巴都在下面一吊一吊。"

这就是我对这个烧炼瓷器的地方,最初的粗浅认识。

对于一个乳臭未干的小孩,我爷爷当时大可不必介绍得这么详细,我根本不懂。赤膊短裤或者围一条腰巾,为什么就不允许女人进去? 我天天晚上跟四个女人在一个房间,不照样小鸡巴一吊一吊在她们中间上床下床?

当然我现在只有苦笑不言,我不说话。默不作声的态度那只是蜗居者的隐忍,就像是不轻易示人的伤疤。如果有人将伤疤展示出来说这是多么美丽的花纹,那么他要么是发神经,要么是在黑色幽默。

小时候在宽阔的宁波老床上,灯一熄灭,我们姐弟五个像五捆长短粗细不等的甘蔗。但是都没有甘蔗的福分。因为拥挤都要找舒服的睡姿,腿脚弯曲和重叠造成的矛盾便此起彼伏。蹬腿和掐脚引起的尖叫,几乎等同于一个鸡鸭鹅豚的家禽市场。

当初的热天里好像没现在这么炎热。也许是临河而居的缘故,也可能不是。但无论如何,如果那个时候的夏季,瓷器镇经常出现如今常见的近四十摄氏度的高温,我真的想象不出我们一家将用什么样的方式,去解决在闷棺材盒子里重叠在一堆的生活。

冷天里容易对付,但是冷天里盖被的拉锯战争进行得频繁而又激烈。有时候在夜里会被莫名其妙地冷醒,身上的被盖没了,身体就如同冰棍一样裸露在冷飕飕的空气里面,而有的姐姐身上却叠起来盖了两床棉被。母亲没有办法,最后把傻乎乎的小姐姐于好好暂时匀到了他们的房间。母亲没有办法的原因,就是拿出三床宽敞的被盖,都扑灭不了我们姐弟随时一触即发的硝烟。

大姐姐于东东是市场管理员或战争调停员。

我作为唯一的男子协助着大姐姐的工作。但我往往是战争的一方。

我睡在大姐姐一头,这是没有任何人提出异议的做法。原因非常简单:我讨厌她们,我喜欢大姐,以及我动不动就尿床。我不怕难听,我就这样窝在大姐姐柔软的怀抱里睡觉,闻她身上散发出奶香的气息,感受着拥挤的温暖和另一种母爱。我就这样一直把比我大十一岁的于东东当作可以依赖的母性,当到了爷爷离开我家里为止。

6. 痨病壳

呃嘿呃嘿。呃嘿呃嘿。

在张步秀获得地区"劳动模范"的同时，据说也收到了职业病防治所下发的通知——"疑似血行播散性肺结核"。这是给拼死拼活的劳动模范的一个黄牌警告。我们穷人里头流行着一句老话，叫做"气力是不要钱的"。所以除了力气而一无所有的张步秀，一个人缩在坯房里做几个人的事情，平时在路上捡洒落的坯屑回笼原料，晚上还帮冯大妹给瓷碗贴花，天一亮就上班打扫整个坯房的卫生……

气力确实是不要钱的，但是花完了它就要命。

在那种没有环保概念的年代，像张步秀这种人不得病，世上就没有人得病。

然而我们发现，有一年春上他势如破竹的咳嗽声似乎轻微了许多，"嗯嗯嗯嗯"像是用气体疏通喉咙里细微的痒痒。阳光和煦，春暖花开。在那年春上的有一天，良好的事实就果真兑现了这些美丽的征兆。痨病壳张步秀突然穿了一件崭新的藏青色公安制服，当里当啷地一路按着车铃铛，像条水蛇一样七里拐八弯地钻进了他们家的院子，搞得弄堂里一帮子小孩子跟蛇尾巴似的在后面疯追。

"嚯，红旗牌载重啊，正式调过去了？"我父亲于家男当时站在门口跟他搭讪。

"组织上的关怀，组织上的关怀！"张步秀做作地扣紧颈脖上卡喉的扣子。

"现在不再像在坯房里做事，你趁机会把身体调养调养。"

"我不能够辜负组织上的信任。"张步秀用官腔说，"工作还是第一，我这个身体还是共产党给的。"

于家男被搞得索然无趣:"到底是劳模,觉悟就是不一样,值得我们学习啊!"

当时我们全家人都在羡慕地看着对面院子里的自行车,就像今天看邻家买来了一部"宝马"。当时埋头做事的老实人不会吃亏。对面的铃子"嘻嘻嘻嘻"将那个大盖帽扣在脑壳上罩住了脸蛋。张步秀更难以自持。这个跟我是生死对头的家伙,突然变魔术一样竟然从腰里捞出一把明晃晃的东西,高举在空中向围观的人们炫耀。而冯大妹这个爱慕虚荣的乡下女人,仿佛痨病壳就是她的丈夫,生怕左邻右舍不知道痨病壳张步秀当上了国家干部,在不厌其烦地使劲按响自行车的铃铛。

从此开始,她同意了这个单身汉在她们锅里搭伙吃饭。

"哇,他有一把锁狗的卡链子!"

"是铐坏人的铐子。"

在家里二姐姐于方方点着我的脑壳威胁:"你以后再尿床,我就叫张步秀把你个尿猪婆铐到派出所去关起来!"

"他又不是你的爸爸!"

"你信不信,我这就到对面去跟他说你的事?"

于是我不再犟嘴。

在我们瓷器镇有好多的厉害角色,但是再厉害再厉害我都不觉得有什么可怕。弄口上的画瓷板肖像的熊冬生大师,据说给斯大林戴高乐都画过瓷板头像,外交部的小车子都停过他家门口,一脸的皱纹却满面的笑容;我大伯伯于家驹参加过淮海战役,渡江战争中据说还活捉过一个少将师长,副营级干部转业到地方,平时一声不吭但是从不凶神恶煞;还有在建国瓷厂搞瓷艺设计的古梅姨娘,专门给毛主席研制过生活用瓷,到北京见过周恩来总理,被提拔到陶瓷研究所当副所长,从来没有时间理我抱我,出差回来却总是给我们买好多蜜甜蜜甜的糖果。

不就是换了一身警服吗?一个瘦了吧唧的痨病壳子,即使是骑上了一辆车子,碰见了我大伯还不是乖崽一样乖乖地下车哈腰点头。

果然,痨病壳张步秀好景不长。张步秀对不起组织,这个生下来就注定是做坏房佬的痨病壳,调到瓷器镇公安派出所以后,就像条脱离了水的河鱼,只欢蹦乱跳了很短的时间,便死蛇一样变得精神上软皮耷拉和身体上腥臭僵硬,这是组织上意料不到的结果。

痨病壳很快又在固执地咳嗽,且咳出的声音较前而言更加凶猛。这是一个响亮的身体坍塌的信号。之前享受劳模待遇,他已荣幸被地区工会敲锣打鼓欢送到省职业病疗养院调理过一个多月。疗养的结果致使他目光炯炯,脸色红嫩。但是没有想到被培养

当警察之后不久,他的咳嗽反而像是被一口水呛住了气管,一下紧接一下凌乱而急促,爆发出柴刀破竹般的炸响。

说来话长的事情,这与他当时的心情密切相关。

所有的意向都不能遂愿。平时每天清早,当阳光一开始照白河西山头的时候,河风微拂的弄堂内绝大部分地方都处于阴凉之中,只有一些高耸的墙头屋顶出现被阳光恩赐的柔白。这个时候,身为交通要道的弄堂就会出现一股自西向东赶路的洪流。石板路上噼里啪啦纷乱的脚步声像洪流的浪涛。这股洪流源自于渡船过来的河西居民,也包括弄子里从河边我和铃子家开始的所有住户。那时候的人们还不作兴什么晨练,大家早饭后奔命的目标分别是工厂、学校、机关、医院,或者菜市场等等场所。

似乎是一家三口的他们,自然夹杂在上班上学的人流当中像三匹漂浮的菜叶。

张步秀提前去派出所打扫卫生,节俭的冯大妹赶清早买便宜蔬菜,而铃子当然不能被锁在家里。当时他们出行的方式是:由张步秀扶着自行车叽叽嘎嘎陪同,铃子被冯大妹抱在怀里跟着车子步行。街坊就有人开不该开的玩笑:"严重浪费啊浪费啊,有车子怎么用脚量呢? 前面坐一个后面坐一个,正好骑啊。"

街坊实际上都默认他们一家三口的格局,然而他们内部的关系一直没有得到合法的理顺。张步秀急于上船买票打结婚证,而冯大妹始终让铃子把张步秀叫做"叔叔"。

035

内部情报被出卖的根源,是铃子做了他们的汉奸。幼小的铃子,已经到了叽里呱啦东家闯西家荡的年龄。她当然分辨不出街坊邻居问话里设置的圈套。有时候某个大妈或大伯给她一把花生,问她:"你姆妈昨天夜间在叔叔房间里说话吧",或者是一个阿姨拿着一把瓷器手枪,逗她:"叔叔亲了你姆妈没有? 告诉我这个就给你。"

铃子有时到我家来玩耍,我亲亲铃子嘴巴,也说"他像这样亲了你姆妈没有"。我只是学习大人的腔调,但我的流氓行为立即遭到姐姐们撕嘴和辱骂。铃子的嘴巴好嫩好甜,但从铃子嘴巴里透露出来的内幕,却让大家大失所望。

"他们两个相骂,哥啊,他们昨天夜间贴碗花的时候在堂前相骂。"

到我家来闲坐的曹师傅说:"你姆妈骂他不要脸是不是。"曹师傅正趴在茶几上跟我父亲下象棋,一只还粘有瓷土的手捏着一枚棋子停在空中,忍不住笑嘻嘻地插嘴。而铃子给出的答复,却叫所有人索然无味般地长叹一口气。

事实是,冯大妹是因为浪费自行车的事情跟张步秀吵架。

冯大妹很想坐在自行车后架上兜风,但这种"变修"的念头,在那个年代里当然就遭到了张步秀无情的炮轰。"我明天就把车子锁到办公室里,配车子是为了工作方便!"

"你牛脑筋一个! 拿鸡毛小事上纲上线,人家查仁儒还跟小鬼做瓷器玩具。"

"你怎么拿我跟资本家相比？我们是工人阶级。你还是一个农民的思想觉悟！"

"我确实是农民，我们吃萝卜腌菜，也没求你买鸡蛋糕来变修！"

冯大妹的农民思想就这样狭隘，从此就不再陪着自行车一起傻乎乎地走社会主义道路。很现结的事情，马上桌子上的伙食质量就明显滑坡，更不要奢谈什么同床共枕的打算。张步秀结束单身的计划化为了泡影。"叮叮当当……"他敲着饭碗婉转抗议，但是冯大妹充耳不闻搁置争议，天黑了也不要痨病壳帮忙贴花，贴好花的瓷器自己挑到瓷厂里验收结账。吃过晚饭后把房间门"嘭咚"一关，以示两边是井水与河水的关系。

那段时间有些失态，寡妇冯大妹的黑脸盘越加黝黑，院子里养的几只鸡常常被倒霉地赶得扑噜扑噜乱飞。对面用废弃匣钵砌码起的院墙，高度原本就不过大人的胸脯，所以女人丢丢甩甩的磕碰和絮絮叨叨的牢骚声，时不时会窜进我家的门窗。

这就是对面屋里，开始出现的不和谐音符之一。

其二，这个没有文化的冯大妹有段时期来了一大帮乡下的亲戚，像是逃难一样，她的叔叔婶婶带来儿子儿媳和女儿等一大帮肩挑背驮的渔民。这帮渔民来自鄱阳湖边上一个贫穷的渔村。难得的亲戚光临，致使冯大妹陡然高涨的热情像插进敌营的军旗，几天下来呼呼啦啦的接待伺候，让她迎风招展眉飞色舞。为了显摆在镇上的幸福生活，以及吸引身穿警服的张步秀餐餐露脸，那段时间冯大妹在餐饮上狠下血本，把热锅里的猪油熬得喳喳地冒烟，让浓重的荤腥气味在弄堂里随风飘逸。

"熬猪油渣嘢，真香！"穷人对美食的嗅觉赛过了狼狗。

"这个女人下手真狠，连续两天大鱼大肉！"

一向勤俭节约的痨病壳张步秀因此气急败坏，当着街坊邻居猛然爆出一句妙语，"猪嘴里插大蒜——在乡下亲戚面前装象！"

瓷器镇的镇民们都深有体会。哪一个都有乡下亲戚。瓷器镇是明清时代就高度发展的移民手工业城镇，朱元璋把"御窑厂"一设，民窑作坊像雨后春笋，就犹如当初的深圳，明晃晃的现洋吸引了大批在土里刨食的农民。所以直到现在，大多数的镇民与周边县乡农村的宗族关系，依然是"打断骨头连着筋"的态势。

但是在那段时间里，让一个内向、正气和勤俭的张步秀不能承受的是，狭小的板壁民居一时沦落为拥挤吵闹的歇店。张步秀不得不被排挤到办公室去临时搭铺安身。房间里又变成了咸鱼仓库。渔村带来的整麻袋整麻袋待售的干鱼，使得很长一段时间家里不仅充斥着浓重的腥味，刺激着他咳嗽不止的肺叶，而且还被迅速演变为"投机倒把"的肮脏场所。尤其让人忍无可忍的还是，源源不断的沉重的接待开销——在无偿地供给一帮心安理得吃大户的渔民。交钱搭伙的张步秀，夹菜的筷子就像土灰里刨食的

母鸡爪子,这个盘子里扒扒,那个菜碗里啄啄,一餐饭下来吃得唉声叹气,伤者被人割肉滴血。

当然,再严重再严重,这都不过是打碎牙往肚子里吞的"家丑"。

现在回首往事,所有这一切都是摆不上桌面的小事,这都不足以引发他张步秀几乎被调养痊愈的咳嗽。谈不上幸灾乐祸,那时候我还小。但是很小很小的我开始在龙缸弄弄堂里奔跑,我领着一帮小伙伴们在愉快地肆无忌惮地追逐和打闹。现在,我认为当时最重要的一点是:"是金子到哪里都会发光"的这句真理,偏偏将这个被认为是真金的劳动模范排除在外。

我想说的是,张步秀的工作状态给他带来的精神上的坍塌与打击。

工作是他的命根。

"他真的不适合当脱产干部。"那段时间,镇上有许多人都在背后点击着这个痨病壳的穴位。小时候我印象最深的就是,听到我在镇政府院子里工作的父亲对母亲说:"在瓷厂里他是劳模,在机关里他是痨病。"

其实,张步秀在的新岗位上并没有犯什么错误,而且比从前更加谦虚、谨慎、勤快、老实。一如既往的习惯,张步秀按照瓷厂里的作息规律,每天在樟树叶上的露水还在滴落、草丛中的蟋蟀依然嘶鸣的时候,最早一个到达前街镇机关大院。镇公安派出所就在大院前院的一幢老式雕花木楼的二楼,上楼的左手边一二三间都是。

张步秀每天走进去上班的感觉应该是自豪与满足。

这是一幢两层的、于民国手里建造的木楼,人咚咚咚地走上楼梯,在地板上面走重了还会响出空洞的噪音和震起呛鼻的灰尘。新中国成立前,这幢像座宫殿一样精致巍峨的雕花木楼,是镇上最大的窑户老板查冠及其幕僚、账房、家丁等人办公的场所,同时兼做当地的商会会馆。在我幼小的记忆里,这幢高耸的木楼在当时的镇上依然算得上是一幢高大气派的建筑。

痨病壳每天坚持着给每间办公室整理报夹、抹桌子、扫地、烧开水,甚至给所长副所长泡好浓茶。但是勤快没有一丁点用处,政法系统不作兴这个。警察们在一起议论的就是发现了什么危害党和国家的线索,搜缴到哪些变天账发报机或者反动书籍,抓获了几位叛徒特务以及反革命分子。而两位所里领导喝着张步秀泡好的茶水,劈面走过来只当他是一个影子,看都不看他一眼,大会小会上提都不提一下他的姓名,记功和表彰的总是那些政治案件的侦破英雄。

痨病壳张步秀在单位好像只是个勤杂工人。

甚至连勤杂工都不如。镇机关大院里的看大门的、搞收发的、烧开水的、扫院子的、剃头发的……领导们都很尊重。而张步秀这个抢着做杂事的警察，上上下下都对他的低下和谦逊不屑一顾。

"我请求领导派给我一些艰巨的革命任务。"

有一天晚上张步秀下定决心排除万难，在我家门口等候了两个小时，拦住来看望我爷爷的大伯于家驹，恭恭敬敬地递上一根皱巴巴的香烟。他终于狗急跳墙。

我当镇长的大伯把烟挡住，"你的意思是……"

"我想承担一些大案要案的调查任务。"

"想法是积极的，但是有重大任务会集体开会研究分工，不是你这样私下要求照顾。"

"……"

"称职的公安干警要自己在实践中发现线索，要有高度的革命责任感和敏锐的政治嗅觉。"我大伯说，"党信任你，你就要尽快进入政法角色，这不像在瓷厂里等待下计划和任务，你知道吗？"

"一定一定！"张步秀脸红耳赤，一根香烟拿在手里微微发抖。他脸皮很薄。面对领导话里有话的谆谆教诲，当时他一定是觉得自己是已经愧对了组织。

从此，他骑车时的铃铛很少按响，也不再经常掏腰带上的铐子出来显摆，走路低着脑壳像是寻找钥匙一样有些沮丧。呃嘿呃嘿。呃嘿呃嘿。完全是条件反射，痨病壳张步秀立马就重启了他频繁的咳嗽。

查云华、查云珍的父亲查仁儒比较善良。有一天，隔壁的资本家查仁儒听到了这种持续不断的咳声，作为街坊邻居，就忍不住好心走上前跟张步秀说："你要去坚持打一段时期链霉素，你不要轻视这种咳嗽。"

"你做好你的实验组组长。"张步秀蔑视地看了看这个近视眼，狗不吃屎地说："现在都解放多年了，共产党的医院难道连这些常识都不懂，还用得着你一个做泥巴菩萨的人提醒？"

痨病壳张步秀说完还故意呃嘿呃嘿地咳嗽了几下，"狗咬吕洞宾"地摆出工人阶级的态度。成分不好的查仁儒，只好摇摇头落水狗一样灰溜溜缩回家里。

咳嗽的声音在烧造瓷器为主业的镇上司空见惯。问题是，这声音很容易让人联想起随口而出的令人作呕的唾液。这不是人们讲话过程中无意溅出的口水。像讲台上的老师，主席台上的领导，以及打架相骂之人点点滴滴的喷薄而出，被滋润者擦擦脸面就一带而过。这是张步秀从肺部深处咳后出来的污秽，浓痰像凉粉冻一样呈灰黑色，里面带有肉眼看不见的在显微镜下蠕动的结核杆菌。

"胖地主过来。"有一回张步秀远远地跟我招手。

我不动，中间隔着弄堂躲在家里回答："你才是地主，我们家是工人。"

"我叫错了叫错了，你大伯伯什么时候会来？"

我说："你去问他自己，除非你现在叫铃子过来玩。"

"你这个精怪，我给你鸡蛋糕吃。"他讨好地招招手。

我依然稳如磐石，我听我母亲的嘱咐。小时候我躲避他的口水，但阻挡不住他的声音。关于我对面这个痨病壳的事情我知道很多很多，我不想多说。我不是当初不想说，而是现在揭短的时候，有些替这样一个可怜又可嫌的人物怀有同情与感伤。

呃嘿呃嘿。呃嘿呃嘿。

因为他住在我家对面，而我小时候又有个憋不住水龙头的毛病。间或听到他一声紧逼一声的咳嗽，我会被影响到用双手捂住卵蛋。我有强烈的尿尿的感觉，我的尿泡承受不了这种急迫的压力。"痨病鬼你不要再咳好不好？"我只能在家里团团打转地掐紧鸡巴，自言自语像是发自己的脾气。我窘迫的丑态经常弄得姐姐们幸灾乐祸地哈哈大笑。

7. 悍妇

"你去还是不去？"在我五岁的时候，母亲周荣花最常见的恶劣表现，是动不动就朝我的脸蛋举起她粗糙的巴掌。你去还是不去？这句威逼性的问话，给我刻骨铭心的记忆。

这是一个地主婆的形象。在那个年代里没有比地主婆形象更加恶霸的了。不知道什么原因，周荣花在家的脾气越来越丑，丑到了地主婆的程度。例如说她恶霸的效应：只要她声音一冒出喉咙，我就立马能感觉到那种声音刮瓷般的凶猛和刺耳，以及由声音带出来的腐烂气息。这个时候我脑壳都是大的，耳膜会麻痒麻痒，手臂上的皮也会鸡皮疙瘩地泛起一个个麻点。

这真的不是丑化。

但是，我母亲周荣花平时在单位上好像并不是这样，家庭内外她判若两人。是不是人长大了以后就会有两张面孔？

在坯房里她兴致勃勃搭讪黄色的笑话；上下班跟同事同来同往满脸兴奋；厂长马经堂常常抽调她到行政上去帮忙做中心工作；她甚至已经担任了一个近二十人的大组的组长。我母亲在有人通知她去厂部的时候，还摆出一副不很愿意动身的架势——厂长派来的人站在门口等她，她却挥挥手说"你回吧你回吧，告诉马厂长，我还一大篮子脏衣服要洗呢。"

在厂里她是一个很有面子的劳动妇女。

人人都赞美自己的母亲，是她们把我们带到人间，给我们以美好善良。但是我，却

040

没有办法在那个年代里找到母亲的秀丽和温柔。我无从谈起，因为我很难得在家里看到周荣花一个笑脸，就好像当初瓷器镇的天空很难得看到蔚蓝一样。尽管瓷器镇是一个生我养我的地方，但是无论如何，我不能再像过去的人那样，把家乡林立的烟囱和浓稠的排放，当作城镇繁荣与工业发达的标志。对于母亲，我无从谈起。

有一个生动的细节足以反映出，五岁时的我，当时对母亲有着怎样的一种谨慎和惶恐的心态。这个细节就是——只要我一听大门外有"扑噜扑噜"拍打衣衫的声音，就会不由自主地像个病猫一样找一个凳子坐下来，拿眼睛去静静地观看随风飘进家门的一些粉屑。

一个好动症的小孩立马会斯文得近似于一个痴呆。

这时候我知道我母亲下班了。她刚刚从坯房里施釉的位置上下来。

"你去还是不去？"在她眼睛扫到我脸上的那一刻，幻觉让我耳边又响起了这句威逼性的问话。我耳朵里仿佛"嗡"地一下。其实她根本没有作声。幻觉在说明我对这句话的诚惶诚恐及刻骨铭心。

当时，沾满白粉的工作帽和工作服像块抹布一样团在她手中，擦擦手心手背，然后会被"呼"地丢进一个装满肮脏衣服的大竹篮子里面。母亲很疲惫的样子，点上一根香烟深深吸一口坐下，以仰靠的姿势放松地瘫倒在房门边的一张竹靠椅上。这是她一般的状态。

大姐姐于东东这时就会自动站到她身边，翻开一个破破烂烂的用以记账的练习本子，嘴里报道："五分钱豆芽、一角钱什锦菜、六分钱芹菜……加上半斤苦瓜，一共花了两角四分钱"。

母亲眼皮没动，吸一口烟，左手接过大姐姐买菜找回来的一把叮里当啷的零钱。

"方方的家庭作业做了没有？"她将钱塞进裤腰一个贴肉小口袋的时候，同时跳跃出一句毫不相干的问题。

"做了一半，晚上再做一半。"二姐姐老老实实回答。

"晚上哪有那么多电点？点电灯不要钱是不是？你不拖拖拉拉你会死啊！"母亲声音突然大了起来。母亲烟没有吸完，铁着脸三下两下将烟火按灭在一个盘子里面，把剩下的半根塞回烟盒。

开始了。

我们都知道火气升腾起来。

母亲打开水缸盖子，她又开始有了指责的内容："水缸都浅到了缸底，晚饭炒米吃算了，热水瓶里也干熬熬的，你爷爷生下的是一条腰身老长的懒汉，扁担一样这里痴痴那里呆呆,木头木脑不管家里的事情。都解放这么多年了,我又不是家庭妇女,我也顶工人阶级的半边天了,摆男子汉大丈夫的派头我叫他死到阴间里去摆!"

"整整一个上午你干什么去了?就上街买了一趟菜?"

这时候她突然看到了很好讲话的大姐,于是她调转枪口就扫射大姐隆起的胸脯:"东东,你大半天也不抽空去水站挑一担水来,又不要你下河挑上岸坡,一分钱一担的自来水不会平白无故流进我们家的水缸。我在坯房里累得腰酸背痛,还不是为了养活你们这帮打倒贴的贱货。你都一十几岁的女人了,等下口渴了全家人都跟牛一样趴到河边上解渴。你做我的指望,我作你的指望,三个和尚没有水吃,你们于家佬莫不是都有这个毛病,一大家子的人都懒得生蛆!要在过去,你这么大的人都结婚生崽了,养你这么大挑担水都指望不上,成天落了魂一样,一有机会就晓得死到外头去疯疯癫癫……"

没有一个人敢作声。我的眼珠子只敢跟着母亲的身影转悠。

爷爷于德礼退休以后就喜欢背着手拿一根黄烟管,找人堆里喝茶聊天赖到天黑散伙。父亲有个下象棋的爱好,下班站在棋盘边观阵。一直想等到人家邀请他披甲放马,他才会眉飞色舞上阵杀到天昏地暗。

母亲周荣花边骂边扯下帽子,到洗脸架上扯毛巾蘸脸盆里的小半脸盆水洗脸、抠鼻孔耳洞、擦脖子和腋窝,还从衣服下摆伸进去抹桌子一样胡乱抹一通胸脯。胸部被她蛮横的动作挤得晃来晃去。

"家里被你们搞得乱七八糟,米到现在都没有淘洗,地上纸屑子、烂菜叶子到处都是,这么晚你父亲又不知道死到什么地方下棋去了,一大堆的脏衣服等着我洗……还有好好,好好你坐在门槛上做什么?你一个叫花子的样子,你以为门槛上干净是不是?门槛磨不破你的裤子是不是!"

声音饱含着怒火,呼呼啦啦自燃;分贝越来越高,无孔不入地挑选漏洞;母老虎寻找下嘴的对象,厉声的数落好像牙齿的撕咬和咀嚼。姐姐、父亲、我,甚至爷爷……无论何时,无论何地,她只管端起机关枪,突突突突地就能扫射出一连串铿锵的子弹,像是老于家前世欠了她的米还了她的糠一样,表情冰冷愤懑。

骂完了她挑一担桐油大木桶去挑水,一晃一晃出去,又一荡一荡沿路洒水车一样回家。把水"哗啦"一声倒进水缸,又拎起一篮子肮脏衣服下河。三姐姐于红红这时候比较自觉,赶紧拿一根棒槌,跟屁虫一样地夹着一块搓衣板跟在后面下岸。于是家里复归安静,瓷片河上的微风,裹着母亲留下灰尘通过窗户钻进了我家的碗橱。

这让我更加羡慕隔壁查氏兄妹和对面小铃子的幸福生活,让我更加感觉到赵飞燕走路的姿势温情雅致,以及冯大妹的怀抱富有柔软舒服的肉感。

"你到底去还是不去?"

有一天,她朝我的脸蛋又举起她那粗糙的巴掌。"你到底去还是不去?"这句话已经被她问过多少次了。很明显的事情,她是在逼迫我按她的意思去一个我不想去的地方。我已经忍无可忍。

更早的时候她好像不是这个样子。有一张放在梳妆盒里被我无意翻到的黑白照片,在证明着我母亲曾经的青春温和和快乐亮丽。没有人知道,在家里没人的时候,我经常翻出她那张发黄的照片,躲在房间里端详我过去的母亲,心中会产生出一丝莫名的失落与深切的遗憾。

那是一张父亲和母亲的结婚照片,两颗头往中间倾斜。黄得有些朦胧不清,但黄迹依然掩盖不了他们当初的甜蜜与幸福。我想不到的是,铃子的姆妈冯大妹有一条粗黑的辫子,而早先我母亲的辫子却有两条,而且油黑发亮,从肩膀上一边垂下来一条,辫子耷拉在她丰满的胸前。她笑起来右脸上还有一个很深的酒窝。酒窝边上因蜜笑而隆起的嫩肉,使得我曾经的母亲呈现出少女鲜嫩的光彩。

"再说一遍,你去还是不去?"

这位笑起来曾经有酒窝的周荣花,在我懂事以后,终于举起了她粗糙的巴掌,对我施展着她的蛮横与暴力。五岁的我,当时真的很想把她强蛮的样子,永远锁进那个陈旧的梳妆盒里,而把梳妆盒里笑出酒窝的陌生女人放出来做我的母亲。

那天是星期天,阴天,窑场里一座圆包窑刚歇火不久,滚烫的瓷器都被开采出来,留下一个宽敞温热的空窑弄在等待冷却。在这等待冷却和下次点火的过程中,如果遇到不好的天气,周边的住户便会把这个歇火的窑弄,当作雨天的太阳或自家的烘房。

我迎着她的巴掌仰起脸面,说:"不去,我不想去"。

都知道我从小到大的固执,忍无可忍的最后,一旦倔强起来样子完全会像一个信仰坚定的共产党员。我昂起曾经被撞破的脑壳,哪怕是巴掌即将劈下——这就是我的性格。没有人知道我的内心以及后来对窑场的深仇大恨。当时我还很小很小,只有五岁。但是有句老话叫做"有志不在年高"。

那一天,我母亲的巴掌终于没有劈将下来。因为在我濒临危难的紧要关头,又是我爷爷这个坚强的后盾,以他瘦长的身板,拿着一根松黄溜光的竹烟管,及时地怒目冷眼地出现在周荣花的背后——在家他是一个正义而沉静的长辈。

现在我终于可以告诉大家了,周荣花要我去的目的地,就是离我家两百米左右的前进瓷厂的大型窑场。去窑场实际上我也做不了什么,无外乎要一个人像狗一样守在窑弄里照看自家烘烤的东西。

那是一个我不想去的地方。

刚刚开过窑的窑弄不仅热得人冒汗,而且缺氧,必须间或跑出窑门换一口新鲜空气才能继续。关键是怕有熟人会闻出床单上的尿骚。"自己屁股上的屎自己揩干净"。周荣花强逼我去窑场的意思,其实就是一个成年人的阴谋:在阴雨天里,她想让我体念一个由湿到干的艰难过程,或者她在使出她最恨的一招——她试图不惜以当众羞辱的方式,来拯救一个儿子尿床的毛病。

但是在那一年的那一天,我永远地记得我被羞辱的痛,并没有因为扇耳光行为的流产而宣告终止。

事情发生在随后我蹲在河边看水的时候。

记得从巴掌下逃离出来我就蹲到河边去看水,我在逃离人群和逃避劳动。三姐姐她们背着爷爷恶狠狠地诅咒我说,"你总有一天会被淹死的"。但是对于一个缺乏迷信观念的小孩来说,这些恶毒的预言我权当她放屁。

值得一提的是:河水是我百看不厌的灵物。我经常这样,来到河边,蹲下。河水的轻柔与清澈就好比纯净的天空,飞鸟一样的游鱼在其间来回回自由地穿梭和漂流。我的前世很可能就是一条畅游的鱼。我曾无数次轻轻地用手撩起一捧河水,尽情地享受着水顺着我的指缝,哗啦啦流下一连串晶莹珍珠的快乐。

游鱼被惊得四下散开,一会儿又亲近我一样慢慢地聚拢。

沉浸在水底的青花瓷片一清二楚,并随波荡漾。

"什么时候我可以下河洗澡?"我曾经无数次直面于家男问这样一个老生常谈的问题。

于家男应付我说,"等你长大了以后。"

我识破了大人们敷衍了事的勾当。"跟去年相比,今年我不是已经长大了吗?"

"等你再长大一些,长到我认为可以下河的时候我会叫你。"

这时候事情就来了——我身后沸腾起来。

那年我五岁。我记得,在我亲水的快乐达到极致的时候,我一直在想我什么时候才能达到父亲"长大"的要求。我之所以清楚地记得那年我五岁,是因为那年发生的事情让我羞耻揪心。

那一天背对着我,由母亲和大姐、二姐、三姐、四姐等人组成的娘子军队伍走出家门。她们抱着棉絮、扬着床单和提着刚刚洗过的一家人的衣裤,拿着晾晒的竹篙、三角木叉和板凳之类,浩浩荡荡游行一样向两百米之外的窑场出发。

"走咯,到窑里去咯——"她们夸张地吆三喝四。

"走咯,烘被子去喽——"她们将竹篙在石板地上拖出打快板一样的声响。

很做作的兴奋。这支心怀叵测的类似于广告家丑的队伍,在母亲周荣花的率领下,叽叽喳喳和磕磕碰碰在沿途彰显着一种企图。只有善良的大姐在阻止她们的喧哗。

大姐瞪着眼睛,大姐于东东阻止二姐、三姐的方式,是用她美丽的大眼睁圆了狠狠地瞪着她们。大姐于东东大我十一岁,威严和关爱不是母亲胜似母亲。因为对我和蔼可亲和关心备至,所以我永远记得她当时慈祥的样子。我至今还记得她脸有些红嫩,夏天的胸襟有些突出,身上散发出一股浓郁的奶香。

我非常喜欢我这个短命的姐姐!

但是已经迟了,女人们的目的已基本达到,里弄两边的街坊邻居被纷纷引出门洞。秘密昭然若揭。而且尤其让我在意的是,和我同龄的伙伴查云华和查云珍他们肯定会在观众当中,对面的铃子也会返回家附在她母亲耳朵边说话。丑闻将会像下雨前的燕子在里弄里展开翅膀低空翱翔。

"你家飞飞真行,又画地图了?"

"帮我占个位置,我等下也去窑里。"

"哈,还蛮大一块,美国地图呀。"

面对于家庞大的队伍,街坊们都在夹道欢迎似的呵呵大笑。在当时我就这样假设:在丢脸和挨打之间,我情愿选择鼻青脸肿与遍体鳞伤。"飞飞——尿尿,飞飞——尿尿",我似乎已经听到了小朋友们跟在我身后刮脸羞羞的叫喊。因而在欢乐的取笑声中,我稚嫩的脑壳里面能感觉到刀割似的"呲啦呲啦"的划疼。

我趴下,将自己通红的脸使劲抵近水面。使劲,再使劲,我企图让清新的流水,洗刷和抚慰我受伤的心灵。没有人知道在那种时候,我屈辱的泪水一滴一滴地掉进河里。

我不要这个母亲,我情愿让赵飞燕或冯大妹做我父亲的老婆!

我咬牙切齿。

8. 溺

那一年，我最最勤快、好看、善良的大姐姐于东东死了。

尽管这样的恶事，每年在我们镇上都在所难免，但是我真的不想再重复"河里淹死人"的故事。我喜欢河流，并一直就期盼着能跳进清澈的水里去游泳。我不能因此而败坏这瓷片河的名声。然而这次却无法回避，这回溺水的对象是我的大姐。

也是奇怪的事情。溺水的那一天午后正好凑巧，我和查云华在马博的教唆下第一次偷着下河游泳。马博还从前街带来一个叫人生厌的痢痢头同伴。我始终觉得这个痢痢头会给我带来晦气。我不知道大姐为什么要去自尽，那天她在龙缸弄码头上投河，我们正好躲在下游两公里的水里面赤身裸体享受。

我大姐于东东被打捞起来的时候，已经是午后两点多钟。

在平静的瓷片河河面，搅混着泥巴的颜色和凌乱的水草，有比较浑浊的波浪像抖布匹一样不住地晃荡。一条用做接应的渡船，早已放弃了应有的职责，在河面有限的范围内没有目标地团团打转。我大伯于家驹站在船头上焦急地指挥，五位会水的成年人跟表演的海狮一样在水里钻来钻去。

打捞历时了一个小时之久。

事后多少年过去，当年初夏瓷片河打捞与围观的阵势，一直都被当地人反复回顾并津津乐道。龙缸弄码头一段地势比较开阔，密密麻麻，岸坡上只要可以立足的树荫底下都挤满了镇民。确实是前所未有的行动，在那个无所事事的年代里，跟刑场上看枪毙人一样场面蔚为壮观。原因非常简单：死者是于家驹镇长的大侄女，而且这个侄女是镇

046

上出类拔萃的美女。

那一年我大姐于东东十七岁,正是青春勃发、杨柳婀娜的年纪。镇上有不三不四的"罗汉"经常在她经过的时候,忍不住会吹响一记长长的呼哨。几乎是每一位下河洗澡的男青年,在经过我家门口的时候都憋不住都要朝家里张望。我大姐却不是那种喜欢张扬的妖艳少女。她是一位要相貌有相貌,要身材有身材,要脑筋有脑筋,要成绩有成绩的女生。瓜子脸形,白嫩的皮肤,酒窝,正肩,细腰,隆胸,大眼睛上面还配有黑长的睫毛,一头乌黑闪亮的秀发,绸缎布一样被结成两根当时很流行的长辫。辫子一晃一晃,她行走的姿势落落大方。

记得我当时在下游一个叫作西瓜洲地方,正包着脚板一拐一拐被查云华搀扶着原路返回。我的脚板心被河里的碎瓷片刺破。我们并不知道于东东死了。我只是一路在思考着回家如何跟父母撒谎,是半路上我们感觉到空气中的异样,才知道瓷器镇已经发生了一件叫人心惊肉跳的大事。

沿河几乎所有的弄子,都有人向上游奔跑。"淹死人了,淹死人了,河里淹死人了。"一路都听得到叫嚣,加上脚板声在石板上噼噼啪啪,在狭窄的弄堂里甚至产生出恐怖的回音。我看到,纸屑和灰尘被急促随风卷起,晃晃悠悠,又晃晃悠悠。死亡的消息像蝙蝠一样横冲直撞。有许多大人狼狗一样从家里蹦出,也有许多人以类似的速度窜回家中急于清点自家的孩子。

尽管瓷片河里的水鬼急于投胎,每年都要拖几个人去顶替自己。但是,那一年我并没有想到大姐姐会死。就算世上的所有人都死得精光,我也猜想不到阎王爷会把于东东纳入应征的名单。

于东东好容易才被打捞上来。

我呼天号地地哭倒在码头的渣皮滩上,有好几个大人在拖我,岸上人山人海。从未有过的揪心和疼痛,致使太阳在我眼里都变成了黑色的洞穴。人一旦成了没有灵魂的物质,苍蝇都会像直升机一样,毫无顾忌地在她鼻尖上盘旋和起降。很自然的事情,当时没有一个人知道,我的心脏与脚板一样同时在汩汩地向外渗血。

那天我的脚板心被河里的碎瓷片刺破。我太喜欢我大姐了,大姐同时也垂爱我这个小弟。这也许是老天赋予的骨肉感应。一个非常凑巧的细节在刻意凸显——在大姐被溺死的那一刻上苍给予了我钻心的伤痛。以后每当触摸到脚底的这道夸张的伤疤,我鼻根的部位都会感觉到微微的酸胀,眼眶因此模糊而潮湿。

死人的事情哪个都没有料到:那天中午,大姐于东东是从龙缸弄码头上像跳水运动员一样纵身跳下去的。属于无缘无故的一跳。也就是说于东东的死归类于自杀。事

047

后有河对面等渡船的人还原了她纵身一跃的情景。——当时清风吹拂微波荡漾,太阳在波纹中映射出许多龙鳞般的金光。有目击者看见她带上家门走上河滩的时候,还以为这个着装整齐的少女是想远眺河边午后幽静的风景。

但是已经来不及了,"说时迟那时快"的瞬间。于东东毫不迟疑地走完码头上长长的跳板,并没有在临水的高度上犹豫立定。在对岸的人发出"哎呀"一片惊叫的同时,于东东将耷拉在胸前的一条辫子往后一甩,矫健的身体便像梭镖一样"扑咚"一声破入水中。

当时被打捞出来的大姐她躺在河边,岸头坡地上长满了茂盛的杂草和大树。大姐姐躺在石板上洇湿成一片。

当时,医生和有经验的几个人围着尸体捣弄了一番,就站起来表情严肃地朝吉普车走去。

太阳当空。毕竟岁月不会饶人,大伯于家驹深深地感受到由公事与家事带来的疲惫,他躺坐在吉普车副驾驶座位上休息。

"她是被水呛死的。"谨慎小心的镇卫生院的医生站在车窗口向他汇报说,"呛死的人一口水涌进去,塞住了气管冲到了脑腔就完了,这不比喝了水进去,喝饱了肚子的人还有救活的希望,按他的肚子把水挤压出来就行,但是……"

"好了好了,别给我上课了!"

一向冷静沉稳的于家驹镇长,那一刻竟然铁青着脸变态一样不耐烦地冲医生大声吼叫。

大姐死后的那段时期,父亲生病一样日渐消瘦并坐卧不安,他感觉到纳闷。他当然想不到,日子过着过着一眨眼他就失去了一个女儿。他原本想上上班下下棋,生活结结巴巴过得安稳太平。因此带着满脑子的问号,困惑不堪的他花费着大量的时间整天像个侦探一样,在家里大衣柜中、梳妆台上、书案抽屉里、床铺底下,以及厨房、后院、晒楼,甚至柴火堆里面,到处老鼠似的翻检大姐于东东的遗物。

同时,他像派出所的人那样就大姐的近况,耐心地一个个坐下来做笔录一般向家里人询问。哪怕是一些细枝末节的异常感觉,他都一字一句沙沙地走笔,记录在案。

当时,他正好有这个时间和精力。在前街墙面上出现大字报的同时,我家那行将就木的爷爷,也就是于家男和于家驹的父亲就被指责为漏网的资本家的"乏走狗";姐姐们为学校停课而欢天喜地,她们用打打闹闹的方式来庆贺自由的光临;瓷器镇上一个资格较老的书记,已经被揪出来在大会上批斗。面对错综复杂的局势,谨小慎微的于家男每天就像机器一样,更加准时去他的镇政府上班,坐在办公桌前点一根香烟泡一杯

浓茶,然后从头到尾一字不落地拿一张报纸看到下班。

他生性怕事,从来不开口争辩,不参与派性,不沾染公款,不串岗聊天,甚至去前街看大字报都专挑人迹稀疏的时候。在非要表态和站队的时候,好像是屎胀得难受,我父亲就抱着肚皮做一副痛苦不堪的样子蹲下去,然后去医务所请医生打病假条不去上班。他乌龟一样躲缩在家里,人的状态就成了秋后泛黄的蟋蟀慢慢腾腾无精打采。这段时间,家里的破袜子、旧报纸、烂本子和针头线脑等等,都被他翻出来打着电筒一一检验。他企图在细小的物件当中找到大女儿自尽的蛛丝马迹。

但是三个月的忙乎,让他一无所获。

期间我已经学会了游泳,跟公园里的海豹一样蛙泳和仰泳都得心应手。也许这就是天资。一周不到的时间,我已经可以撇下父亲这个半桶水的游泳教练,让他深沉地坐在晒楼上端着茶水注视着他的徒弟,想一些人生或命运之类的终极问题。

河边天高云淡,流水悠悠。

049

在三个月之后,我忽然回忆起一段我一直不想说出来的事情,是我看到的大姐姐于东东的事情。我像沤肥一样,试图把它憋在肚子里让它腐烂发酵。那件事情在我年幼的理解中有些迷惑和羞耻,但是跟死亡无关。事情过后我竭尽全力试图把它们忘得一干二净,我忘掉的目的是不想去败坏我大姐的光辉形象。

我当然不是木头。

我已经长大了,大姐姐已经死了,我想了很久很久觉得有必要告诉我父亲。

是一个人提醒了我试图忘却的记忆。我在游泳的时候看到了一个人。这个人非常反常,这个人总是在一旦与我照面的时候,要么哗啦哗啦地掉转头游走,要么呼噜一下潜水而逃。他慌里慌张的神态,当时在我乌云一般的脑海里,闪电一样"刷"地擦亮了一条刺目的蓝光。我感觉里这个人有些眼熟:皮肤白净,眉清目秀,中等个子,轮廓分明的嘴唇很像是一个女人。

那几天我都在想啊想啊,就是一直想不到在哪里见过。

猛然间,我脑海又"刷"地闪亮了一下。

我想起来了,这个人就是在窑场的角落里抱着我大姐亲嘴的流氓!

那一回我在窑场的一个角落里,看到的一件我真的不想说出来的事情——我看到了我的大姐于东东棉袄的下摆,被一只白皙修长的手伸进去揉捏得我大姐不断地呻吟。

那是初春的一天,我跤着脚板到窑场的一个窑炉边去取暖。外面风冷。我那个时候已经到了被允许可以独立行事的年龄。是那个无意之中碰到的场面,叫我陷入了前所未有的两难境地。我真的不愿意述说这件事情的场面和过程。因为经过窑场的一个角落的时候，我正好尿急抠着裤裆想找一个排泄的地方。

窑场有很多很多这样隐秘的角落。这时我听到了在匣钵的夹缝中，有一丝极其轻微挣扎的声音在里面传出，于是出于童年的好奇，我长颈鹿一样探头进去窥视，结果我亲眼目击到一对男女在借助匣钵高耸的掩护，在嘴对着嘴忘情地拥抱。

如果是不认识的人，我只当它是一个在窑场发现的笑料，会去绘声绘色地传播给查云华和马博们听。但是那个被陌生男人抵压在匣钵柱子上蹂躏的女人，竟是我最最喜欢和敬重的姐姐。问题还在于姐姐的样子当时还非常陶醉和享受——于东东尽管肢体也有一点挣扎的意思，但是她微闭的双眼、努起的嘴唇和从嗓子里发出的呻吟，让我的内心有一股浓烟滚滚的复杂与烧灼的感觉。

当时，我像是被鱼刺卡住了喉咙一样的张口结舌——我转身掉头就以狂奔的方式痛苦地离去。离开时我听到我的心在拼命地喊叫着："不、不、不、不……"

直到现在，我都不知道该用怎样的语言来表达我当时复杂而痛心的情绪。

大姐的死因也终于有了一个明确的着落。

一时间云开雾散。是我的线索让这个着落突然变得格外明确。

在家里人几乎要彻底失望了的时候，细心的父亲在晒楼远眺时实际上早就发现了问题。但就是不敢贸然确定。"你早就应该告诉我这个事情，早告诉我你大姐也不会去寻死。"父亲摸摸我的头叹着气表达了这样的怨言，我愕然以对。这句貌似平淡的怨言，叫我事后常常对自己的幼稚懊恼不已，心似针刺。在独自痛心疾首的时候，我经常"噼里啪啦"狠狠地大巴掌地扇自己的耳光。

"你进来一下。"我父亲于家男，终于有一天把那个青年叫进我的家门。

我母亲也在，就专等他上岸——显然是商量好的事情。

"有什么……事情吗？"那个青年犹豫了一下，接着就肩搭着毛巾装作一副坦荡的样子走进了我们家大门。

我父亲说："你不要装憨，你和我们家于东东的事情我们都已经清楚。"

"于东东……关我什么事情？我和于东东一点关系都没有！"他的脸面当时已经涨红了，喘气也变得急促。

"我们不是要怪你，只是想弄清楚她死的原因。"我父亲说，"如果你还要继续装憨的话，我们就找她大伯来处理你们的问题。"

突然，他冲着我父母"扑通"一声跪了下去。这时候我差一点失声惊叫出来。那个男青年，竟然是早先那个前进瓷厂医务所里的实习医生！

事情一下子因为青年的慌乱而变得明晰。

"她怀孕了,我不知道她那么害怕怀孕。"那个青年跪在背光的地方呜呜地痛哭。他没有穿白大褂,他要是穿上白大褂我一眼就可以认出他是医生。

"你们为什么不告诉我们?"

"她吓坏了……,我想私下里采取什么措施她就是不肯,她想再等一等看是不是真的怀孕了……呜呜呜呜。"医生的上齿中间难看地露出明显的缝隙,"我以为时间还早,我不知道东东她……呜呜呜呜……"

这时周荣花豹子一样猛然跳起来,冲上去就两只手左右开弓就噼里啪啦地,使命并胡乱地搋他的脑袋和脸颊。"你还我东东,还我东东,还我东东……"

但这已经是不可能的事情。暴躁的女人一激动就容易失控。我大姐安葬于南山已经整整有一个季度。青年人一动不动。我站在饭桌边上一抽一抽地哭泣,我同时还听到在家的另一个姐姐的声音,以及那个青年头上、脸上、肩膀上被拳头巴掌连连击打的闷声与脆响。

究竟哪一个才是致大姐于死地的元凶?

当时只有父亲清醒。

慢慢地,他以从未有过的严肃,很快恢复了户主的沉着与魄力。他果断地从竹椅上立起来,瘦长的身体在光影里突然显得精干高大。倒天一样的大事情就这样被温和地了结——面对貌似诚实与怯弱的青年,他用手挡开我母亲暴风骤雨似的疯狂动作,然后走到门口,把那扇透光的大门轻轻关上……

这个刚刚从医学院毕业不久的年轻医生,名字叫作孟思琦。

9. 因为偷泳

那是春末夏初的时节，在一个燥热难耐的午后，我大姐到河里去寻死，我和邻居查云华在前街马博的反复诱惑下，伙同前街另一个叫作柳国华的癞痢头家伙，终于在大人们午睡的时候麻着胆子，跑到下游一个偏僻的叫作西瓜洲的地方，像泥鳅一样赤条条地偷偷跳进了河流。

这件事情我已经表述过了。

但是，我仍然觉得有必要清理清理偷泳时的感受。

这非常重要。

说白了，第一次用裸体与河水接触的时候我的真切感受是舒适与陶醉。我前世可能真的是一条生活在水里的游鱼。河水是巨大容量的液态。试想一下，当一个坚实的身体在其中自由飘逸和沉浮的时候，那种河水的柔软对于皮肤的拥抱，既像是一种母性温和的容纳与包裹，又可以说是给予肢体空间的解脱与释放。

就像是铃子被冯大妹怀抱的感受。

但是请记住，我叙述的那一天是一次"偷泳"。就像被压抑在地底的岩浆，时间久了要冲破地壳一样，我那一次的蛮劲终于火山爆发似的喷薄而出。我冒着严厉的"家禁"果断地踏进入了河流——这说明"禁锢"实际上是人类一种最弱智与失败的方略。

因为是第一次，所以在水淹胸脯的地方我们就不敢继续造次。当时脚板在水底下一探一探走路，两只像企鹅一样的手还要以慌乱来保持身体在流速中的平衡。说老实话，实际上那一次除了"罗汉"马博，我、查云华和癞痢头柳国华根本称不上"游泳"。我

JIANRUI DE CIPIAN

们根本就不会游泳，这是十分危险的事情。家长们就像当官的应付场面一样，总是假惺惺敷衍我们说："等你长大了就可以下河洗澡。"但是到底长到什么时候才算是"长大"？几岁？或者一九几几年？他们实际上在含糊其辞，蒙混黎民，最终很可能让百姓揭竿起义，踏入险境。

那一次，唯独一直就被家长放任自流的马博，在河里的表现却很像是那么一回事情。

扑进水里以后身子一耸一耸，两只手狗爪子一样在胸脯底下刨动，两只脚跟蛤蟆似的乱蹬。然而这种蹩脚的游姿，在当初我和查云华的眼里简直就可以称得上是泳坛健将。我们撑开羡慕的眼睛，张着吃惊的嘴巴，"哦哦"地感叹着马博精彩的表演。尽管他再使劲再使劲也游不过三到五米的距离，但是，至少他能塑料泡沫一样能浮在河面上没有下沉，而且随着一耸一耸的动作努力，身体也确实在一点一点地向前移动。

我父亲于家男虽然不会哄骗，但是让于家唯一的一根"吊桶索"下水，是绝对不可能得到"常委们"的点头表决。母亲周荣花不会解禁，爷爷于德礼更是怒目圆睁。查云华家里的情况就更不容乐观，当年富甲瓷镇的查氏家族什么都不短缺，却偏偏面临着断子绝孙的危机。三代单传的险情，让每一代查氏户主无不怀有诚惶诚恐、如履薄冰的感觉。

053

但是当时的哲学问题是，如果我们永远不深入河流，那么我们一生一世注定就只能顶着"旱鸭子"的外号类似于秤砣。换而言之，把话讲得通俗易懂就是——我要对所有古今中外愚蠢的家长们说，要想孩子们不被淹死，就只能把孩子们放进可能淹死人的水里面去适应风浪。

后来并不是因为我已经长大，大姐于东东从河里被捞出来的那一年，也就是在我偷泳败露后的那个初夏，我才终于开始被父母松口"可以下河学习游泳"。这一惊天动地的决定，使得我就像一个突然被松绑的犯人，每天都在期盼着太阳的西斜。而一旦夕阳将波光越映越红的时候，我亢奋不已的躯体就如同一块刚刚出炉的烙铁，急于扑进水中被"吱吱"浸泡。

于是每天的黄昏，父亲开始闷着头肩搭毛巾，让我小宠物一样跟在他身后走下河岸。他在做一宗"放虎归山"的善事。

于是在那一年的夏秋季节，我们于家在历经过系列的纷乱之后，度过了一段短暂而祥和的时光。因为我游泳刚刚出师，不放心的父母，都会像温顺的老猫一样高高地坐在晒楼之上的树荫里面，手搭凉棚逆光关注着远远的水面。母亲吸着烟不再骂骂咧咧，父亲喝着茶也不到外面去痴迷棋局。

于是,到了那年夏秋最炎热的"三伏天"过后,短短的一个季节,我游泳的速度和耐力已经达到被群体观摩与欣赏的程度。那是哪一个都想象不到的事情——四十分钟以内,我可以在宽阔的瓷片河河面"哗啦哗啦"以自由泳的形式,由东到西再由西返东,可以游整整两个来回不用间歇。

我们家就在瓷片河河边。在夕阳完全拥抱我家的时候,那段时间我的父母总可以远远地在我家斜对岸一个僻静的山崖下面,看到一个孤独的人像野鸭一样浮在水面,或者使劲地抬起两只船桨一样的手臂,赌气似的一下接一下划水,两脚跟助推器似的扑打起水浪,让上半身几乎抬浮于水面近似于发射。

我觉得我就像在空中飞翔!

初夏的时候,我刚刚失去心爱的大姐……

第一回偷泳的地点就在西瓜洲。

西瓜洲在我们瓷器镇南郊,那里民居稀疏,人迹罕至。但现在那里已经成了这个城镇的一桥天堑,繁忙的东西通途的引桥部分。记得那一天阳光白得耀眼,平坦的河滩上,布满了历代民窑倒掉的废渣碎片,渣片之间长满了蓬勃的蒿草荆棘。还有一只"叫天子"扑闪着翅膀忽上忽下地肆意鸣叫。

情理之外,而又在意料之中的事情。

结果偷泳"偷"出了事故。最后我们挨了恶打、被割破了脚板,甚至进医院缝针。

世界上许多的事情就是这个样子。"偷"是一种很刺激的行为。但是,任何事情一旦和"偷"字挂钩,所产生的后果一般都不堪设想——这是永远颠扑不破并放之四海皆准的真理。不要说偷钱、偷逃、偷运、偷税、偷猎等等会遭到法律的制裁,就是偷情、偷窥、偷巧、偷懒之类小事,同样会在真相败露后造成相应的恶果。

当时在西瓜洲,除了"罗汉"马博,我们在迅速扒下自己的背心短裤之后,便欢呼雀跃地跟着他赤脚踏进河流。河水刚接触是有些刺骨的冰冷,但是皮肤适应以后便感觉凉阴阴的舒服无比,游鱼在身边痒痒擦过时的体念就更加惊艳。

马博是个小"罗汉"。他久经沙场地踢掉拖鞋,小鸡巴一晃一晃地走在前面,冷静沉着的表情令我们自愧不如。他不过就是比我们大一两岁的样子,粗壮且黑。但他是马经堂厂长的儿子,"蟋蟀王"的孙子,住在前街威风挺挺的电影院附近。

前街是瓷器镇一个盛产"罗汉"的地方。前街有非常热闹的菜市场、繁华的电影院和傲慢的镇机关大院。就像有好几堆大粪,有一帮苍蝇一样无恶不作的少年围着它们嘤嘤嗡嗡地聚集,最后聚成一个叫做"青龙帮"的团体。马博有时候会跟在这个帮派的屁股后面摇旗呐喊,没事的时候也会跑到我们龙缸弄来,跟我们在查家玩捉迷藏摆家家的游戏。

于是我们成了朋友。

这个朋友，不久就把安分守己的我们引上了歪门邪道。

"偷泳"只是其中之一的小事。其实之前和之后，我们还偷吸过大人的香烟、窥视过女人的澡堂、抢夺过女孩子的胸章、取笑过街头的残疾，以及盗卖过厂里的铝饼等等，我们冒险并快乐。我以为这怪不得"罗汉"马博他们，"恶"是人的天性。我不想举例，后面我会慢慢讲到。我这一生见过很多很多，多成瓷器镇地底下堆积的破碎瓷片，多得我都不愿意或不好意思——抖露。

学会游泳以后，有一个值得提到的现象在表明我当时的心态。

那个现象就是我非常孤僻。本来从我家走下河岸，就是热闹赛过游泳场一样的龙缸弄码头的河滩。河滩上像野鸭窝一样这里一堆那里一丛，摆满了五颜六色的拖鞋、衣裤，以及肥皂。平缓的河面上漂浮着众多的头颅，以及飞溅起无数的水花。我完全可以混迹其中。

但是，我一下水就像飞箭一般贴着水面溅起一长溜白色的水花。我远离人群去了斜对面一个僻静的水潭。那个幽静临崖的河边水潭缺乏阳光，水色深沉，水温冰冷，水面清冷，气氛阴森恐怖。这时候我的性格已经彻底地变了，像个哲学家一样。平时在水里我不怎么跟帮，也很难得露出欣喜的表情，拒绝玩小孩打水花的游戏，更不屑潜下去在深层对他人搞偷袭的勾当。

"你不应该去对岸水潭里游泳。"父亲晚饭的时候对我说。

我母亲也愁眉不展地说："那……毕竟是在水里面。"

周荣花也变了，听到周荣花担忧之声我已经开始知道感动。但我仍然说："你们已经教会了我，我就不应该再在浅滩里用狗刨的方式丢人现眼。"说话的时候我的意思已有些发狠，自己突然觉得自己像是一个大人。

本来那一次"偷泳"，玩一玩就上岸套上背心和短裤回家，"节外生枝"这个词就不会出现在那一天的结尾。然而那天现实的情况却是，幼稚和愚蠢致使那一年初夏，因为贪恋水里的感受而付出了惨痛的代价。

我不是说一上岸我大姐姐就死了——那是宿命，是一种冥冥之中的必然。

第一，那个"罗汉"马博和瘌痢头柳国华，在我们还没有完全尽兴的时候突然"哗啦哗啦"爬出水面。像个傻瓜一样的马博一把挟持走我们放在岸滩上的背心短裤和凉鞋，扬言不答应他提出的条件，就把我们的衣裤交给我们家长，让我们光着屁股回家接受惩罚。

"你们为什么一直不让查云珍做我一家？"

我和查云华都认为马博疯了。

"你们要答应摆家家的时候，让查云珍和马博做老公老婆。"癞痢头说。

癞痢头柳国华像马博的尾巴一样跟在后面一唱一和。柳国华癞痢头脏兮兮的气味难闻，一接触我就感觉到烦躁。他唯唯诺诺的样子有些像马博的喽啰。他看上去比我们要小一到半岁的样子。像跟屁虫一样的他总是紧贴着我们，叫我们有些厌烦。这个人，在后来果真就成了我们成长过程中的一把甩都甩不掉的鼻涕浆糊。

想想真的好笑，那么一点点大的年龄竟为老公老婆的事情，策划出一起下作的要挟事件。我们无可奈何。我们只能在水里随着这一对岸上的傻瓜，不停地追赶着他手里的衣裤。赤脚在铺满瓷片的河床上磕磕碰碰。没有办法的办法，我们只有像官僚应付腰捆炸药的暴徒那样，闭着眼睛满口答应着他提出的无耻条件。

但是已经迟了。瓷片河沉积着无数的历史瓷片。比回家挨打还要严重的结果骤然出现：尖锐的历史刺进了我稚嫩的脚板，我的脚板心猛然感觉到钻心一般疼痛——我被沉积水底多年的瓷片深深扎破——那一刹那间肯定是我大姐被水窒息的时刻。

第二，查云华回家挨了一顿暴打。他那文质彬彬的父亲查仁儒抽出了竹丫笤帚上其中的一束，叫他脱裤子打针一样趴在一条长条形的镂雕茶几之上，然后使出吃奶的力气一下接着一下，在儿子的屁股上刻画着鲜红的线条，最后把自己累得满脸煞白、汗似雨流、气喘吁吁，并躺在床上半天一动不动。

查云华坚持撒谎，他说"我没有下河"。

但是他父亲查仁儒知识渊博。谎言糊弄不过一肚子墨水的秀才。虽然因为成分问题，他父亲在名义上只是一个实验组里搞瓷雕研究的组长，但实际上他满腹经纶精通瓷艺，在瓷厂算得是一个"上知天文地理下通雕塑技艺"的大师。查仁儒检验的办法非常简单，他只用自己长长的指甲在查云华浸泡过的皮肤上轻轻划上一划，下没下河便有一根长长的白色线条作了正面的回答。于是那天傍晚的时候，我清楚地听到隔壁竹鞭子"嗖嗖"飞舞的声音，以及查云华发出的一长串杀猪一般的嚎叫。

平时查仁儒从不发火。

第三，我足足有半个月不得走路。因为我大姐的亡故，虽然我母亲忍住了脾气，忍死了无数的细胞，但是这团仇恨的怒火却深深地积淀在她内心的炉灶。父亲请来了镇人民医院的西医和前街坐店的郎中。清洗伤口、缝针、注射破伤风药水、灌苦涩的草药、咽白色的药片、换伤口上的纱布……

"平时把脚板抬高，躺着，不能着劲，不能沾水，不能吃发物。"

我就是这样,那一年只因为半个小时的游泳,不仅脚板心的刺伤换来揪心一般的恶痛,流掉了估计有半瓷碗鲜血,手术时疼得昏死过去,伤口发炎引起了肿胀发热,以及至今脚底还有一条长长并丑陋的伤疤,而且经常遭受到咬牙切齿地诅咒,闲言碎语的嘲讽,额头上被狠狠指指点点的侮辱,以及脑壳上随性而至的重磅"螺钉"。

　　两个礼拜之后,父亲主动邀请我下河练习游泳。

　　三个礼拜之后,我游泳的技巧让师傅退役上岸。

　　三个月以后,大姐于东东寻死的原因终于真相大白。

一九六七年六月十六日下雨。

是轰隆轰隆的一阵子暴雨。雨过天晴后河西出现了长长的彩虹。我们偏僻集镇的暴雨一般比外面来得稍晚一些时间。我和小姐姐于好好躲在晒楼上遥望着开阔的美景，正你一口我一口像馋猫一样，幸福地共舔着一根冰棒上的甜质和冰水。这是普通人家当时常见的情形。那种年月我们经常趴在晒楼的扶栏上遥望，是我们打发童年光阴的方式之一。

冰棒是查云华、查云珍的父亲查仁儒给我买的。

我坐在门槛上残害一窝蚂蚁的时候，一个卖冰棒的妇女吆喝着走到河边。查仁儒像往常那样正好出门，他笑眯眯塞给我一根冰棒之后迈开他不紧不慢的步子走去上班。他是个好人，这个斯斯文文反应迟钝的老好先生，当然预感不到这一天是他"狗血淋头"的日子。

镇上人都知道，查仁儒是一个很老实很有本事的瓷雕艺人。在国家与查氏家产公私合营的时候，他曾经担任过一段时期主管生产和技术的副厂长。后来是因为他自己觉得自己的屁股不适合坐这个复杂并重要的位置，就主动提出退出厂部的行政大楼，请求设立一个陶瓷艺术研究所。就好比要求在闹市区围一个院子，建一座寺庙，查仁儒想带着一些业务精湛的老师傅整天面对着瓷土，一心一意在坯房里当一个清心寡欲的方丈。

样子他也比较匹配。他戴一副跟酒瓶底一样厚的眼镜，总是穿一双黑色布鞋，习惯

性地靠着墙根走路，脚步生怕踩死蚂蚁一样很轻很轻。碰到熟人也只点头微笑，如果碰到烟民他还会主动掏出一包香烟，恭恭敬敬递上一支还不算，还要摸出一盒火柴给人家点上。他客气低调的举止，让镇上人都感觉到他的迂腐与善良。

"查家有的是钱。"当然也有一些不领情的白眼狼不以为然，经常在抽烟的时候背过身子就往人家身上弹一指头烟灰。

但是很少有人知道，查仁儒他那书呆子的照片曾上过国家级的报纸，与全国著名的雕塑大师——天津"泥人张"、佛山"陶塑刘"一起并称作"瓷雕查"。那是一张国家级最权威的报纸，在报纸头版的右下角上，有一篇多年前对一次全国技艺展演活动的报道。那个时候我才知道，查仁儒有一手举世无双的"盲捏"绝技，也就是他能抓一坨瓷土躲在长袖里面，"吧唧吧唧"就能捏出模特儿八九不离十的相貌特征。记得我父亲从办公室兴高采烈地拿来那一张报纸，似乎是炫耀自己的光彩，稀里哗啦激动地展开，然后声情并茂将那篇上千字的通讯一字不落给全家朗诵。

"拿人家的屁股当自己的脸皮！"母亲周荣花撇撇嘴角算是家里唯一的反响。

现在，我在详详细细地唠叨唠叨这个人物，是因为我永远忘不了一九六七年六月十六日的所见所闻。查仁儒虎落平阳。查仁儒算得上是一头老虎吗？从另一角度上去看，他更像是一匹冬天里晒太阳的老猫。他眯起眼睛躺在晒楼的地板上，等着人去伸手掐他后颈窝里的松皮，把他拎起来再"扑通"一声，开玩笑一样丢到地上。

那一天，在冰棒被舔到只剩下棍子的时候，我和四姐的享受被"突突突突"上楼梯的脚步声打断。我以为又是凶悍的母亲赶上来咒骂我们，慌忙起身，想不到是二姐于方方露一个脑袋在楼梯口冲我招手。

"我的老天哪，你当解放军了！"

我高声惊呼。我从来没有见过二姐姐那一天有那么帅气。几乎就像是一个战场上归来的英雄：平肩挺胸，她厚实的身板上穿了件黄色的军装，腰间扎了一根崭新的皮带，一顶洗得发白的军帽罩住她盘在顶上的头发，眼睛里的光芒炯炯生辉忽闪忽闪。唯独保留的女性神态，是一如我母亲照片上当年飒爽的英姿，有两条黑油油的辫子从后脑勺两边一撇一捺刚劲地探出，粗短的辫梢直指她雄赳赳的胸脯。

"红卫兵。"她骄傲地抬了下手臂，"跟我走。"

她手臂上箍了一个鲜艳的袖标。

袖标的红色激活了我安静的神经。我于是紧紧盯住二姐一走一扭的屁股，连滚带爬冲下楼，追出大门并一路狂奔。我根本没有时间去理会那个反应迟钝的于好好在晒楼上喊"等等我等等我"。在追赶出龙缸弄里的时候，我发现前面不只是二姐，二姐杀气腾腾地率领着一大帮叽叽喳喳的中学部的同学，像是赶去抢劫一样拿着语录和棍棒，势如破竹地朝前进瓷厂成型车间的实验组奔去。

这个实验组就是当年厂瓷艺研究所被降格以后的组织形式。

——他们是去找查仁儒的岔子。

资本家出身的查仁儒，有很多可供红卫兵下手的由头或把柄。哪怕是街头上红旗招展锣鼓喧天，哪怕老婆赵飞燕早出晚归丢家不顾，这个人好像"只埋头拉车，不抬头看路"。本来公私合营的窑场和坯房大部分都是查氏的家产，但是从副厂长退为研究所所长，又从所长降格为组长，你只要给他一个做事的活动空间，没有人干扰他瓷雕的爱好，他就闷头闷脑地屁也不放。

我们小时候的瓷器玩具，就是他在工作间里精雕细刻的结果。

他只知道整天坐在实验组的坯房里面，身边摊放着一大堆粗粗细细的雕刻刀具，用他那双泥巴邋遢的纤细的手，"吧唧吧唧"不停地搓捏着泥巴，把泥巴变成坯架上晾干的红脸大刀关云长、慈眉善目的笑哈罗汉、飞天散花的飘带仙女，以及神态各异的过海八仙等等作品。那种时候，他就会掸一掸衣服上的坯屑和灰尘，端着一杯酽茶，然后一个人用采茶调子，在坯房的过道里摇头晃脑，哼歌细唱：

> 正月采茶是新年
> 姐妹双双进茶哟园
> 十指尖尖把茶采
> 采起细茶转家哟园
> 把是把茶采也呃
> 转是转家园
> 采茶辛苦吃也吃茶甜
> ……

但是一九六七年六月十六日那一天，我和二姐姐他们还是去晚了一步。

一棍子打碎一个，破坏的快感弄得实验组的工作间里泥坯四溅，粉尘扑鼻。一进门我们就听到"扑噜扑噜"打砸坯胎的声音——前街"青龙帮"的人捷足先登。坯架上成型的塑像一个个被四马分尸土崩瓦解。他们痛痛快快地拿着棍棒在做一种毁灭形象的游戏。可怜查仁儒堂堂的一个汉子，像个受惊的母鸡似的张开着翅膀，一边哀求大家"留一些留一些"，一边用双臂护住坯架上的尚未成瓷的作品。

黑大头马博和癞痢头柳国华当然也在里面。小小的癞痢头在人堆里面相当于一个侏儒。马博狐假虎威显得尤为积极，他流里流气地抓起架子上的一个仙女坯胎，颇具创意地掰开仙女的两条大腿，立刻引起癞痢头一伙的哄堂大笑。

"我花了三个月的时间哪……我的雕塑啊……雕塑啊……"查仁儒嚎叫。

"你尽是搞这些封资修的东西！"有人依然在砰砰砰砰地打砸。

这时我惊奇地看到，坯胎的碎片仿佛是被溅起的水珠，水珠呈花朵开放状破裂绷开。如果把碎片和粉屑比作纷飞的花瓣，那么当时的破坏情形，就如同百花园正遭遇着猛烈的暴雨和狂风。

"这些都是艺术作品，你们不能全部都打掉啊……你们不懂啊……"查仁儒抢夺和掩护的两只手已经发抖，情急之下他突然大喊一声，"不能哪……你们，你们这些——炮灰！！！"

马博收起了棍棒。

"炮灰……炮灰是什么灰？"马博问大家，"哪个晓得炮灰是什么意思？"

"……"

"罗汉。"马博说，"你再说一遍，你再敢给我们戴乱七八糟的帽子，我就叫你死得好看！"马博说完，举起棍子又"嘟噜"捅破了一个大肚罗汉的肚皮。

这时查仁儒突然"扑通"一声朝他双膝跪下去，双手作揖："我求求你，求求你们，好不好？"

但是，马经堂的儿子马博当时做得确实有些过火。就凭他是厂长的儿子，马博竟然顺手把跪在面前的查仁儒的眼镜摘下来，甩手丢进晒架塘里。我再也看不下去了，血冲脑门。我闯上前狠狠地推他一掌，把他一掌推进了旁边的泥窖。精湿的白色瓷土，搞得黑大头变成一个台上唱花脸的奸臣。当时在坯房里的两伙人，差一点因为我们而火并起来。"青龙帮"和红卫兵分别聚集在我们两个身后，怒目相向，剑拔弩张。

就是从一九六七年六月十六日这一天开始，我往后的人生，跟马博结下了没完没了的宿怨。而那个堂堂的查仁儒师傅，也是我有生以来见到的第一个跪下来作揖的窝囊男人。当时没有人能够想到，这个曾经向小孩子下跪作揖的男人，在二十年之后会成为瓷器镇上的第一个"点石成金"的中国工艺美术大师。他的作品千金难求，门外排着队争购他的瓷雕。钞票一时间像决堤的洪水那样，挡都挡不住地在源源不断地涌进他的家门。

然而，那一天仍然没有结束。

查仁儒那一天好像踩到了一脚板牛屎。是那种在鞋底上，使劲擦使劲擦都擦不掉的黏黏糊糊的牛屎。就那样在整整一天的时间里,烘臭的牛粪气味始终像马蜂一样环绕在他的身前身后。

因为红卫兵小将们没有完成预定的任务,而满腔的激情又孕妇一样憋在肚子里面膨胀得难受。游行示威总要有一个由头,喊口号发泄也得要一个对象。结果在二姐姐的一声倡议下,大家一窝蜂地涌到前进瓷厂的厂部,吵闹着要带资本家查仁儒去学校批斗。

那天天高云淡。谈不上兴奋还是无奈,我就像个落水的乒乓球一样被裹进了人流。一路耳朵里只听得到整齐的吼叫声和嘈杂的脚步声。在我的感觉里,当时轰隆轰隆的洪流就像一列呼啸进站的火车。红卫兵很快就灌香肠一样涌进厂长马经堂的办公房,汹涌澎湃的声势吓得马经堂以为是另一派策划的突然袭击。

马经堂脸色苍白,迅速将自己滚胖的躯体塞进狭小的桌底。

结果让马经堂目瞪口呆,这股所向披靡的势力在他的意料之外。斗争中他一直在密切注意着成年人的力量。但是那一天,他站在厂部行政楼上惊讶地俯视到——密密麻麻的中学生游行队伍喊着震天动地的口号,以排山倒海的气势,押解着弯腰驼背的查仁儒向学走去。

现在我真正想述说的,绝对不是这些学生们的所向披靡。我想描述的是接下来的那天下午,我在查家所看到的更为悲催的场景——我当时都哭了。我觉得,把我从小到大的伤心叠加在一起,都没有那一次的那么伤心。

起因是他老婆赵飞燕要走,要跟查仁儒这个书呆子离婚。

在我和我母亲赶到隔壁的时候,赵飞燕已经把查家香案上的祖宗牌位打得个片甲不留。我大吃一惊。我从来没有看到过一个如此温文尔雅的女老师,会像鲁智深一样怒目圆睁地抡圆了拖把,"呼呼啦啦"一顿子狂砸横扫。

毁灭艺术品的故事在家庭重演。

我们都不知道发生了什么事。只是在乒里乓啷的摧毁之中,我们看到查云华、查云珍兄妹俩躲缩在房门背后哇哇地大哭,瑟瑟发抖。我以为赵飞燕疯了!而没有发疯的查仁儒却一副任剐任杀的样子,麻木地坐在书案桌前发痴发呆。

"砰"一下,一块破瓷片飞出房间。

"我不再伺候你了,你这个寄生虫见你的鬼去!"赵飞燕在叫。

我脚尖前就是那块瓷片。资本家查冠半边破损的胖脸,像幽灵一样躺在我们脚前一直望着我微笑。

"天天爬起来就知道做那些个牛鬼蛇神帝王将相,我已经想清楚了,你现在就抱着

这些死人跟他们过去吧！"赵飞燕"咣当"一声，猛然一下又砸碎了一件什么东西。

赵飞燕斩钉截铁地说："我们今天就离婚，我跟你这个资本家从此就没有了关系！"赵飞燕斩钉截铁的效果，在三个月之后得到了事实印证。没有决裂就没有进步。三个月之后，跟资本家划清了界线的赵飞燕，被提拔为学校的教导主任。

赵飞燕披头散发地窜进房间拖查云珍的小手，说："走，我们走，我们离开这个祸根，你跟我到学校里去住！"

"妈妈，妈妈……，我……不想离开爸爸，我也不要离开……我的哥哥！"查云珍赖坐在地上，另一只手死死勾住查云华的大腿，泪眼巴巴地望着查仁儒，不停地叫喊着"爸爸，爸爸，爸爸……"

但是查仁儒泪眼婆娑，心如死灰。

查云华也跪下来哭着对着妈妈哀求："妈妈，妈妈……不要带妹妹走……也不要丢下我和爸爸……我会听你的话的，爸爸也会听话的……求求你别走好不好……求求你别走……好不好！"

所有这一切的一切都不关我的事情，但是我还是忍不住"哇"地一下大哭出声。我从来都没有碰到过，像一九六七年六月十六日这一天这么生离死别的场景。我再也控制不住我由衷的泪水。我第一次为别人的伤心而伤心。我"呜呜呜呜"地失声痛哭。

11. 月黑风高

世界上有一种可以用以制造蓄电池、电缆、子弹和弹药的原材料,同时也是汽油的添加剂。据说在后来它又被开拓了一系列更为重要和广泛——重要和广泛得有些吓人的用途:比如用作沥青的稳定剂,以延长路面使用寿命;还比如用于制造核电站屏蔽和核废料贮罐,电业部门调整负荷的大功率蓄电池组,及磁流体动力学装置等等。

这就是新断面呈银白色的重金属——铅。

当时我们根本就不知道,我们窃取的东西是如此重要。少年时代的我们,只清楚那只是一种瓷厂坯房里用来托坯的普通铅饼。拎在手里很沉,随便用石头一砸就断,而且关键的问题是,如果我们把这种铅饼砸成碎块,就可以拿到废品收购店里换来我们需要的钞票。

我们偷窃的时间,一般都选择在夜晚。

夜晚空气清新,是因为厂房里的机器不再轰鸣,工人们都离开了岗位,以及尘埃不再与阳光一起飞舞和落定。在寂静无比的环境里,在车间的角落里有蟋蟀鸣叫,以及有老鼠窸窸窣窣地奔跑。之外,就是我和汪矮子轻手轻脚的拨动坯房疏松的木头门栓,或翻过矮墙带落沙石滴落的声音,以及我们蹑手蹑脚摸黑的磕磕碰碰的声音。

就像是一节烂藕,或者脸颊上一道疮疤,我也曾经有过这样一段鲜为人知的灰色历程。这是我人生历史上一笔极为耻辱的记录。我现在之所以愿意抖露这些人生的耻辱,是因为与我合伙偷盗的这个人走进了我的少年生活。这个人就是瓷器镇"一把手"的儿子——汪矮子。

我必须详细介绍介绍这个新来的"一把手"的儿子。

新来的汪主任是一个满脸坑坑洼洼的麻子,脸上像是被无数粒散弹击中后剥落的历史遗址。汪矮子就是这个麻子的独卵子儿子。汪矮子慈眉善目,大嘴,脸像大河马一般很温顺的样子,走路一走一晃,但是傻傻的二百五一样喜欢冲锋在前,吐人家一坨口水,或者上前摸人家一把脸面,经常免费做帮派的炮筒和火药。

突然跟这样一个傻瓜交上了朋友,是因为我突然失去了朋友变成了"孤家寡人"。

我隔壁的查云华,第三天下午也被赵飞燕接走这是原因之一。

查云华被赵飞燕接走,是因为马经堂领着镇上的造反派和厂里的基干民兵,把"企图复辟资本主义的查仁儒"押送到湖区劳改农场监禁。在这场清除"毒瘤"的过程中,值得一提的是有一个人从中获利。这个人就是我的二姐姐于方方。勤于思考的二姐于方方连夜奋笔疾书,一张《谁才是真正"炮灰"》的大字报,当时张贴在前街被围得水泄不通。

065

于方方被授权在万人大会的审判台上,义愤填膺地宣读了大字报的全部内容。

紧接下来的结果是"母以子贵",我母亲周荣花在前进瓷厂被提拔为成型车间的工会委员。我母亲因此匆匆忙忙不屑于家庭里的鸡毛蒜皮,促成我松绑一样突然就拥有了具备支配自己时空的自由。这就是影响我堕落之二的原因。

月黑风高。

偷窃神秘且刺激。

为了晚间的作业,我只有打着捡煤渣的幌子。那段时间里我父母已经认为我长大懂事,也相信他们儿子具备足以应付外事的智力,便爽快地答应了我"捡煤渣包灶"的要求——煤渣是那种煤炭没有燃烧完全,而可以继续利用的易燃燃料。那个年代,在我们瓷器镇煤烧窑场附近的居民,女人和小孩在捡渣工后面捡漏是一个非常普遍的事情。日渐沉重的家庭开支,使得父母轻而易举地将我放马南山。

我与汪矮子就是在这种情况下,于一个偶然的机会臭味相投,穿上了同一条裤衩。

那个时候,我似乎又返身陷入了我幼童岁月里无所事事的困境。在学校采取半部制轮学方式来对付教室跟不上生源增速的时代,我每天都得面临着整整半天闲得发愁的空档。有一天,我跟小姐姐于好好吵嘴后从家里出来,经过查云华家紧锁的门口,正望着天上的太阳不知所适的时候,我忽然听到吊脚岭那边隐约传来像是齐声朗诵的声音。我就是被这种奇怪的声音,吸引到汪矮子他们一堆沆瀣一气的。

那一天,我一晃一晃来到我们龙缸弄横弄一个叫作吊脚岭的高坡上,看到好几个包括汪矮子在内的同学,赤膊短裤地坐在荫凉通风的石头台阶上,合着伙一起用当时的"儿歌"取笑过往的行人开心我一屁股就坐到了他们的中间,加入了他们的合唱队伍。

大家见了驼子路过,就"预备起"齐声唱:

虾背拱上天,
多拿油盐煎,
煎得喷喷香,
吃得打镖枪(泻肚子)。

见到瘌痢子就唱:

瘌痢子瘌呼嗙
跌下茅厕缸
有人来屙屎
打开口来张
张又冇张到
屎巴淋一脑

见了拐子,就唱:"拐子拐喝牛奶,跟牛困,做牛的崽。"
见了瞎子,就唱:"瞎子瞎双眼,……"

在那年的整个夏秋季节,我们这一帮小无赖就是这样无所事事地将自己的快乐,建立在人家残疾的痛苦之上。没有道德和廉耻,缺乏教育和管束。辱骂人家之后等候着暴跳如雷的反应,然后我们笑哈哈像鸟一样一哄而散,然后我们再次在原地聚拢,然后我们又乐此不疲地继续着这等无聊透顶的勾当。这些勾当是缺乏意义的,但是我们觉得自己的日子里也没有什么油盐,生活过得跟白开水一样寡淡寡淡。我们不这样寻找乐趣,我们就更加寡淡得要去上吊自杀。

也算是天意。是最后走来一个乡巴佬麻子,才打开我和汪矮子狼狈为奸的通道。大家已经兴奋得忘乎所以,忘记了汪矮子的父亲是何等脸谱,所以大家就齐声读课文一样朗诵:

今天我进城,

JIANRUI DE
CIPIAN

碰到一位人，

满脸的大麻子，

笑呀嘛笑死人。

大的像太阳，

小的像月亮，

最小的

也有两斤半。

带你去参观，

参观的麻子

就在你脸上。

那个乡下的麻子看到我们这帮镇上的小流氓，惹不起躲得起，装一副无动于衷的样子挑着一担腌菜"咿呀咿呀"地过去。但是，在唱到半中间的时候，我发现汪矮子的脸都白了。我赶紧站起身用脚尖踢大家的屁股，才把大家得意忘形的声音与嚣张气焰打压下去。汪矮子说了一声"骂你娘的逼"，就拍拍屁股气鼓鼓地扬长而去。

我也觉得没什么意思，那天就随着汪矮子离开了骂人的队伍。

就这样一来二去，麻子主任的儿子汪矮子跟我结下了深厚的友谊。只要闲得无聊，憋不住他就上龙缸弄来找我。我们像垂钓者那样经常坐在河边。我要是闲散得难过，荡来荡去也会荡到汪矮子的家里。我们想尽一切办法打发时间，比如约到一起去广播站偷看播音员林苑洗澡，比如到郊区去偷农民院子里的柿子，还比如他请客邀我到馆子里吃一碗我们叫做"清汤"的馄饨。有天下午，我们坐守在广播站对面浓密的树杈上，竟通过二楼窗户看到马经堂在强行摸林苑的胸脯，就忍不住一边高喊"强奸喽强奸喽"，一边使劲将一团一团的湿瓷土狠狠摔进窗口。

走上偷窃国家财产——铅饼之路，是因为有一回我们路过一个饮食服务门市部的时候，被店里飘出的喷香的猪肝汤味道所诱惑。我们停顿在门口，看到一个食客在端着碗咕噜咕噜地喝着热汤，那叫一个香啊！鼻孔将猪肝的气味吸进去，口水就立马在口腔里咕噜咕噜打转。但是汪矮子翻转出所有的裤兜口袋，里面的瓜子壳和煤渣灰像老鼠屎一样滴滴落落。本来就不多的零用钱，早已经被我们一分一分地消耗殆尽。

汪矮子说："也不能总是吃我一个人的。"

"……"我羞于开口，从小到大我从来没有得到过大人的零花钱。

汪矮子说："我倒是有一个方法弄钱，就是你敢不敢的问题。"

"你说。"

汪矮子还说："如果你真想的话，晚上我倒有一条路子。"

于是我们就这样，开始打起坯房里托坯用的铅饼的主意。

我没有办法。我从此在父母面前扯起一个捡煤渣的幌子。历来，我就对这种把自己弄得乌七八糟的捡渣活计嗤之以鼻。但是我更没有办法的是，我一个"清汤寡水"的穷人家孩子，无法面对油水对于舌尖的强大诱惑。更何况，更何况凑足煤渣数量的这种简单劳动，对于头脑灵光的我们而言，根本用不着费我多少的时间。

汪矮子是一个精于偷偷摸摸的老手。

一般在晚饭后，我一放下饭碗就拿一个竹篾簸箕堂而皇之地出门。我不是一颗一颗地去老老实实捡豆子一样去捡煤渣。那样跟捡渣工屁股后面捡漏，捡那种鼻屎一样大小的遗漏颗粒，就算是捡到半夜，把手指头捡起了水泡，把鼻孔捡满了灰尘，也不可能捡满一簸箕煤渣。汪矮子的经验和我脑壳里的智慧，使得我们有好几种方式可以让我随随便便就能不劳而获，能让我空出大把时间潜入成型车间的坯房里作案。

具体方式是：要么趁捡渣工熟睡或不注意的时候，麻利地到已拣好的煤渣竹篾里扒拉果实。要么去点火之前的窑炉，用簸箕口接住炉口，用耙子将点火前铺好的煤渣三下五除二地归为己有。轻而易举地获得，使得我甚至已经懒到了连捡渣工刚从窑炉漏坑里掏出来的原渣都不屑去捡。

就这样在多余的时间里，我们晚上趁着黑夜把整块整块的铅饼，贴胸贴肚地放进内衣里面，然后像个鸡胸或孕妇般搬运到偏僻的地方，再用石头把好好的铅饼砸破砸碎，然后把碎铅块深埋在沙堆或灰堆里面，第二天用麻布袋包起来当作废品送到收购店里，然后拿着换来的钞票和钢镚去水果店、饮食部、租书摊……去为所欲为地挥霍。

我们欣喜若狂。

我们又不露声色。

我们在不断疯狂获取。

我们最后又忍不住得意忘形。我们最后在伙伴之中抖响崭新的钞票，像个暴富的乡巴佬一样高调、豪爽和不可一世。

记得在那段时间里，我最最斯文的表现是我迷恋上书摊。我像个有文化的人一样，只要一有空就赖在小人书摊点的凳子上半天不走。那个时候瓷器镇街头巷尾，私人摆租书的摊点到处都是。关键是那时我口袋里有租书的资本。一本一本的连环画被我如饥似渴地阅读，诸如《西游记》里的唐僧碰到的各个难关、《三国演义》里各路英雄的每一场厮杀、《敌后武工队》一次又一次的偷袭和锄奸，以及《小兵张嘎》《铁道游击队》《鸡毛信》和《红色娘子军》等等等等。

这好像是天性。我怀揣着一枚枚不劳而获的硬币，然后心甘情愿地一分钱一分钱地送给书摊的摊主。

我们终于在一个半夜十一点多钟的时候，跟发瘟的鸡一样，被坏房里巡逻的民兵扭进派出所，丢到痨病壳张步秀的面前。

这个时候，我才真正了解到这个汪矮子的为人。

画虎画皮难画骨，知人知面不知心。一个平时猛打猛冲做炮灰的傻瓜，他虽然脑膜炎的木讷爬满脸孔，但是在执法者面前，他所表现出来的言行，却一点都没有脑膜炎的迹象——他一把眼泪一把鼻涕把自己哭成一个从犯，然后把所有责任都像丢包袱一样干干净净丢在我身上。他指天赌咒发誓，写错字连篇的保证书，坦白自己是汪主任的儿子，并说自己根本不熟悉坏房里的情况，上当受骗出来帮我捡煤渣才掉进了"盗窃国家财产"的陷阱。

069

在昏暗的电灯泡下我哑口无言。我既没有眼泪鼻涕地哭泣，更没有推卸责任地争辩。我像一个老牌地下共产党一样冷眼看着一塌糊涂的孬种汪矮子，鼻孔里喷出鄙视的气息。我工工整整填写好父母的姓名、家庭住址、学校和班级等等，然后心似冰冻地静静地等候着大人的认领。

张步秀指着我说："从小我就估计你是个坏蛋！"

他威胁我说："先让你们家长领回去，明天就叫你们学校开会批斗！"

他拍着桌子说："你昂着头还有理的样子，你做贼你不觉得羞耻吗？啊！"

这时我的鼻孔一缩，泪水顺着我的眼角奔流直下。

那天晚上，我父母都没好意思为我这个大逆不道的贼子出面。在十二点多钟的时候，我大伯于家驹进来把我们领出了大院。他用大手摸了摸我们的脑瓜，说："偷窃是可耻的，以后再也不许偷东西，记住了吗？"他然后什么话也没说，用自行车一前一后把我们分别送回了家。

总记得那个晚上的后半夜，我父亲于家男打我打断了一根绑瓷器的绳索。

呃嘿呃嘿。呃嘿呃嘿。

铃子的所谓"叔叔",也就是瓷器镇公安派出所的警察张步秀,有一天他们的同事把他一个人丢在办公室里,整理一盘散沙的材料。材料从一个个档案袋里倒出来堆放在桌上。作为笔录证据的陈年旧纸,它们不仅散发出强烈的油墨,或糜烂的气味刺激着人的呼吸管道,而且上面横七竖八的字体,对于一向讨厌文化的张步秀来说,就像甲骨文一样叫人心烦意乱。

但是,在那一年的那些天,从张步秀的咳嗽声中,大院里的人都可以分辨得出其中的忧虑和焦躁。急是一个方面,咳嗽声连串得像鱼在水底冒出的泡泡。另一个方面是乱七八糟,咳声的间隔长短缺乏规律,似泌尿功能紊乱者要么淅淅沥沥出一溜,要么滴答滴答出几滴。这与他当时的心情密切相关。一共有好几个案子乱糟糟地堆码在他脑海。他一上班就开始将手边所有的物件,包括蓝墨水瓶、烟灰缸、旧藤椅,以及毛笔等等当成假想的敌人。"乒乒乓乓"。他顺手丢丢摔摔的声音和他强烈的咳嗽声响彻整个楼道。

呃嘿呃嘿。呃嘿呃嘿。

派出所的办公室,处于镇机关大院前院的一幢老式雕花木楼里面。所以张步秀在丢丢摔摔的时候,远在后院办公的镇领导们根本没有听到。张步秀也只有在领导不在的时候,才胆敢"乒乒乓乓"——这是他鲜明的性格。他是在跟自己发火,有恨铁不成钢的意思。穿上制服以来他一事无成的着急,致使这个急于上进的家伙整天感觉是"船舱里撑篙"。

这几天,新上任的汪麻子主任终于交给他一个重要的排查任务。瓷器镇的阶级斗争一向来得迟缓和被动。上级对拿一个死老鼠资本家去搪塞革命任务的行为深表不满,已明确要求想办法尽快深挖狠挖,至少再挖出一个反革命分子,以完成送政治犯去湖区农场劳改的任务,来促进这座古老的工业城镇的革命行动。

当然,也有可能这不是上级下达的任务,也很有可能就是汪麻子,为了在新岗位尽快表现一下自己而部署的工作。但是几天下来,这个棘手的莫名其妙的任务搞得张步秀茶饭不思、坐卧不安。人本来就瘦,腮帮子塌陷进去脸相就更接近骷髅。他不知道从哪里下手。卷宗里有强奸知青的,有团伙斗殴的,有盗窃瓷器的,有邻居相杀的……材料都像揩屁股的草纸一样地堆积在面前。

呃嘿呃嘿。呃嘿呃嘿。

张步秀用手捂着肺部,就现有的材料分析了三天三夜。茶水不知道喝掉了几桶,眼睛都熬得像豺狼一样通红,气管和肺叶也咳得有些疼痛。三天三夜头痛脑涨,而三天三夜的结果是没有任何结果。因为文化的浅薄、嗅觉的迟钝,以及笔录说法的颠三倒四,所以张步秀对众多的卷宗迟迟理不清一个头绪。没有一个罪犯在跟社会主义作对,唯一一个强奸犯似乎在破坏"上山下乡",一个女知青于深夜在草垛边小便时被老光棍做了,但深入进去却属于贫下中农憋闷已久的生理现象。放亩产万斤的卫星,对于当时的张步秀来说,都不是一个比手头更难的事情。任务的期限,已经像头饿虎一样紧逼自己的屁股,这是他非常头痛的原因之一。

之二,尽管这是个光荣的政治任务,但是他没有这个责任和义务。分工的时候说得好好的他只负责镇上的青少年案子。小"罗汉"欢喜拉帮结派聚众斗殴,却没有一个人敢做,哪怕是喊一句反动口号,或者用收音机偷听敌台这样的事情。这是一个非常矛盾的议题。对于张步秀而言,他做梦都在想立一个大功,可是开会时一遇到麻头的任务,这个说有个下老鼠药的案子正在深入,那个说发电厂有个流氓团伙需要防范,还有个同事干脆说"都这么久了,也得让老张做一个漂亮的案子",于是找到了由头者就稀里哗啦走人,留下一个榆木疙瘩一样的张步秀,就成了这个特殊任务的经办人员——他捡到了一个烫手的山芋。

呃嘿呃嘿。呃嘿呃嘿。

接到任务的时候,张步秀还不知道深浅,他像个刚刚受到老师表扬的少先队队员一样内心在欢蹦乱跳。那天回家的路上,他还破例给冯大妹和铃子拎回去一大挂沤烂了的便宜香蕉。同办公室的两个战友刚刚都破获了大案:一个是从废品收购店一个破证件出发,揪出了一个潜伏下来的国民党特务;另一个根据小孩的发现,在查家窑的老烟道里找出了两支锈迹斑斑的驳壳枪。张步秀一直都是眼睁睁看着人家立功受奖，心急如焚。

实际上，那两起瓷器镇上著名的政治案件，经过一一调查落实后发现：其一，特务确实是潜伏了一个，在一个边远山沟有一位行将就木的老人，曾经于民国初期加入过一个没有听说过名字的秘密组织，而且后来这位老人还被这个秘密组织开除；其二，石家窑里的两把枪应该是货真价实，除去锈迹后就油光闪亮吧嗒作响，但是枪支的主人、当初的窑户老板查冠早已经死了，他的儿子查仁儒也只是一个用扁担都打不出一个屁的痴呆，况乎这个痴呆已经被押进了劳改农场。然而，破案者奖状照领、职务照提，不可一世的样子也好像是他一个人解放了全中国一样。

呃嘿呃嘿。呃嘿呃嘿。

现在张步秀清醒过来。张步秀清楚自己握到了一个烫手的山芋。张步秀面窗而立。后院的电灯杆上，挂着一个叽里呱啦播放革命现代京剧的喇叭。这个坐落在前街街上的镇机关大院，前后有七八棵高大茂盛的香樟撑起的树冠，像老鹰展翅一样覆盖着花坛、甬道、宣传栏及围墙边的开水房、配电间、理发室和食堂等等低矮的平房。附近的鸡从围墙豁口里钻进大院把鸡屎搞得到处都是，刨土刨得坑坑洼洼，绒绒的羽毛有时也飘扬到办公桌上的茶杯里面。因为心烦意乱焦躁不安，张步秀像个疯子一样在办公室里走来走去。

"临行喝妈一碗酒，浑身是胆雄赳赳。"大喇叭在大声吵闹。

大喇叭远远地对着自己的窗口。他皱起眉头捂住耳朵，他伸手喝茶，桌上的茶杯里已经榨干成茶叶渣子。这天清早他唯一一次没有上开水房打水，热水瓶里昨天的小半瓶早就已经空空荡荡。李玉和还在亮着嗓门吵："小铁梅出门卖货看气候，来往账目要记熟。困倦时留神门户防野狗，烦闷时等候喜鹊唱枝头……"他这时候看到窗户上面吊着一根广播电线，他瘟火都来了，爬上一个凳子把电线"啪嗒"一下扯断。像是突然停电喇叭卡壳，大院里顿时鸦雀无声。张步秀又慌了，赶紧又爬上去把断头接上，然后到处找胶布粘紧。在这个过程中，他的手在不停地哆嗦，额上的汗珠像澡堂墙壁一样流淌。幸好李玉和仅仅只休息了十几秒钟，也没有人看到他慌张的样子。事后他几次想把电线挂回窗户上的那颗钉子，他几次爬上凳子又晃荡下来——他的膝盖骨吓得像弹琵琶一样在战战兢兢。

呃嘿呃嘿。呃嘿呃嘿。

如果上纲上线，这绝对算得上是一起严重的政治事件。这件事情当然就并没有因为《红灯记》的继续而就此完结。这是张步秀事后一直提心吊胆的地方，在还没有排查出政治犯的前夕，自己很可能无意中就制造了一起反革命事端。像是突然患了急症，他瑟瑟发抖地瘫坐回藤椅，并用袖口擦脑门上沁出的汗珠。在临近黄昏的时候，夕阳投下的木楼阴影使得办公室显得阴暗冷清，楼道里陆续传来关门和下楼嘈杂的声音。这时候张步秀担心的倒霉事情就扑面而来——他这时通过窗口看到，播音员林苑匆匆忙忙向派出所走来。

很显然的事情，播音员林苑是来报案的。她向镇领导汇报完喇叭卡壳的事故之后，立即气喘吁吁地赶到前院的派出所报案。这个女人胸脯一走一抖的诱人景象，第一次被张步秀所忽视。张步秀都忘记了招呼美女，茶水的客套都被遗漏，扯过值班本子就埋着头一笔一画地记录。幸好派出所这天只有张步秀一个人值班——"这是个严重的破坏无产阶级舆论阵地的事件"。漂亮年轻的林苑在临走的时候，丢下一枚让张步秀深感恐怖的炸弹，这枚炸弹"轰隆"一声在他心底猛然开花。这天下班的时候，有人看到张步秀像地富反坏右一样，一个人低着头脸色苍白、目光躲闪、脚步沉重，如同一个久病初愈的患者一样精神恍惚。

呃嘿呃嘿。呃嘿呃嘿。

强烈的咳嗽，终于使得他的身体有点招架不住。仿佛肺叶要被震破，他蹲下来，蹲在一个墙角里用巴掌死死按住胸脯，然后挨在墙上，然后一口一口地喘气。一直到傍晚吃饭的时候，痨病壳张步秀魂不守舍的样子，才被细心的冯大妹发觉。冯大妹喊了他三次，张步秀这才从自己房间的床铺上爬起。吃饭的时候他把筷子拿反了方向，一副心不在焉的样子闷头闷脑用筷子头一下一下地扒饭；叫他灌热水瓶，拎起开水壶嘴总对不上瓶口，热水滴滴答答撒得一地的蒸汽；饭后他把经常要吃的药片也忘得一干二净，饭碗往水池里一搁又想回房间睡觉。"你怎么了？你今天怎么了？你脸色都是黄的……你是不是哪里不舒服？"在反复的追问下，冯大妹才弄清楚了瘦弱的张步秀背上了一个沉重的思想包袱。

"你不要紧张，你的成分过硬，不会有什么事情的。"冯大妹坐在床桌子边指示张步秀说，"现在就赶紧去向组织检讨，带一包烟去汪主任或者于镇长家里，大胆地承认广播电线是被自己无意间弄断的，理由是想为铃子抓一只屋檐下的麻雀，因为一直害怕担责任才拖到晚上来承认错误的。你听到没有？"

"嗯。"

"听到你就按我说的做好不好？"

"嗯。"

张步秀像个小学生一样坐在一个矮脚竹椅子上，瞪着眼睛仰着头在认认真真听老师布置家庭作业。寡妇冯大妹居高临下,看到的是痨病壳一双深陷在眉骨里的眼睛,透露出一股惶恐的波光,内心萌生出一丝母性怜悯的慈爱。

"至于排查政治犯的任务应该停止执行,你不能去故意冤枉栽赃人家。那是做作恶的事情。你要晓得,刑事犯坐几年牢出来就可以重新做人,犯了反革命罪就永世不得翻身,要坑人家家里一辈子的事情。"

但这一条让张步秀左右为难。

"……"张步秀瞪着眼有些吃惊。

于是又发生了争执。男的坚持说这是布置下来的政治任务,找出了凭据,就算不上是栽赃。另一个人警告说,不要再去钻天打洞去挖人家的失误或缺点。男的说:"你叫我怎么办?你叫我怎么办?你叫我去公开对抗组织吗?"痨病壳张步秀激动时口水都急出来了,星星点点,带菌的白色唾沫,一点一滴飞镖一样溅到冯大妹的脸上。

"你就去死!"冯大妹气愤地说,"你要是作孽你就去死!"说完还用巴掌狠狠抹了一下脸上的口水。

"我执行任务我凭什么去死?"张步秀比较内向、懦弱和倔强,但比较的单纯和正直。

"你不死我就去死好不好?"乡巴佬冯大妹转身回到自己卧室,并"嘭"一声带上了房门。房梁上黑色的烟子灰撒胡椒一样滴滴落落。

这个夜晚的咳嗽声经久不息。

夜晚下雨。

从那个夜晚起,瓷器镇的雨水也开始经久不息。

　　永远难忘的是:那一年在我父亲于家男走下坡路的时候,因为连绵的雨水,我们家和龙缸弄也同时陷入了惊慌失措的泥潭。

　　起始应该归罪于我父亲的懦弱。

　　之前我亲眼看到,我亲爱的祖父因"呼哧呼哧"的硅肺病,而被母亲以担心传染的理由排挤出家门。我抑郁寡欢,祖父于德礼一直是母亲眼睛里的一枚钉子,拔钉子是迟早的事情。面对难以逆转的局面,年幼的我郁闷不已而又束手无策。

　　事先的整天整天,只要周荣花在家,家里就充斥着令人烦躁的丢丢摔摔的磕碰声、含沙射影的训斥声,以及指桑骂槐的唠叨声。比如,"你又不是孤儿,你兄弟姊妹四个,轮上轮下也轮不到你充当孝子!"又比如:"飞飞都上学了,再跟那么大的姐姐挤一间房间成什么体统? 人家的房间有多都不去住,偏偏跟蛆一样就喜欢挤在我们这样一个粪窖里面。"更为蛮横和缺德的是,她竟然高声地强调:"矽肺是会传染的,等到一家人都吐血的时候,你后悔都来不及了!"

　　在母亲周荣花那一年唾沫飞溅歇斯底里的时候, 正好是梅雨时节雨水纷飞的日子。她所指的房间有多的"人家",是说爷爷的大儿子于家驹,但是于德礼一直就不喜欢老大于家驹。记得在那段时间, 大伯于家驹这个人物,犹如在瓷器镇人间蒸发了一样——破例,他这个孝子,已经有整整两个星期没有来看望他呼吸急促的父亲。周荣花点点滴滴的口水因而更加肆意。源源不断的唾沫,使得瓷片河河水迅速上涨。

　　在临河的晒楼,我和好好姐经常戴着斗笠扶着栏杆感受着"沧海横流"的壮观与新奇。这个时候,我们在玩一个自虐的游戏:我们故意面对急流全神贯注。我们知道眼睛一专注于流水,脑海就会产生脚下的房屋像轮船逆行一样的错觉。

"哦呵呵,晒楼走动了走动了!"于好好抱着脑壳,发出大惊小怪的呼叫。

这时候,周荣花就伸一个脑袋站在楼梯口恶骂:"想掉进河里淹死是不是? 要死就早一点死,死一个少一个,死了家里也不会像猪窝一样这么拥挤!"

这句恶毒的话,直接刺伤了老人家的神经。硅肺病并不等于老年痴呆,我爷爷他耳聪目明,思维清晰。他终于在母亲周荣花絮絮叨叨的数落声中,于某天清晨忍无可忍地挑一担行李,气喘不止地从阁楼上一步一步下来。

他去大伯家之前被我抱住了大腿。我明显地感觉到他老人家的膝关节在微微颤抖。

"我不让你走,我不让你走,我就是不让你走!"

但是,于家男不像是我父亲,更不像是我爷爷一向喜欢的儿子,我"爷爷爷爷"地叫喊时,他却土鳖一样缩在房间里没有一点反应。爷爷仰天长叹,然后坚决地迈出门槛。我长长的泪水顺着眼角、耳垂,流进了脖子。而我的手跟我的心脏一样,被周荣花强蛮的指头强行掰开,并感受到她尖锐指甲带给我深深的刺疼。

"你这样抱着他的腿,你想摔死他吗?"

雨水还在一拨接着一拨地倾盆而下,浑如泥浆的河水开始近似于一匹脱缰的野马。就在我爷爷冒雨踢踏踏踏走出大门的时候,有的人已经惊讶地发现,在滚滚的水面上有漂浮的死猪,以及一棵树段上站着一只惊恐地小狗……那时候每当发现一个漂浮的异物,岸边观潮者就会像发现新大陆一样,发出兴奋并夸张的尖叫。

那段时期,记得除了二姐姐外一家人都缩在家里无所事事。瓷器镇上的烟囱都像生殖器一样,干巴巴地竖在空中不再冒烟,广播喇叭总在重重复复地播放着革命歌曲,前街墙面上的大字报已经重重叠叠厚如水泥。在这种形势下,我的二姐姐于方方像穆桂英那样,一眨眼就变成了镇上呼啸东西的英雄。

时势造就英雄。

她俨然胸怀四海,目光炯炯。

依我二姐的性格,我认为她迟早都会成为英雄。她撸袖吆喝、英姿飒爽的土匪婆样子,在那个时候她不想成为英雄都难——有一伙懵里懵懂的同学,稀里哗啦地紧随着她身后。打砸前进瓷厂的瓷艺实验组之后,马经堂不仅没有责怪他们的莽撞,反而安排医务所的孟思琦率领厂基干民兵支持中学生的革命行动。

煤油一下子碰到了火星。厂医孟思琦已经脱下了白大褂,被培养成前进瓷厂的基

干民兵连长。所以只要中学生遇到了麻烦,无论何时何地,都会有一支身强力壮的工人敢死队,跟着一个文质彬彬的上齿有缝的青年,拿着铁铲钢钎甚至是武器出现在现场。那一年,我家的于方方吆三喝四,六亲不认,红黑通吃,既不担心革命潮流中的旋涡,更不惧怕拳脚相加的武斗。她整天里肆无忌惮地领一帮乌合之众砸烂黑板、张贴标语、开会抄家、烧书封门,揪坏分子戴高帽游行,在镇上形成了一股指东打西锐不可当的滚滚洪流。

因为洪流无关于自身的痛痒,"逍遥派"于家男就躲在自家后院里松土栽花。

这就是我父亲,笤帚倒了都不扶起来的父亲。河水当时已经呈泛滥的态势,他却深居简出地住在河边,有沉稳的心情在院子里冒雨栽花,或者找人家下棋。他是高个子这不错,但是"天塌下来"他却从来就没有过一丁点"高个子顶"的想法。他弯下细长的腰杆,像一支弱经不住风的芦苇,在劲风中不断重复着——弯腰低头,再又弯腰低头。

风终于来了,风终于朝着他扑面刮去。

狂风真正让他折腰的这一天终于到了。这一天在无意间,是我突然发现了风的到来。狂风顶着我的破伞和我的腹部,让我艰难前行。这一天,在放学回家路过镇机关大院的时候,我远远地看到汪麻子主任和马经堂厂长昂首挺胸地站在楼上,而我的大伯于家驹被一帮人拉拉扯扯揪出大门。我大伯低着头站在门楼屋檐的滴水下,脖子上挂了一个瓷器做的"走资派"的牌子。滴水正好滴在于家驹的头顶中央,他纷乱的头发便像落汤的鸡毛一样,滴滴答答。

"你说什么?"

"大伯在前街挂牌子。"

"你再说一遍。"

"大伯被那个孟医生,拖到前街挂牌子。"

父亲就不再问了。我却开始害怕。父亲吸着烟没有吭声。突然,"那个孟医生其实就是个流氓!"我看到父亲于家男三分钟过后,"咣当"一声失手打破了一个茶杯。我的父亲于家男,这才开始像倒藤的丝瓜一样软皮奋拉,他坐在那里按着心窝,低下头闭上眼睛一动不动将近有一个小时。

起身的时候,他缩头缩脑的样子很像爷爷。他笼着袖口走到镇机关医务所开具了一张心脏病的病假证明,回家后指着于方方的鼻尖暴跳如雷:"这样下去你迟早要倒霉的你知不知道!"

他吼叫道:"你一个女孩子家家的,整天在外面疯疯癫癫搞什么名堂!"

"你听到了没有?"

满脸通红、口干舌燥的于方方，正叉着腰在水缸里用瓢子舀水。她刚刚从外面回来，正牛饮一般仰头咕咚咕咚喝着水缸里的生水。

"你看你看，你都说你病了，你在家里骂起人来一身的劲。"于方方用巴掌抹了一下嘴唇，满不在乎地说，"要不是看在你是我父亲的分上，我明天就叫红卫兵到你单位去问你个究竟。"

"我怕什么？"于家男说，"我还怕你们这些乳臭未干的中学生吗？老子不犯错误还怕你们这些狗屁倒灶的小孩子吗？"

"你再说一遍！"

于方方用眼睛盯着父亲："你再说一遍我现在就写你的大字报贴出去！"

"我贴你的大字报，你信不信？"

面对凛然的正气，于家男张张嘴哑口无言。

在那段时间里，河水随雨水在岸边时涨时退。浪头正一排一排地拍打着码头上的石阶，威胁和警告着河边低洼的民居。当初面对洪水，幼小的我并没有感觉到多大的惊恐。因为在我灾害的概念里面，相比而言我更加恐惧的是，火光冲天的坍塌、熊熊焚烧中的哭喊，以及消防车"呜哇啊——呜哇啊——"的揪心警报。

何况在那个时候，我正沉浸在悲哀之中。我一个人含着泪坐在门口的一个凳子上仰头看天，哗哗的雨水就像一排挂在屋檐的珠帘。磉墩在后院被淋得透湿。路人"呱唧呱唧"的高筒雨靴声几近于无。雨天里愁肠打结，我常常在雨天里像过电影一样，伤心地回想着查云珍、我爷爷和我大伯他们的音容笑貌。

在那段日子里，我记得瓷器镇最终在一个夜晚发生了一场惊心动魄的武斗。因为武斗在深更半夜，具体的情况我只在片言只语的传播中获得。但是镇机关大院的门口换过了一块牌子这是真的。机关里人员大变，进进出出有一些新鲜的面孔也是事实。被迫站队进"红卫纵队"而又逃避战斗的人，虽然避免了遭遇火力的攻击，却落下了"缩头乌龟"的骂名。

这个人就是我躲在家里栽花的父亲。

镇政府文书于家男在武斗结束后，他试图回到大院上班。但是在那个时候，镇政府文书的办公桌，已经被搬进了镇办公室副主任的房间，房间里坐着一个张眉清目秀的年轻人。我父亲的那张办公桌我父亲认得。而那个霸占办公桌的年轻人，却埋头写字不理不睬，于是我父亲就只好敲敲桌面，小心翼翼地问："这是我的那张桌子，怎么我不知道就搬到你这里来了？"

年轻人抬头，竟然就是那个前进瓷厂医务所的孟思琦医生。孟思琦当然没有再穿

白大褂,他穿上的是在当时男人中十分流行的,用藏青色的咔叽布做的中山装。中山装的特点是对称工整,一丝不苟,连最上面一个领扣子都要扣紧,卡住脖子。

于是我父亲于家男加重了语气,敲着桌子说:"这一直都是我办公的桌子!"

本来,孟思琦还有些想站起身子的意思,但是一听到敲桌面"笃笃"的声音,像是不认识我父亲一样仰起头,张嘴露出裂缝的上齿反问:"是哪个分给你办公的桌子?"

"是瓷器镇人民政府。"

"那都是猴年马月的事情,现在叫'革委会'。"孟思琦对于家男说,"现在这张桌子,镇革委会已经分配给我办公。"

那一天从镇机关大院回来,于家男就这样病号一样躺倒在床上。"他娘的流氓!"他从来都没有这样用过粗话,而这次他破口而出。但是这次他是在家里,而且依然不敢骂大声音,他这样骂也等于把自己的大闺女包括进去。"革委会"马经堂副主任叫他"先回家反省反省",而于家男躺在床上,自己都不知道自己应该反省些什么。实际上,组织上在千头万绪的忙乱之中,早已把他当作一个碍手碍脚的废物置之不理。这个软不拉叽的男人一无是用。在漫长的一段时间里,镇上既没有明确地给他什么处分,也一直没有给他另行安排工作的意思。

期间他当然也没有闲着。我爷爷死了,两眼一闭死在大伯伯家里。

大伯于家驹,已经被发配到浮西山沟里的一个林场矿山接受劳动改造。"呼哧呼哧"喘气的爷爷,终于可以安静地躺在一块门板之上酣睡。关键是他满脸的憔悴和眼睑的浮肿。我想不到一个曾经硬朗瘦长的老汉,躺在门板上竟像一个干瘪如壳的虾米。矽肺俗称"硅肺",是长期吸附二氧化硅灰尘的结果。具体的表现为呼吸短促,胸闷或者胸痛,体力减弱。

我爷爷肯定还远远没有恶化到一命呜呼的地步。但是,我爷爷还是决定一觉躺下去不再醒来。

他眼不见为净。

在吊丧的过程中,亲戚们没有一个人理睬我母亲周荣花是很正常的现象。大家都不说话,都用冰冷的目光看着我母亲走完规定的程序。周荣花一个人进去点香,跪下,拜了三拜,再插进香炉。同时眼泪也猫尿一样一颗一颗地滴落。这就更加引起亲属们的冷笑。他们权当作我们于家没有这个媳妇,他们都调转头去看窗外,或者默默做自己的事情。连伤心欲绝的姑姑都爬起来离开遗体,远远地躲进内室。

雨还在下着。

我看到只有从矿山赶来披麻戴孝的大伯,给周荣花递上一杯冷开水算是打一个招呼。

我母亲抹着眼角爬起来,把茶杯放下,就缓缓地离开了那个临时搭起来的灵堂。

洪水上岸的最后几天,天空似乎变成了布满筛孔的漏斗,瓢泼大雨稀里哗啦、断断续续,而厚厚的乌云始终锅盖一般紧紧压住头顶。河中间蒸汽腾腾,随波逐流的浮木、门板,以及惨白的动物尸体越来越多,加剧着河流感官上的汹涌和恐怖。

因为领不到于家男的工资,我母亲周荣花回家站在床前一直拿眼睛示威一样盯着我父亲。

"我确实没有犯什么错误。"父亲手臂上挂了一缕麻线。

"你再好好反省自己。"母亲那时候好像已经成了厂部工会的女工委员,母亲说,"你整天赖在床上也不是办法。"

父亲有些委屈,跟小孩一样皱起眉头:"我非常小心,我什么都不参加,就连自己的大哥被揪出来都没有怨言,我真的不知道我有什么地方做得不对。"

"这就是问题。"母亲周荣花深吸了一口烟头。

"……"

"那……我去帮你问问?"母亲周荣花最后又深吸了一口。

"……"

周荣花用脚尖碾碎烟蒂,回转身就拿了把雨伞,然后拎一双高筒雨靴丢在我脚下。

那一天外面的雨下得稀里哗啦。我什么都不知道,但当时我还是感觉到出门前的兴奋,大雨憋闷了我们一个星期。好像是锻炼身体,总记得那天"呱唧呱唧",我和母亲在镇上瞎走了一个多小时。又像是在寻找"戈多"。一路泥巴邋遢,飘雨淋湿了母亲的大半边肩臂。为了寻找马经堂副主任,我的裤腿都被溅起的雨水湿得一塌糊涂。我扯着母亲的手,从镇南走到镇北,再由镇北走回镇南。我感觉到母亲周荣花的手冰凉冰凉。

经过长长的坯坊穿插到前街。

这是第一段路程。在路过那个叫做陶瓷艺术实验组的坯坊时,我好像看到隔壁查云华的父亲一个人在空旷的工作间里,埋着头在修补着他的瓷雕坯胎。坯坊内架子已歪东倒西,地面上有很多坯屑。那个人黏有粉屑的一缕头发耷拉在额前。要不是我母亲拖着我的小手,我经过那里的时候我会停下,我很想问一问他"查云珍有没有回家"。

"你看错了,那不是查云珍的爸爸。"母亲说。

前街没有找到马经堂之后,我们来到了窑府巷。

"马经堂他们家刚刚搬到窑府巷去了。"有人给我们母子这样指点迷津。而我们赶到窑府巷看到的却是,一座八字门楼的老式宅院被铁将军把门,门湿而厚重。然后我们

根据门上的字条,去了低洼的韭菜园内涝现场。听到韭菜园居民说视察灾情的队伍早已经散了,于是再追赶到镇革委会大院。

事后我真的感到十分惊奇,我对我们那天的记忆是如此的清晰。

非常奇怪的是,那一天看到马经堂的时候,马经堂对我异常的亲切。他挺着个大肚子,在办公室挠着头上几根稀疏的毛发到处乱翻。最后,他从抽屉里翻出几颗上海牌奶油糖果塞进我口袋。接着他摸摸我的脑瓜呵呵地傻笑:"真快啊,都这么大了,这么大了"。

我母亲周荣花从我口袋里掏出糖果,又放回马经堂的桌上。

窗外大雨稀里哗啦。我母亲表情严肃地站在马经堂的对面,茶也不喝,椅子也不坐,跟马经堂保持着一米多的距离,叽里呱啦地就跟他说话。

马经堂赶紧把门掩上。看得出我母亲很急,放机关枪一样滴滴答答放了好大一通声音,然后激动地听着马经堂耐心的解答。"不要着急""整个形势就是这样""我看你的面子没去追究,他自己说过什么他自己清楚""但是组织上是严肃的,他要为自己说出来的话负责任"等等,这是马经堂在两手不断比画的时候,我所能听懂一些短句,也是我从一连串话里面了解到的一些信息。

我清楚发生了大事,大人们之间发生了一些麻烦的大事。

回到家里的母亲一直没有理睬我父亲。我母亲用脚踢开大门,没有好相地收拢那把破伞丢进脸盆,然后拿毛巾擦头擦脸,并帮我换鞋袜和衣裤,然后在不停地在做家务时,把东西放得很响。她以沉默的方式来对付自己翻江倒海的心情。

我父亲于家男,也一声不吭地睁着眼睛躺在房间里睡觉。

他都睁着眼睛躺在床上好几天了。

对于我在厅堂遭受"嬉戏"的挣扎,以及姐姐们疯疯癫癫的打闹等声音,父亲都无动于衷。除了直挺挺摊在门板上的大姐和爷爷,记忆中我从来都没有看到过,能这么长时间横躺在那里一动不动的躯体。我当时又多了一分忧愁,我真的生怕我的父亲,会在某个白天于哭号和鞭炮声中,同大姐和爷爷一样被装进棺木。

那个雨季,冷战的气氛一直在家里弥漫。一整年都是这样。

14. 百年一遇

也就是在那一年的六月下旬,瓷片河终于在我的萎靡和担忧中漫上了河岸。汹涌的洪峰冲毁了一些松散的临河民居,洪水淹没了瓷器镇沿河低洼处十五条里弄、二十一座瓷窑、二十九座坯坊,以及惨无人道地席卷走了一个妇女,也冲垮了我天真的——童年。

龙缸弄溃不成军。那天夜晚,我在鬼哭狼嚎的呼叫声中惊醒。

那场百年不遇的洪水,彻底改变了我这一生对水灾轻视与傲慢的姿态。

仅仅用了一个晚上的功夫,龙缸弄有近二分之一的居民大呼小叫流离失所。瓷器镇全部停电,好几把电筒晃来晃去,晃出汪洋一片,沿河的居民区就像一条正在下沉的巨轮。龙缸弄里的居民,及其赶来救援的亲朋,叫喊着打包、上楼、蹚水,或者转移老小……

河水淹没我们家一楼的全部,也淹没了对面铃子家松散的板壁房屋。幸亏上半夜我们家的姑姑姑父、姨夫和姨娘,以及二姐姐于方方的中学同学都赶来援手。我那不近人情的父亲,却把于方方的同学都赶走了。大家没有作声。在父亲于家男的指挥下,亲戚们帮我家抢出了棉被、衣服、米缸、鞋袜、锅盆、户口本、购粮证以及粮票、布票、肉票、豆干票、煤饼票等等等等一大堆破烂和废纸,甚至我收藏的半箱子连环画读本。

当时我惶恐和兴奋同在。

我蹚着淹没膝盖的洪水,颇感舒服地抬起脚"哗啦哗啦"地随大部队仓皇撤离。

我们一家被安置在前进瓷厂包装车间仓库的一个角落里,一个星期平安无事。但

是，我们全家人却整整一个星期都阴云密布，如丧考妣。

据说在那次洪灾之中，龙缸弄居民的损失可谓精彩纷呈、五花八门。有一位老婆婆事后天天坐在河边拍一下大腿，抹一把涕泪地哭诉，她家被洪水冲走了一窝正下蛋的母鸡；有一对夫妻到处厚着脸皮求熟人借债，他们家的户口本被洪水泡成了烂渣，问题是里面还夹着豆腐渣一样的一大把省吃俭用积攒下来的粮票；还有一个更加倒霉的，在慌乱之中一脚踩进了阴沟，把腿脚骨吧嗒一声搞成了两段……

最值得一提的是，瓷器镇还在疯传着一个有人被洪水冲走的消息。有人亲眼目击到，一个妇女抱着一段屋柱子，在浪涛中起伏呼救，但很快就包饺子一样被旋涡和急流所吞噬，这个被冲走的人据说是龙缸弄里的妇女。后来一看现场，就清楚这位妇女就是住在我家对面板壁屋里的铃子的母亲——寡妇冯大妹。

为什么我们全家人整整一个星期都阴云密布，如丧考妣？我们于家表面上看似毫发未损、稳如泰山。其实没有人知道，就在河水上岸的头一天傍晚，我们家早已经遭遇了一场波涛汹涌的比洪峰更为凶猛的浩劫。

起因是我一不小心打破了家庭经久不衰的冷战局面。但是不能怪我，我无法预知失手后所牵扯出来的严重后果。在我被母亲和姐姐们差遣着给父亲送饭的时候，导火线被我不小心突然点燃，一场硝烟弥漫的恶战突如其来。

父母房间里因为没有窗户而光线昏暗，一只沾满油灰的十五瓦橘黄色的灯泡挂在头顶上，勉强照亮了于家男苍白如纸的面容。我吓了一跳——父亲半躺在床头，枯草般竖起的长发下面是高耸的颧骨，以及一双布满血丝的眼睛凹陷于眉骨之中，眼窝的阴影就像两个骷髅的黑洞。

父亲从被窝里伸出一只寡白的骨手。

我"啊"叫一声，小手一抖，"咣当"就把饭碗跌破在床沿和踏板之上。

瓷碗碎片、饭粒、豆芽、青菜汤等等撒落得到处都是。我在试图抢救饭碗的时候，白嫩的右手虎口，又被一块锐利的瓷片所切割，鲜血立马喷泉一样涌出。鲜红的滴落，致使我发出惊恐的狂叫。

"啊——我流血了，我的手割破了——我流血了！"

母老虎周荣花终于发威。

"你冤枉长一个鸡巴，你长一个鸡巴有什么屌用！"我母亲周荣花再也憋不下去了，她冲进房间。

她按住我滴血的虎口，指着我父亲破口大骂："你还像个男子汉吗？关键的时候就晓得整天躺在床上躲躲藏藏，你以为逃避就可以太平无事吗？"

父亲用蚊子一样大的声音辩解说："我不是怕给家里添麻烦嘛。"

"你现在这样就不是添麻烦吗？组织上已经叫你回家了，你就要给你挂个牌子戴个高帽，拉你到主席台上批斗，才算是给家里添麻烦了？"

"……"

"知道你自己犯什么事了吗？你在家跟方方说了什么反革命话你知道吗？"

"那是反革命话吗？我自己骂自己闺女碍别人什么事情！"

"好，你有种，你嘴硬，你就躺在家里这样硬下去吧。"接着母亲周荣花"梆梆梆"地拍打着桌面，起火数落，"整个瓷器镇都找不到你这样的软蛋，废物！在弄里，弄里你不算是一个合格的父亲；在家里，家里做不了一个称职的丈夫……我都受够了，我一世已经被你耽误了半世！我的命苦啊……你以为我不说穿你，我就能容忍你吗？我再也忍受不了你的折磨了……我是在守活寡啊……啊啊啊啊，你这个废物啊！"

我从来都没有看到过周荣花泪流满面。

我母亲的叫骂撕心裂肺。

关键是，我们都已经大致上能听得懂她愤怒的大概意思——她在守寡。而让她守寡的男人，却坐在床铺上用巴掌一下接一下地抹自己的眼角，然后是不断地吸鼻孔中的鼻涕。他实际上是在一吸一抖地伤心抽泣。他将脑袋耷拉在床档子上面，往后一磕一磕——我父亲于家男的精神，实际上那时已经基本崩溃。

在第二天退水过后，龙缸弄的居民返回居所的时候，发现临河张步秀房屋的位置上已经一无所有，连砖瓦门板都被冲刷得片甲不留。房屋的地基，连同松散的河岸大面积坍塌，原址上一小半没有倒垮的地方，只露出一口倒塌的水泥砌就的水缸。通过坍塌的坡面可以看出，河岸暴露出来的基本上是层层叠叠的匣钵片瓷器片——他们家坐落的河岸，不是自然的实地，而是历史上倾倒民窑废渣的地方——堆积层里面松松垮垮，旧瓷片白森森尖锐如矛。

但是洪水上岸的时候，有人明明看见冯大妹抱着女儿已经离开了里弄。

这就是怪事。

"大妹啊——大妹啊——你想不开啊……你丢下铃子一个人，铃子怎么过啊……"最了解冯大妹的只有痨病壳张步秀。张步秀趴在唯一留下的水缸上面哭着说，"我都叫人帮你转移出去了，你还返回来找那些粮票布票干什么？你要一个戒指又有什么用？"

将近半个小时的痛哭，引来了重重叠叠的观众。许多人幼稚地以为找到了冯大妹的尸体，但是那个时候，一泻千里的洪水已经奔涌了十几个小时。

那一天，我们全家还将就在包装车间的仓库里安身。一听到张步秀在痛哭的消息，

周荣花猛然就丢下手里的没有吃完的饭碗，米饭被她撒得一脚一地星罗棋布。如果是平时，我们这样对待粮食，筷子头立马会在我们脑壳上"吧嗒"一击。

我不相信张步秀这种人会失声痛哭，我跟着母亲背后出门。母亲回头看到我时停在那里。我以为她又会起火要骂我回去，但是那一次我估计失误。灾难过后人性会复归平静与善良。我母亲周荣花第一回以她温和的脸色，伸出粗麻的手掌摸了摸我的脑壳，将我牵住，再迈开腿带着我急匆匆地小跑。

风一阵接一阵地吹拂着河边上沾有泥灰的野草。

河床依然声势浩大流速凶猛。被人家抱在手里的铃子，在不断地伸出双手哭喊着："姆妈——姆妈——我要我姆妈……我要我姆妈……"

我一个人站在人堆后面，眼泪哗哗流淌。

没有人劝得住张步秀的悲伤，几个街坊邻居上前拖都没有用处。这时我母亲周荣花钻进人群。她面对瘆病壳，以前所未有的亲近姿态，不怕传染地俯下身子对着张步秀的耳朵叽里咕噜。叽里咕噜的结果是哭声越来越小，最后小到"吸漱吸漱"的地步，这估计是我母亲劝慰的语言发挥了作用。因为后来我看到，我母亲伸手将蹲在地上的张步秀一把拉起，然后几乎像老鹰抓小鸡一样，基本上是挟持着他走出里弄。

都以为寡妇冯大妹就这样死了。

但是第三天的晚上，冯大妹现身于龙缸弄的时候确实不是她的阴魂。

冯大妹站在板壁屋的废墟里，更像是在反思或默哀。她面对的是，对九死一生的命运和自己要死不活的寡妇生涯。冯大妹抱住一根房梁不放，一直被漂流到下游一个叫做三道湾的地方，被一伙在湾口打捞树木的村民救起……

信不信由你，这就是那一年洪灾我在瓷器镇的所见所闻。

中篇

蟋蟀季节

15. 乳房记忆

开学典礼是在一个阳光毒辣的日子里进行的,在学校的操场。

大概在九月三号还是四号的样子。九月伊始,我们南方的太阳威力可想而知。但是比太阳更为威严的情况是,那个年代开学典礼不叫开学典礼,叫"入学思想政治教育动员大会"。都读书读了好些年了,这还是我第一次参加学校及其气氛森严的全校大会。

校园应该是值得回忆的美好境地。然而在这之前,我一直感觉到校园它不过是仄逼、陈旧和昏暗的关栏场所。就好比要养一群绵羊或者肉猪,生怕牲口跑了,就必须要有一个遮风挡雨和团团围拢的地方一样——因为在这之前,我和我两个姐姐所在的前进瓷厂五七子弟学校,就是这样一个敷衍了事的教育阵地。

国有企业兼办子弟学校,是我们那个年代里风行的解决公办教育不足的有效方式。校园的发展跟不上人口繁衍迅猛的速度。于是,类似于前进瓷厂这样一批有一定规模的国有企业,就随随便便挑一个已经废弃了的可以当作教室的地方,再从瓷厂里抽几个看得懂数理化课本的行管人员,管他有操场还是没有操场,管他用的是官腔还是方言,勉勉强强对付着就招收本单位的职工子弟,就堂而皇之地可以树起一块"××五七子弟学校"的牌子,打爆竹剪彩开学。

那一年像井底之蛙蹦出了井栏,我转学到了瓷器镇中心学校。

我激动并好奇,第一次作为公办学校的学生,心扑扑欢跳地参加了规模宏大的"入学思想政治教育动员大会"。我被转学的原因,是出于母亲周荣花一举多得的深思熟虑——我跟随并监视着我的父亲。

因为我那个肚子里有些墨水的父亲,已经被组织上安置。

应该不算是"一棍子打死,再踏上一只脚,让他永世不得翻身",镇里面宽宏大量地调他去镇中心学校工作还有点"人尽其才"的意思。然而,他在学校的工作职责,跟文化没有一分钱关系,他只负责守一个大门,敲一口破钟、扫一个操场和两个厕所。

但是于家男欣然赴任。

因为崭新的岗位好处多多。具体心照不宣,可以摊上桌面的有:他已经拥有了一间独立的门卫值班房间和大量的在校园游手好闲的时空,这不仅缓解了我们家居所严重拥挤的紧张局面,而且从此他就更有时间下他的象棋,有地方种他的花草。

况且更为重要的是,父亲于家男同时还获得了在学校食堂,近乎免费就餐的待遇。这一点在我精打细算的母亲那里非常看重。食堂里的荤腥有助于我身体的发育,因此上午或者下午上完课后的中餐或者晚餐,我被要求必定要跟着父亲于家男去蹭学校食堂的饭菜。

那天,"入学思想政治教育动员大会"的横幅被挂在主席台的上方。

读上去挺拗口的一溜文字,被正儿八经地涂在一幅老长的猪肝色横幅之上。横幅上遒劲的大字我非常熟悉,那是家父于家男潇洒的笔迹。在知识分子成堆的学校,女校长赵飞燕竟然请一个扫厕所的门卫,用墨笔刷一条这么重要的会标,可见我父亲于家男的书法功底是多么强硬,以及赵飞燕这个女校长待人的情意又是多么绵长。

瓷器镇中心学校在瓷器镇东郊的丘陵里面。那块相对比较平坦、曾经做过菜园的地方刚刚被平整为一块偌大的操场。在开学之前的暑假,操场的平整是发动全校师生"星期天义务劳动"的成果。我父亲赶上了那热火朝天的义务劳动。父亲挑了三箩筐满满的煤渣灰出门,在我父亲担担出门的同时,那个暑假的好几个星期天我在前街和后街都看到,沿路都有师生像当年的支前民工一样,担着石灰、黄土,以及煤渣灰等源源不断地往东郊输送。

在上午八点多钟的样子,我父亲于家男敲响了挂在树上的洪钟,因此我惊讶地看到了从未见过的庞大集结阵势,似蚂蚁搬家一般从各个教室里一队一队地涌出。学生每两个人拖一条长凳,然后在老师吼吼喝喝杂七杂八的指挥声和口哨声中,被一个方阵一个方阵地安顿在空旷的大操场上。黑压压一片犹如镇上召开的万人宣判大会。

操场的周边长满了大树,由三合土夯实的新鲜地面尚散发出石灰的气息。那个时候,我坐在台下前排的板凳之上——这是废话。而我真正想表达的却是,女校长赵飞燕在台上,像发了神经一样,在再三解释着一个《关于不许擅自下河游泳的通告》。风马牛不相及的两个话题。明明开学典礼的主题是政治教育,但是那个已经丰满的女校长在

台上竟不厌其烦地、反复唠叨着一个"不许擅自下河游泳"的校规。

"下面,我再次强调一下《关于不许擅自下河游泳的通告》。"

当时,主席台上菩萨一样地端坐着镇"革委会"副主任马经堂,镇驻校"工宣队"队长黄钢汉,以及三位副校长和四个我辨不清来路的干部。他们中的大部分,都已经通过喇叭对师生们作过口沫飞溅的报告。报告的内容包括国际国内政治风云、全省全地区斗争形势、本镇内部的阶级动向,以及将来的"楼上楼下电灯电话"的共产主义的革命前景等等等等。该啰嗦的似乎都已经被人啰嗦过了,轮到"臭老九"赵飞燕发言就无从下嘴。面对早已准备好了的几乎是废纸一张的书面稿子,她不知道说什么才好,于是在开学典礼上的东拉西扯鸡毛蒜皮,就成了她发言的主题内容。

她一字一句嘟囔着嘴唇说:"没有经过家长同意,你们独自去游泳,这就叫擅自。"

这个查云华、查云珍的母亲——女校长赵飞燕算得上是一个"妖娆"的少妇。她变胖了一些,更像一个女干部的样子。当时我看到的是,除了反光的脑门上吊几丝用铁丝烫卷的头发外,她丹凤眼上面罩了一副金丝眼镜,腮帮上还有两抹胭脂一样的水色。

关键是她有点"婴儿肥"似的微胖,但并不难看。反而显得皮肤更加白白嫩嫩,嘴唇圆乎乎肉嘟嘟的,走动的时候,感觉她突出的地方浮浮的有些颤动。后来我才知道书面语言那叫作"丰满"。

问题是那天晴空万里,阳光普照,仰面抬头,转来转去半天都寻不到一丝云烟。幸好是上午的操场上还有一丝清风,是风才不至于使得我们像咸鱼一样被太阳晒晕晒干。喇叭里放出来的所有废话,跟风一样一阵一阵从我们耳朵边上刮过。所不同的是:清风能给我们送来凉爽,声音却给我们带来了空虚和焦躁。

她想了想又说:"即使家长同意你们游泳,但没有到洗澡的时间,偷偷地下河,这也叫擅自。"

和全校的老师同学们一起,当时我已经疲惫。口袋里有一本《半夜鸡叫》的书,我本来想躲在下边偷看,但是第一回参加这样庄重的大会我最终还是打消了念头。我开始一副疲疲沓沓的样子坐在台下第一排三心二意。我一边用脚尖扒拉着地下零星的蚂蚁,一边在专注地撕咬着自己有点干裂的嘴唇皮子。嘴唇一下子就流血了,我就吞吸着那些略带腥味的血丝口水,以缓解咽喉的干燥。后来想不到的是,有一个特别的情况让我一下子集中了精力——我突然注意到赵飞燕校长被主席台压迫的奶盘,我就停止了心不在焉的细小动作,装做一副全神贯注接受教育的样子盯着主席台不放。

我们应该将心比心地帮她考虑当时的处境。

一个已经与丈夫决裂了多时的少妇,就当然地会有骚鸡公在打她的龌龊注意。偏偏依赵飞燕同志的品性,她又不是那种裤腰带很松的"破鞋"。因此她清醒地意识到,在拒绝与反拒绝的日子里,正是她应该小心谨慎的时候。祸从口出或言多必失。她在大会上就不知道说些什么才好,她就只有用这些婆婆妈妈的要求,来搪塞一个校长发言的漫长过程。

她甚至扶着话筒,抬头扫一眼大家再一次说:"擅自下河是违反校规的,是危险的,是对党、对国家、对家庭和自己不负责任的……"

她短袖衫外露出一大截油脂一样白嫩的胳膊。她低着头假装看着手里的稿纸,她蛮大的奶盘被主席台挤压得鼓鼓囊囊。

那对蛮大的奶盘,像个手感极好的热水袋充满着弹性,它躲藏在一种叫做"的确凉"的布料后面,晃荡荡地像一对胖乎乎的白兔。两个深颜色的奶头,突出了里面的色泽和位置。这是她身上"的确凉"衬衫的作用。"的确凉"是当时非常作兴的布料,它挺刮、滑爽,尤其是印染出来的鲜亮,对于熟悉土布或咔叽的瓷器镇人来说,不能不说是一次巨大的视觉冲击。正是这种时髦的布料,致使我们女校长的"白兔"在没有受到侵犯的时候,会公开鼓鼓地挺着脑袋东张西望。

奶盘的形状都看到了。

知了在大树上干叫。空中顺风而飘的窑烟,从烟囱出来以后就像巨大的慢慢松散的辫子,滚滚乌云一般给操场投下不确定的遮天蔽日的阴影。说实在的,随着那对奶子的挺拔与胀开,我内心的瘙痒和下身的蠕动便显得有些频繁和急促。当时我可能刚刚赶到了这个隐隐骚动的年纪。但是不很强烈。我就用不断地夹紧裤裆和吞咽口水的方式,来缓解我内心与喉咙里莫名的干涩。

然而所有的这些,都不是提醒我记忆并书写那一年开学典礼的关键。那天记忆深刻的关键,是关键的时刻有一个关键的人当场夺下了女校长讲话的话筒。夺走话筒的这个人就是,镇里兼管宣传文教卫生的"革委会"副主任马经堂。

台上唯一没有发言的就是马经堂。马经堂作为出席大会的最高首长,他一直在忍着性子等待着做最后的发言总结。台下叽叽喳喳黑压压一片。他秃顶的脑袋,像拨浪鼓一样不安分地转动。脑壳两边稀稀拉拉几根杂毛挂有汗珠,太阳就专门曝晒着他汗水淋漓的脑壳中央。他日理万机,他都等不及了,甚至有可能因赵飞燕的性感而放飞出自己联翩的遐想。他飞呀飞呀,很可能已经飞到了镇播音员林苑睡觉的地方……

由于赵飞燕校长的啰里巴唆,他终于有理由将不很耐烦的情绪表现出来。赵飞燕校长浑身抖抖的肉感和他没什么关系,或者,正因为毫无关联才勾起他急于离去的欲念。他终于不耐烦了,他很不耐烦的表现方式就是,跟日本鬼子举起军刀一样,将臭知

识分子烦琐而不着边际的话题,蛮横地拦腰截断。

他有这个权利。

他更有这个义务。

他伸出毛乎乎的猪手,以极其敏捷的动作出其不意地将话筒捞到手心。其速度就像收缴敌人的枪支,或者打架的妇女捞男人的小便。其时会场的喇叭,因电流的突然变故而发出一种刺耳的叫嚣,"吱吱——吱吱——"金属刮瓷器一样。这种猛烈而锐利的叫嚣,使我们的耳膜都感受到震颤和刺痒。肉都是麻的,牙床也跟着发酸滴水。

我立即软皮耷拉。

全场陡然死静,随后就捞饭煮粥一样乱哄哄一片。

这就是我刻骨铭心的场面记忆。马经堂肥头大耳、手臂上多毛,矮胖、秃顶、说话口水飞溅和臭气烘烘。这也是我无缘无故,想要写开学典礼这一章节的根本缘故。

16. 癞痢头

有一天上午,有两个"罗汉"在寻找我的时候,我正缩在自家后院里拉尿。

那天上午正是上班时间,河边老城区显现出瘟疫后的冷清。"叽叽吱吱……"我当时从裤脚筒里掏出一个很小的软皮奄拉的家伙。有一对蟋蟀被尿浇灌出来这让我意想不到,蟋蟀湿漉漉地从孔洞里爬出来时,已晕头转向,不辨东西。

"于飞飞,于飞飞,于飞飞。"

这时候我在捉那个一蹦一蹦的二尾子公虫。我的两只小手像捞斗一样紧随着虫子,童趣的魅力使得年幼的我心无二用。所以在那一年秋天的清早,获得意外收获的我根本没有听到门外有人叫喊。问题就在于——我没有听到"罗汉"的叫喊,而被隔壁的新来的邻居癞痢头听到。

癞痢头的学名叫柳国华。

柳国华就是在我第一次偷泳的时候,被黑大头马博带去的那个鼻涕一样讨人嫌的家伙。

洪灾过后,这个癞痢头一不小心就成了我的隔壁邻居。一墙之隔。他搬过来以后,我始终的感觉就是:不仅他脑瓜流脓结壳的气味难闻,更主要的是他就像是粘在人身的蚂蟥一样,在我的精神上刮都刮不下来。有这种感觉就叫人作恶作呕。但这已经成了铁定的事实,跟百年一遇的洪涝一样纯属于天灾——我认为我命里有这么一劫。《增广贤文》里有一句叫作,"是福不是祸,是祸躲不过"。

那一天接着我就出门,我去菜市场偷肉砧上面的板油。不言而喻的事情,那天上午

我无所事事,准备下河钓鱼。这是天意。猪油是当作鱼饵,并不需要很多,抓上满满一把就足够用一个上午。这是我那天出门时的如意算盘。

时值夏秋之交,随着瓷片河游鱼的日益粗壮活跃,炎热刚有些打退堂鼓的意思,饱满活跃的秋天等不及似的跟屁股就来。正是大人们没事找事忙成一团的年代。镇上那些灌满浆汁的小"罗汉"也像河鱼一样,膨胀得蠢蠢欲动。少年也不甘寂寞地模仿着大人,成了这个季节里大人们的麻烦和担忧。

但是,瓷器镇中心学校的新任校长赵飞燕老谋深算,教育战线有这个责任。学校一开学,就分批实施带学生到西郊军营去参观学习的计划。当时正是"全国人民学习解放军"的年代。一举两得的事情,既是一次野营性的郊游,又是去领略部队纪律的严肃。烈日底下大家排着队像毛毛虫出行一样一步跟着一步,不准掉队,禁止言笑,还用口令"一二一"的吼叫来保持步调的一致。长时间这样再三折腾,小孩初秋的欲望就像新生的婴儿一样,很轻易就被闷死在摇篮里头。

此法屡试不爽。

那一周,我们班被轮排在下午上课。

所以一个人在家的时候,已经长大的我,总要找一些有趣的事情打发自己难熬的光阴。天地之大,自然界无所不有,我自己玩自己的想法。养蟋蟀斗架、捉"纺纱婆"听叫、摘桑叶养蚕、钓小鱼油炸、抠岩石缝里的河蟹、套树上的"知了"……这都是那个时代小孩们廉价的乐趣。

是在回家拿钓鱼鞭子的时候,我才知道刚刚有人找我。

"胖地主,这么快就回来了,刚才你和他们到哪里去了?"

隔壁的癞痢头柳国华坐在门槛上喝粥。稀稀呼呼像猪吃潲水一样,癞痢头那边发出一溜黏稠的声响。癞痢头躲在碗后边说话,下巴颏和喉咙管一拱一拱。

在做我的邻居之前,柳国华一家老老小小七口,挤在前街南市口的一间松松垮垮的由坯房改造的屋子里容身。柳国华一家原来在南市口的窝棚我曾经看过:墙面的裂缝老鼠们可以钻进钻出;墙面和屋顶都稀稀拉拉地长有腋毛一样的杂草;房屋其他的破败还包括瓦漏、门烂、白蚁,以及屋脚边臭气烘烘的阴沟;而作为邻居的苍蝇蚊子也时不时到隔壁造访。

癞痢头柳国华的父母都是安分守己的工人。父亲的工种是在国营瓷厂的窑场里装坯。母亲就是整天知道围着锅台转的家庭妇女。后来因家境所迫,母亲只好去窑场做捡煤渣的临时工。他母亲下班回家时,裸露在外的皮肤基本上就像一个非洲的黑奴。黑色的煤灰把她装点得"乌面乌嘴"。

当时在我们瓷器镇，一般有条件的国营瓷厂也给职工们福利分房。但是往往是僧多粥少，因此类似于沙丁鱼罐头一样拥挤的家庭多如粪窖里的蛆虫。长长的排队等房的人群挤挤攘攘，打破头一样双眼通红吵吵闹闹。有关系和手脚长的职工也不是没有，千变万化的打分方式由极少数掌权者随心定制，所以一批一批的福利待遇，轮上轮下，也轮不到像瘌痢头父母这样老实巴交的人。

幸亏是遇上了那场天灾，更感谢容身之所一夜之间被洪水浸泡并迅速溶解，于是柳氏一大家人像一个逃荒要饭的丐帮，广告一样蜷缩在菜市场一个茅棚子里面将就了三天三夜。在风餐露宿期间，瘌痢头柳国华大字不识的母亲像祥林嫂一样，见人就拖住人家袖口，长篇大论声泪俱下地发表"柳家无立锥之地"的演说，搞得他们厂里的领导，在小小的瓷器镇非常尴尬和被动。毕竟是无产阶级的国家，于是问题当然被马上列入厂部高层的议事日程。作为倾家荡产的困难灾民，经请示，上级同意协调，第四天他们全家就被打发到龙缸弄来分割资本家查仁儒富余的地盘。

灾后的龙缸弄淤泥如粥。

瓷器镇的山洪，仅仅用了一天不到的时间就全面溃退。"易涨易落山溪水，易反易覆小人心"，说的就是瓷片河洪水来也匆匆去也匆匆的原因。大水虽然退却，却让黏糊糊的黄泥潜伏于民间的角角落落，以继续给镇民们灌输天灾的威力。

我们全家在忙于清理泥浆的时候，柳国华一家鱼贯而入地走进了窑户老板查冠建造的楼房。这座民国手里在码头边上树立起来的楼房，坚固得就像似一围稳打稳扎的欧洲城堡。它固若金汤。轰隆隆的洪水竟然没伤害到它一根毫毛。

"地主飞飞，你怎么跟泥菩萨一样？"

这就是瘌痢头做我邻居的第一天，送给我的见面问候。他还说："如果这些黄泥巴是大粪，你现在就像一个从粪窖里捞出来的饿狗。"

赵飞燕和查云珍分出去之后，查仁儒及其儿子查云华两个人像留守宫廷的太监一样，整天在楼上楼下这么多房间通道里走动，近似于幽灵。"瓷雕查"被送去劳改之后，查云华被赵飞燕领走，因此，除了查仁儒在楼上锁死了一扇房门之外，其他有整整六间大房，都闲置在那里供蜘蛛和老鼠们安居乐业。

有的人上无片瓦，有的人空穴养鼠。这当然就没有道理。于是查府就顺理成章被组织上纳入了应急的范畴，于是瘌痢头柳国华一家就像过年一样，兴高采烈地将大包小包填满了查家楼下所有的房间。这属于新旧社会两重天的生动教材。"均贫富"一直是我国农民起义最具煽动效果的响亮口号，滴水之恩都涌泉相报，所以无怪乎在新中国成立之初，像我们张步秀一样忠心耿耿卖命的人民群众，似雨后的春笋，层出不穷。

癞痢头柳国华这把鼻涕，就这样又成了黏在我身边甩都甩不掉的糨糊。

同样一个道理，那个痨病壳张步秀也成了我一墙之隔的邻居。他的临时性床铺，不可能总是有碍观瞻地搭架在派出所的办公室里。这都是那一年那场洪灾给予我的无私馈赠。从此往后，整天"呃嘿呃嘿"的噪音，就源源不断地刺激着我脆弱的耳膜和神经。

在我家阁楼上的那个"家长官邸"房间里，高高地于人字形脊梁的正中间，有一个狭小的天窗可供探头窥视。我经常地用脚尖踮在床档之上，隔壁张步秀和另一间卧室的全貌，就此统统被收集到我的视野之内。本来父母是为了我一个人清静，能够不受干扰地茁壮成长，让我接替爷爷的寝室。但是结果没想到事与愿违，"呃嘿呃嘿"的声音逼迫着我灵敏的泌尿系统，尿床的恶习依然延续。

而唯一值得庆幸的是，另一间可以俯视到的隔壁卧室，是冯大妹和铃子的房间。隔着砖墙，铃子时不时"飞飞哥、飞飞哥"的甜蜜叫唤，得以在情感上抵消痨病壳咳嗽的噪音。

但癞痢头柳国华是一把肮脏的鼻涕。

"我跟哪个到哪里去了？"我讨厌人家叫我地主，我将拿猪油的手放在背后。

"你说你跟哪个到哪里去了？"那时癞痢头灰色的脸盘，才从盆一样大的碗后面展现出来。

097

癞痢头柳国华比我还小一到半岁左右的样子。那一天他鼻孔一吸一吸，一溜鼻涕泡就在鼻孔口，像黄虫一样探头探脑。关键是他头上的癞痢壳显得他有些倔强，大脑壳上满是血痂和脓油，毛发稀一块秃一块，苍蝇和蚊子嗡嗡嗡嗡地围着他头顶欢庆着丰收。我不愿意搭腔——癞痢头是个喜欢多管闲事而又纠缠不清的弱智。

癞痢头继续说："不要以为我不晓得，两个罗汉，手背上都画了青龙。"

在瓷器镇土话当中"罗汉"就是流氓的意思。"鬼跟他去了，我跟罗汉一点都不搭架。"

"胖地主，骗子。"

"骗你娘个癞痢头。"

"骗子！"

"骗你姐姐的屄！"我知道他有个好看的姐姐。

"屄"使得癞痢头受到了伤害。癞痢头就用手背擦擦嘴角上的粥糊，狠狠回击了一句："右派的崽！！！"

我的心脏被那句话压迫了一下。我其实并没有想要他姐姐的意思。他姐姐的胸脯和屁股，尽管天天在面前肉嘟嘟地一走一抖，甚至谁都想伸手在那些嫩肉上狠抓一把，但是我当时还没有到那种做流氓的年纪。

我被"右派的崽"呛住，停顿了一下，心脏也明显感受到压迫。脑瓜里瞬间闪现的是一吊钱一样的虾米父亲。父亲于家男跟我解释过多次，他不过就是骂了于方方几句。当时我抑制住了冲动，我不屑和一个又臭又烦的瘌痢头纠缠。如果换了其他人骂我父亲"右派"，我会毫不客气地从家里拿刀子出来跟人家拼命。

这就是我跟新邻居瘌痢头柳国华之间的浑浊关系。

到底是哪个脑膜炎找我呢？

我那天拿了一根鱼鞭，嘴里鼓鼓囊囊咀嚼着一个煮烂了的鸡巴样大的小红薯，再用一个塑料袋将猪油装进去。在一连串行为中，值得一提的是我这时候还犹豫了一下。我到厨房里的炉灶背后，抽出了一把削木头的长柄刀子，刀子顺手而锋利。

有一个叫作马博的黑大头和脑膜炎一样的汪矮子，走进了我的脑海。自从和汪矮子从派出所出来以后，我再也没有理他。这样冷峻的结果，是我亲手把他送到进我的对立面马博的怀抱。我果断地将刀子插在腰部裤带子里面，然后把前门和后门都锁了，四下里张望了一圈，便将叮叮当当的钥匙搁进家里人都知道的一个秘密墙洞。

我二姐姐于方方因为内心纠结不清，便主动放弃了留城就业的指标，远离了家父家母，下放到流放我大伯的那个偏远的浮西山沟去"接受再教育"。母亲因父亲的缘故，早辞去了前进瓷厂工会委员的职务，依然回到坯房里去给坯胎蘸浆施釉。三姐姐红红、四姐姐好好都五七子弟学校上课。

于是这天上午就是这样，瘌痢头柳国华亲眼看到我扛着钓鱼的鞭子，像牧羊人一样一晃一晃走下岸坡。

我不知道在洪水过后，自己又走进了一个盘根错节的事故之中。

17. 钓鱼

那一天,知了在树上"嘶啦嘶啦"地干叫,草坡上还有"铮铮"弹琴的蟋蟀,几个不怕曝晒的中老年妇女在一搓一耸,而渡船像病人一样,在懒模懒样地于两岸来来回回。当时,河对岸有艘空荡荡的卷棚小船在随波晃荡,上游和下游也有七八个人在聚精会神地钓鱼。

我一直急于陈述我这段经历,是因为我引以为荣。

在那种无所事事的年代,夏秋两季,尤其是暑假期间,小孩会一长溜地兴致勃勃地站在河边。自觉的景象颇为壮观。俨然,"垂钓"这种用于消磨光阴的做法,在瓷器镇的少年中已蔚然成风。

但对于我而言,这钓鱼的意义又近似于自杀:一方面我经常自比为游鱼,另一方面我又热衷于给游鱼投下诱饵。这是一个矛盾的两个方面。问题就在于,偏偏这两宗事情都是我在少年时感觉到轻松、单纯和成功的游戏。我确实是没有办法抵御,一个能让自己心花怒放并能够获得实惠的游戏。

我们有什么办法,瓷器镇玩又没地方去玩,好多的游戏也都不能做了。

譬如烧"太平窑":据说从驱逐元鞑子开始,镇上小孩提前好几天就到窑里捡渣饼,挨家挨户筹集柴火,中秋那一天在沿河的河滩上用渣饼垒成的假窑,夜间爆竹声一响,就将柴火投进太平窑点火燃烧。到处红光闪闪,人人喜气腾腾,在窑边嬉火观月,歌舞谈笑,是非常热闹的游戏。

还譬如看"撑公头(瓷偶)戏":就是由木偶戏发展来的,以雕塑瓷为头,唱饶河调子的镇上特色戏,因瓷业"暖窑神"、做屋上梁、结婚寿诞,甚至关公生日等等,只要找到了由头就可以开演,露天,又不卖票。《水擒庞德》《天仙配》《秦琼表功》等等,哪一出都看得我们口水直流。

又譬如,去师祖庙和风火神庙看红火的祭祀和酬神赛会。它们分别坐落在不远的御窑厂内外,都是窑业的神庙,一个是供奉陶瓷的祖师赵慨,另一个纪念为瓷工舍身赴火的童宾。据说以前庙里香火旺盛,师徒和行会的祭祀、还愿和演出不断,最重要的是庙前耍把式的、卖风筝的、挑零食担子的……应有尽有。

但是所有的这些,都统统被归罪于迷信、"四旧"和影响民族的团结而冷落。

只有钓鱼不影响什么。如果硬要说影响,它只影响日后提到的生态平衡。然而当时瓷片河里的游鱼如梭。我看准了在初秋半上午时分的最佳垂钓时段。

半上午时分,瓷片河边大规模赶早洗刷的女人,开始结束当天"拜河"的工作,收拾洗衣板凳和拧干衣服陆陆续续离去。而经过一个清早对漂流残屑的追逐吞噬,欢快的游鱼在水里已经达到了忘乎所以的程度。河面平静下来,食物更显得稀缺。我深入浅滩摔鞭河中,蛮像一个北方的车夫在扬鞭赶马。经验告诉我,生猪油是最佳的诱饵。它漂浮于水面不仅雪白打眼,而且彩色的油花还散发出肉香。河水淹到了大腿,游鱼这个时候,总是像箭一样纷纷围抢我甩出的鱼饵。

我垂钓的地方就是在我家下面的龙缸弄河滩。

是块比较平坦的河滩。涨水的时候瞬间被淹没,水退之后走下河岸后除了一些的樟树外就是草滩和渣皮,下水到河中间才深不见底。在夏秋两季天热的黄昏,我坐在自家晒楼上就可以俯瞰到,镇上许多人都把衣服毛巾拖鞋和肥皂放在码头的瓷渣地上,于是逐渐变红的落日,就会映照出一河床浮在水面泡泡一样多的人头,以及掀起的水花。

我们这个叫作龙缸弄的弄堂,是当时瓷器镇前街通往瓷片河边码头的一个交通要道。龙缸弄的来历,是当时御窑厂烧造出来的大型龙缸,在搬上官船运抵京城之前,督陶官护送着龙缸,曾鸣锣开道前呼后拥地路过过这条弄堂和码头。据老辈子说,新中国成立前这里一直是船进船出,繁忙地装卸着瓷土、釉果和窑柴。无怪乎查云华的爷爷要在码头边上建一个宅院。水位正常的时候码头跳板一般都露出河面,有一条公家的不要钱的渡船,像无头的苍蝇一样,于河东河西之间来回穿梭。

那一天在垂钓的时候,我由于专心致志而暂且忘记了局势的危险,并能让我大半天时间,心甘情愿地光头裸露于针尖一样毒辣的阳光之中。

我赤膊短裤叉开腿站在浅水当中,黑黑的样子像个硬朗的铁架。忘记了说明那些

年我个人的变化。散漫的野外生活,致使我在迅速地变黑,又正好是我长身体抽条的年龄阶段,我瘦长的个子弥补了我年龄上的不足。这时候我的体形与外貌,开始皈依于家族基因的效应,我的样子越来越接近我爷爷和父亲。

但是我爷爷走了。

太阳老高的时候,我已经钓到了一大串鱼了。

瓷片河河水在前面悠悠地流淌,河面上漂浮着树叶、鸡毛屑、昆虫尸体,或烂菜叶子等等东西。因此就引诱了水中的游鱼偶尔蹿上来打一个水花,或者飞翔的野鸟间或像失事的飞机一样坠落下去。看久了晃荡流动的水面,眼睛会逐渐疲劳并产生逆水行舟的错觉。

一根细麻搓成的绳子,钓一条穿上一条。绳子末尾打一个死结巴,绳头从小鱼的鳃位穿进去再从嘴巴里穿出来,然后绑挂在腰上,鱼就拖在大腿以下的水里,个个跟刀刃一样白闪闪地翻着肚皮挣扎。都串有一尺多长的鱼串了,我因此口水都流了出来。吸吸鼻子嗅到了新鲜的腥味,在空中我仿佛就闻到了煎鱼的香味和听到了小姐姐的惊叫,以及能看到母亲的微笑。

我那时所钓的小鱼,是那种浮在水面穿梭抢食的餐鲦鱼,地方话叫"油餐子"。

如果将一小坨猪油钩住丢到河面,餐鲦鱼多的时候,河面就会跟沸腾的开水一样,出现许多游窜晃动的水花和波纹。这也是一次我下河洗菜时的重大发现。我后来就准备了竹鞭、丝线、鱼钩和干透了的用作浮标的大蒜杆子。钓浮游鱼类的关键一点是反应要快,一旦浮标被拖,猪油不见了,就必须迅速横拖鞭头,否则狡猾的餐鲦鱼,会将吞进去的猪油连钩一起立马吐出——这是我的经验。

需要交代的是,特别是在我结仇的那段时间里,复杂的现实使得我变得敏感而又精明。在镇上,虽然我年纪不大,但是我已经拥有了两三个潜在的敌人。因此在钓鱼的时候,除了要照顾到河面漂移的浮标,孤单的我还要像哨兵一样警惕地四下张望。

我骨碌骨碌转动脑袋和眼睛,就像森林里怕遭受突然袭击的一个幼小动物。

有两三个人曾经跟在我背后喊我做"右派右派右派",他们总是跟在我后面,像是要把单了帮的我当作下饭的"咸菜"。这些人就是前街"青龙帮"里的马博一伙。他们经常以各种借口找我的岔子,在我的后背偷偷地丢一坨泥巴,或者贴一张"右派"的纸条。

后来我终于忍无可忍,觉得再这样忍气吞声下去也不是个办法,就咬咬牙发动了一次杀鸡儆猴的自卫反击。我果断地从路边捡起一块破砖头,冲过去砸出了一个人的鼻血。并且从那以后我豁出去了,我就像"罗汉"一样配一把长柄小刀公开地插在腰上。凶蛮和霸气,才使得挑衅的气焰有所收敛。许多人开始怕我,也有几个吃过亏的人想伺机报复。所以那一天早上,癫痢头柳国华告诉我有人找我的时候,我的第一个反应就是那个——曾经血流如注、嚎叫如猪的姓汪的矮子。

真的是说曹操曹操就到。

就在这个时候,很远的河边有两个人影,踢踢踏踏地往龙缸弄码头方向走来。是两个人影,果真两个人影之中就有一个矮子。这是我一直就担心的事情。强烈的太阳金光灿灿,致使我用手在眉毛处做了一个遮阴的动作。我终于看清楚那个矮子,就是血流如注的姓汪的矮子。

"哎哟哟,看我不叫我老子把你个地主杀死,哎哟哟,你妈的把我鼻血打出来啰……"

杀猪似的嚎叫,又在我的耳朵里哎哟哟地回荡。我立即将鱼鞭换到了左手,我闲下来的右手,就握住了那把插在裤腰上的长柄刀子。我几处关键的肌肉绷得死紧,脑浆急速转动,口干舌燥。我当时的心脏在扑扑地乱跳。

"飞飞,我们一直找你,我和帮主一大早就到处找你。"

汪矮子已经走到了我的背后,这是我听觉上的准确感应。脑勺后无风,但是岸坡上的杂草窸窸窣窣被弄出动静。奇怪的是,他们并没有冲过来进攻,而是观看我钓鱼一样,在岸边的草地上安静地坐了下去。

"飞飞,我是查云华,我是来请你出山的。"这时候有个非常熟悉的声音在说,"不晓得你愿不愿意,我们来是想听你的想法,看在你机智勇猛的分上,我们'八剑帮'通过协商决定,想请你加入我们的帮会。"

好像有人在宣读一个正规的红头文件。我大吃一惊,当时是非常诧异地扭头望着他们。我看到我的老朋友查云华肩膀上搭着一条淡蓝色毛巾,嘴角上老练地咬着一颗香烟,草坡上摊开的两条长腿,就像岔开的圆规。

长相标致的查云华像个干部一样补充说:"我们现在是来征求你的意见的。"

我离群索居,当然不知道斯斯文文的查云华也混进了社会。

现在回想起来都有些好笑,当时我成了姜太公,"八剑帮"的帮主在屈驾咬钩。本来平心而论,我是很愿意跟这个老朋友重续友情的。但这个时候偏偏就让我清楚地看到,在查云华的手背上画着一条像刀剑一样的东西。那是镇上少年帮派中可笑的规矩。已经听说过多次,前街的"青龙帮"帮会,会员在需要显露的时候,就必须统一用蓝墨水钢笔在手背上,画一条盘踞的青龙。

"如果你同意的话,我们可以帮你收拾一顿'青龙帮'里的马博,作为你入会的见面礼。"查云华大大咧咧地说。

"我们晓得黑大头一直想找你的麻烦,但我们有能力让他们向你服服帖帖,你只管跟我们说,是想要他的脚趾头还是想要他的耳朵。"

耳朵和脚趾头都不想要,也不是怕把事情闹大,而是我并不想在手背上用蓝墨水乱涂乱画。瓷器镇当时有很多很多的帮派,大人的和小孩的都有。他们簇拥成一团,或者交头接耳,滴血盟誓,或者开会写大字报。帮派一般是用来狼狈为奸和打打杀杀的团伙,而我一直宁愿一个人天马行空独往独来。

这是父亲于家男给我的反复叮嘱。

在我们临近发育的那个时候,瓷器镇的学生几乎是没有什么学习任务的,学工学农学军,劳动课程成了最光荣最时髦的教育安排。这些个安排在教室之外的课程犹如鱼之于水,恰恰为我们贪玩的天性提供了辽阔的空间。

当时一伙人只要有一定的扎堆机会,比如同来同去,同在一个瓷厂车间学工或在一个郊区农场学农,于是漫长的道路上就鬼邀伴一样同行。整天里大家就会形影不离地晃晃荡荡,商量着做一些大家都觉得带点刺激的,近似于偷瓜或群殴之类的事情。像这样的关系搞熟搞烂了以后,大家就很可能模仿"水泊梁山"或"桃园结义",使社会上又多出一伙类似于"呼啸东西"的钢铁团伙。

"让我想一下。"我只好应付说,"我想通了就会去找你们的。"

看出我态度有模棱两可的意思,坐在边上一直没有讲话的汪矮子开始说话。汪矮子可能从小得过什么神经方面的毛病,他又从马博一伙叛逃到查云华驾下,一点骨头都没有。汪矮子就是这样一个脑膜炎样的脓包。

我当时根本没有把汪矮子放在眼里。

但是,汪矮子还是卑贱地对我说:"但你要晓得,我们确实是佩服你才来找你的。"

18. 蟋蟀凶猛

将近中午的时候，钓鱼回家后的我像拉屎一样蹲在自家大门口，用一个比较宽敞的瓷钵，将两个蟋蟀安放进去，再用一根很细很细的笔子赶它们对头。这就是我少年时代常见的一项活动。

养斗蟋蟀，是另一个我小时候比较成功的爱好。

开始并不是因为我相当专业。我甚至在玩它的时候，连善于打斗的二尾子蟋蟀是公是母都弄不太清楚。但是我有一个倔强的性格，也就是说我一旦看准了一个事项，就会产生一条道走到黑的韧性与毅力。勤劳与固执。就像现在有的人说他不爱好打麻将、钓鱼和不愿进 KTV 一样，当时的我不愿拉帮结派、寻衅闹事和游手好闲。我把别人花费在这些方面的时间，统统运用到捉蟋蟀上面。在我少年的时代里，我可能唯一不缺的就是时间。

我孜孜不倦并津津有味。

白天和晚上。每当盛夏至仲秋时节，我就一个人去郊区的山沟或沿河的河岸，冒着被毒蛇或蜈蚣进攻的危险，揣着装蟋蟀的自制竹节筒、挖蟋蟀洞的改锥，以及扑蟋蟀的丝网罩子等专用家伙，到处拿耳朵去捕捉蟋蟀的叫声。独自行动的目的是不想与人分享成果。我相信勤能补拙。所以我用捞海带似的大量捕捉，以及沙里淘金似的筛选方式，提炼出一头又一头的战斗英雄。

那一天在午饭之前，我试图又在两个昆虫之间，人为地挑起一场你死我活的战争。

战争的背景是浓烟滚滚，真的是浓烟滚滚。我身后房屋像是着了火一样，瓦缝、窗户、大门等等缺口的地方，都冒出了青黑色的烟雾。这不是拍电影布置的场景效果，这是烧煤渣弄饭的结果——那一天上午我没有课上，到了十一点以后，待在家里的人，当然地要为在外忙碌的家人烧好米饭。

浓烟是由煤渣释放出来的一氧化碳毒气。没用过煤渣充当燃料的家庭，当然就没有这个经历和体会。烧饭的鼎罐放在炉子上，在炉火没有烧旺之前，炉子里的煤烟就搅麻一样一股一股喷涌出来。被动吸烟的感觉，就跟灌了辣椒水似的呛人鼻喉。在炊烟漫腾的时段，远远看去整个瓷器镇像是发生了巨大的火灾。民间散乱的炊烟和瓷厂的窑烟，到高空搅混在一起，烟子灰就跟撒佐料一样漫天飞舞。人长年累月地生活在这样的环境之中，不要说肺部成了藏污纳垢的场所，就是往鼻孔抠一抠，便是一指甲像下水道里捞出来的黑污。

这种现象，构成了瓷器镇那个时代独特的地方景观。

蟋蟀是什么东西呢？镇上的"蟋蟀王"曾经郑重其事地教育我：蟋蟀属于昆虫纲，直翅目。属于一种距今至少有上亿年的古老昆虫。因为生性孤僻，一般情况下都是独立生活，绝对不允许和别的同性居住在一起，因此一旦会面就会咬斗。古代的民间，一直都流行着饲养和玩斗蟋蟀的游戏。宫廷和达官贵族中的盛行，那就看皇上的兴趣。

105

就在我小学差不多快毕业的那一年，正是我把蟋蟀这种好斗的昆虫玩得风生水起的时候。当初，如果到我家后院就可以发现，我大概拥有四五十多个瓷器做的蟋蟀钵子，规模盛大地掩映在潮湿茂盛的草丛之中，一字排开在查家楼房的屋檐下面。我家蟋蟀气势恢宏的鸣叫，就相当于一台永不谢幕的交响乐团的演奏，声音高低相间、抑扬顿挫、此起彼伏。

关键的事实是——在我们同龄人当中，很少有人能够拿得出赢得了我蟋蟀的蟋蟀。他们屡败屡战、屡战屡败。我成功的爱好，不仅能让我的名声，在沿河南市区一带好几条弄堂里都不胫而走，甚至能够让我用这种随处可见的昆虫，偶尔换取一些购买零食的小钱。

赢利，这就有些牛逼！

不是一般的牛逼！

那天我在忙里偷闲。那天我在一边在替全家架锅烧饭，一边躲到屋外来检验新蟋蟀斗架的功力。事情的起始，就出在我一头"麻头黄衣"的蟋蟀身上。它如果不龇牙咧嘴战无不胜，一连咬萎了我好几个"将军"，我就不可能烧焦灶上一鼎罐的米饭；如果不是得意忘形，轻易转战到镇人民医院的隔壁，我也就不可能知道我父亲在里面抢救,更不知道我父亲无意之间闯下了一个够得上枪毙的弥天大祸。

我当时的玩心太重了。

"麻头黄衣"瞿瞿瞿瞿地在战钵里连连奏响的凯歌,是导致我那天中午思想麻痹的迷雾。因为瓷器镇的"蟋蟀王"来了。他站在我身后。连微弱气息我都不曾感受。他贴在我身后观看了不知有多长的时间。他终于忍不住激动的心情拍了一下我的肩膀。

他轻轻的一下,竟把我吓了一跳。

这个在瓷器镇上家喻户晓的"蟋蟀王",时不时会亲自晃到我家来观看我引斗蟋蟀。他看斗蟋蟀的目的,就是为了发现昆虫中的"英雄"。他发现了英雄中的"将军"或者"元帅",就必定会产生"求贤若渴"的交易念头。每当这样的时候,我所有的艰辛努力,就一定能够得到货币形式的鼓励与回报!

这个"蟋蟀王"就是马经堂的父亲、马博的爷爷。

平时我们镇上的小孩子只要提起他,不是称"蟋蟀王",就是叫"马经堂的父亲",或者"马博的爷爷"。因为他原始的大名,基本上被这些如雷贯耳的称呼所掩盖。瓷器镇上已经很少有人能够记得清楚他的学名了。实际上他的学名也非常之普通,他名叫做"马洪刚"。

后来,这个被认为是玩物丧志的马洪刚,不仅成为了我的忘年交,而且竟成了我科学饲养蟋蟀的师傅,当然这是后话。他像个正儿八经的先生那样,不厌其烦地从蟋蟀的形态特征、地理分布、生活习惯,讲到物种分类、生理解剖、药用价值,甚至蟋蟀文化。我当时还觉得这个老头子是个书呆子,认为懂不懂这些跟养斗的实践没有关系。我当然没有理解马洪刚已经把养斗蟋蟀,当成了一种"玩不丧志"的文化。所以回想起来,我至今对动植物学、稗官野史,以及生命文化的爱好和迷恋,很可能与"蟋蟀王"马洪刚当年对我的熏陶,有着密不可分的关联。

那天中午,蹲在我后面很久的"蟋蟀王"马洪刚,主动提出要用五毛钱买下我的"麻头黄衣"。他迫不及待地伸出一只仰面的巴掌,五个手指头往中间快速地捏了两下。当时的意思非常地清楚。我面前蹦出了一笔前所未有的大宗买卖。

我清楚地记得,在那个年代里一毛钱可以买四根油条,或者一斤什锦菜。

我的天哪!

但是那一天,面对这样突然冒出的高价,使得我年少的脑浆一时间有些浑浊不清。面对这个功夫了得的老头,我紧紧地捂住了"麻头黄衣"的蟋蟀钵子。

"那么六角钱吧,六角钱卖还是不卖?""蟋蟀王"马洪刚见我犹豫就有些着急。

我脱口而出说:"八角。"其实我真有些犹豫。

"蟋蟀王"一拍大腿说："这样，拿去和我家的'金元帅'斗一下，能斗败我家的'金元帅'我给你一块。"

"说话算数？"我被一块钱巨款弄得心旌摇荡。

"说话算数！"

"蟋蟀王"和我的小拇指勾连在一起来回拖了两拖，一宗弄堂里民间的交易就这么落槌生效。

现在我估计，那个被称作"蟋蟀王"的老头子可能骨头都烂了。他不过就是镇上一个专做蟋蟀瓷钵的工人师傅。我已经很久很久没有再见到过这位老人了。当时他只有五十多将近六十岁的样子，老顽童一个，山羊胡须，满脸红光，圆滚滚的身体像一个挺着大肚子的罗汉菩萨。他被拥戴为"蟋蟀王"的根源可能是，他拥有着从民国一十几年就开始的斗养蟋蟀的悠久资历。他这个持之以恒的特殊的爱好，致使每当昆虫活跃的季节，他家里便是人流不断门庭若市。而且他所养的蟋蟀，个个是昂头挺胸杀气腾腾，并在整个瓷器镇是指东打西，攻无不克。

据老辈子的人说，解放前马洪刚曾经在镇上也算是个了不起的人物，年纪轻轻就当上了利坯行会兴文社的社首；三十年代时，暗地里还跟赣东北中国工农红军第十军有密切往来。就是这样一个有头脑的角色，本来在瓷器镇的瓷器钵子他做得很好，可是做着做着不知道什么原因他就不想做了。退休以后他白天背着手乐呵呵到处游荡，专找那种蟋蟀斗架的场合蹲下来消磨时间；夜间就拿一把探照灯一样的电筒，到郊外菜地的水沟里捉拿蟋蟀。

那一天中午，因为金钱的诱惑我已经忘记了灶上的米饭。

就这样在这天接近正午的时候，我兴奋地抱着个蟋蟀钵顶着强烈的阳光，跟着矮胖矮胖的"蟋蟀王"马洪刚，来到瓷器镇人民医院的隔壁。我在下意识不断地接近着我的父亲及其发生的灾祸——"蟋蟀王"住在柴窑街的镇人民医院隔壁这是天意。我当时并不知道这是天意。因此蹲下来观看蟋蟀角斗的时候，我总是揩鼻涕一样擦拭着鼻孔，以示对医院气味的不满。"这样一个鬼地方。"我还大人一样厌恶地撇撇嘴唇。

当时的蟋蟀战场，就设立在柴窑街街面的树荫底下。

周边一下子就围上来好几个虫迷。有下课的学生、下班的工人和游手好闲的居民，他们像蹲骑马桩一样围拢在一堆，盯着一个巴掌一样大的蟋蟀钵屏声息气。蟋蟀打斗有好长的一段时间。在打斗的过程中，连外围都增添了不少的同志在微笑地等待，外围的人在用耳朵和想象感觉着里面的鏖战——这种自古沿承下来的颇具生活情趣的当地民风民俗，在我少年的时段里广为盛行。

都有两三分钟了，蟋蟀的咬斗仍然进行得如火如荼。

都是上好的蟋蟀，一见面就龇牙咧嘴撕咬，搞得脖子都歪了，牙钳也收不回拢。一些路过的人甚至也停下了脚步等里面结果。终于"瞿瞿瞿瞿"，几个回合下来，"金元帅"被我的"麻头黄衣"咬掉了大腿。于是里面的围蹲者都仰起头松了口气，然后站起身踢踢腿伸伸腰发表着自己的评论。"牙口跟钢一样，真是上等的好虫！""关键是大腿壮实有劲，抵工了得。"

于是在众目睽睽之下，"蟋蟀王"毅然决然地往我的巴掌里拍进了一张崭新的钞票。

这时候事情来了。

我真正想说的事情从天而降。我经过这么久的啰里吧嗦，就是为了最后说明——在我沉迷于蟋蟀斗架的时候，突然有人指着我失声大叫起来。

"你父亲都在里面抢救，你还在这里！"

大家都望着那个突然尖叫的背着书包的学生。我在人堆正中的圈子里面，圈子层层叠叠的观众很多，我当时还以为这个学生不是说我。

"胖地主，我说的是真的，就在里面。"那个学生指指隔壁的人民医院说，"你父亲上课的时候写了反动标语，青龙帮的马博他们就到学校告了一状。"

边上有人问："写什么标语了？"

"千万必要忘记阶级斗……哦，我不能说，我不能说，说了就是反革命的。"

"你已经说了，你已经说清楚了。"那个时候，边上人开着这样严重的玩笑。

那个小学生就吓坏了，一边捂住自己的嘴巴，一边迈开小腿沿着街边墙脚仓皇逃跑。破旧的书包在他屁股上像个快板一样一拍一拍。那个学生边跑边强调："我没说，我没说完，没说完就等于没说。"后来他辩解的声音就拐进了一条小弄。

后来，许多人都跟着我洪水一样涌进了人民医院的院子。

这个院子也是查仁儒的父亲——镇里最大的窑户老板查冠用以开办钱庄的大院。三开三进，庭院深深，单单是进门后的府堂之上就可以摆得下十多桌酒席。

急救室外面，已经有好些相关的人员在守候和围观。两个民警像石狮子一样一边一个坐在门口把守。几个医师或护士在他俩的大腿之间进进出出。由于房间里光线不足，通过窗户大家朦朦胧胧只可以看到，在一个橘黄色的电灯泡底下有一张病床，病床上有一床脏得有尿黄的白色被盖，被盖下面盖着一个躺着吊盐水瓶的病人。

很自然的事情，我进去的企图遭到把门狗生硬的拒绝。

"上面说了，没有介绍信哪个也不能进去。"他们看都不看我一眼，他们用手脚叉

开来当作木头门档。

"他是于老师的儿子,是他的亲崽。"跟着进来的人帮我解释。

"儿子就更要回避。"

走廊上的人群里有学校工宣队黄队长、女校长赵飞燕、"蟋蟀王"马洪刚,甚至还有"八剑帮"的汪矮子一伙。因为天热,郁闷其间的空气像猪圈里的一样非常难闻,有很重的汗臭气味在走廊上漂移。赵飞燕也没有办法挤进去,或者她没有想进去的意思,但是她觉得就这样无所事事也不是办法,于是她就烦躁地张开双手像轰鸡鸭一样赶小孩们出去。

"出去出去,这有什么好看的,人发了病有什么好看的?"

然而没有一点作用。汪矮子一伙赶到这里跑到那里,长长的走廊曲里拐弯,医院的院子四通八达,汪矮子一伙跟泥巴里的黄鳝一样灵敏而滑溜。在不轰他们的时候,他们像警卫班的战士一样,非常义气地站在我的身后,给我关怀与支持,给我勇气和力量。

"马博到哪里去了,马博呢?"马洪刚涨红着脸,急着拿眼睛到处找自己的孙子。

"马博看到了于老师写反动标语吗?""蟋蟀王"转动着粗短的脖子,声音一下子提高了八度。

"他真的看到了吗!"他显然起火了,他的山羊胡须近乎筛糠一样地抖动。

高潮要来了——但是黑大头马博不在现场。"蟋蟀王"肺都气炸了,有刀在手里的话,他恨不得一刀捅进这个孽障的心窝。

这时候,我的母亲周荣花披头散发地来了。风一样地冲了进来。因为身板比较宽阔,冲进来的周荣花身上还散发着一股浓烈的锅巴焦味。"人在哪里?人在哪里?人在哪里……"周荣花眼睛都是红的,散乱的头发遮住了半边脸面,脸色苍白而干枯,脚步急促并具有勇猛的气势。

这下高潮真的来了。

两个把门的民警敏捷地站起身子。

反应迅速的好心人已经将周荣花拦腰抱住。于是挣扎过后的周荣花就瘫倒在众人的手中,周荣花泪流满面地坐在地上哇哇痛哭。有善心人迅速将一个装药的包装纸盒垫到她屁股底下。

当时我咬着嘴唇站在人群的外围。我一言不发地注视着母亲的挣扎和哭嚎。我钢针一样粗硬的头发一根根竖起,心在战栗。我感觉到背后的汪矮子一伙像朋友一样紧贴着自己。

"他不会写反动标语！"

我突然的竭尽全力的嚎叫，让在场的所有人都吓了一跳。

"他不会，他不上课怎么会在黑板上写字！"我捏紧双拳举过头顶抖动。

"他肯定不会的！"

我像狼一样的嚎声，在那一年仲秋的瓷器镇人民医院里久久轰鸣。

110

19. 在乡下

乡下不是很远,离瓷器镇不过五六十里的路程。

记得从北郊的水泥马路尽头右拐,就拐上了一条只有拖拉机才能行驶的机耕土路。这条弯弯扭扭像蛇一样掺着沙石的土路,顺着瓷片河河流发源的方向,七上八下地爬坡下岭,钻山过坳,穿过一丛丛树林,越过河滩稻田,或者过乡过桥,就到了我们瓷片河上游的一个比较大的村庄——港口。

尽管村庄不小,但是那天中午到达村口的时候,在强烈的太阳底下,在一棵遮天蔽日树冠茂密的苍老的樟树下,仅仅只有几只鸡在树兜下乱哄哄地刨食。"知了知了"的卖命的蝉鸣,反而衬托出整个村庄,就好像睡着了一样显得异常空洞和安静。

这里是外婆的住处。

从瓷器镇出发,如果紧赶慢赶也只要四五个钟头的时间,但是我母亲周荣花一年都难得来几回港口。不是她不孝顺,而是她从小就被卖给了镇上一位挈窑(做窑炉)的师傅。后来这位师傅在抗战时期被日本鬼子的飞机丢炸弹炸死,周荣花跟着浑身是病的养母讨饭才讨到了解放。现在在港口村照看我外婆的,还有我母亲同母异父的一个瘸腿弟弟。

所以不是万不得已,母亲绝对不会把我寄存在外婆家里。

母亲周荣花知道我的性格,她怕我当时遇到了马博,会又一次拿起破砖头找人家的脑壳算账。"你父亲是被冤枉的,你要好好地待在乡下,你相信我,镇上的事情我会处理好的。"极像是跟一个成年人在商量大事的口吻。在面临混乱的时候,她又不得不把

111

我当作一个包袱暂时搁在一个风平浪静的地方,以避免我节外生枝乱上作乱。就这样,像疗养一样,我得以在一个山清水秀的乡下度过一段清净的时光。

吃,不像镇上是餐餐老生常谈的米饭,而是花样翻新的我很少吃过的乡下特产,比如松黄松黄的跟鞋底板一样的碱水粑,还比如把糯米舂烂后粘牙齿的糍粑,以及发糕、苦楮、葛粉……睡,不似镇上火炉一般炎热的蜗居,而是大土府屋里的原木老床,还有诸如凉爽的竹篾席子,像厚土布一样的被盖,以及窗门大开和河风徐徐;玩,就更是从未有过的新鲜,像踩高脚蹬子、捞河螺蛳,捕野鸡雀子和捉冷水野蛙等等,举不胜举。

记忆深刻的是,外婆有一个初中毕业就待在家里务农的孙子,那是我一个有文化很聪明的表哥。大也大不了我五六岁的样子,但他俨然就是村里一个顶梁的汉子。他已经在港口大队里负责算工分、读报纸、出通告、管文件、刷标语、写对联、帮忙写信、刻死人碑牌和接待上头来人等等所有需要文化的事情。

他细长细长的个子,眯缝着长条形的眼睛。他床头上堆满了关于字帖、对联和年画等等杂七杂八的我看不懂的书籍。我跟在他屁股后面,乡村的情趣,总在他日常生活中不经意地接二连三,令我惊讶。

刚刚开始的时候,我屁颠屁颠。

并不是倾慕乡下的日子,像我那么小的年纪,还根本不懂得闲情逸致,或田园牧歌。

况且我所生活的瓷器镇,本来就不是一个什么高楼林立车水马龙的城市,它不过就是一个专门烧造瓷器的集镇。由于手工业历史久远一点,瓷器做得如花似玉琳琅满目,皇帝就设一个御窑厂,民间作坊窑屋群集,农民工从周边的乡村轰涌而至,贩卖瓷器的商人像苍蝇一样飞进飞出。瓷器镇只不过比一般乡镇的架势要大一些,沿着瓷片河东岸,仅仅就只有并排的前街和后街两条破街,河对面就是纯粹的茅舍零星、荒草萋萋的乡野。

一个整天都可以面对乡野影子的小孩,怎么可能会对牛粪烘烘和破门倒壁的港口产生诗情画意的留恋?

事实恰恰相反。

我只是有些懂事,我到了懂事的年纪。那一年,我乖乖地听从母亲的安排,是因为我知道我们于家已经落入了一个,既杂乱无章而又需要处乱不惊的陷阱。我趴在陷阱里一动不动,并不意味着我麻木不仁、心如止水。

没有亲身经历的人,根本体会不了我当时内心深处的复杂感受。

在那段乡下生活的日子里,每当夜深人静,我常常是一个人打开眼睛躺在铺有禾

杆的床上,望着木窗格子外的星斗,脑海里就会不断重复播放着,我父亲在教室里被气得突发心脏病缓缓倒下的镜头。或者,表哥一旦有事离开,我也会独自走到河边废弃的麻石码头上坐下来,呆呆地望着哗哗的流水,狠狠咬着下嘴唇皮子,捏紧身边的一颗石头,就像捏紧马博的黑大头一样,突然抓起来,使出吃奶的力气地拼命甩进河流的深潭。

"扑通"一声,我心似不断扩散的波纹,心血犹如溅起的浪花。

值得感动的是,每每这个时候,当我回头茫然四顾,我就会发现,在我身后远远的地方——一棵大树底下或一丛茅草的后面,就有我瘸了腿的舅舅和哑巴子舅母,或者我身子骨依然硬朗的外婆,在为我悄悄地抹着无可奈何的泪水。

这时候的表哥,事后就会像大人一样带我去港口及其周边,有青石板麻石板的小路上去散步。他有时候突然蹲下来,指着路边许多刻了字石头跟我说话。比如古代官道拐弯处的石碑,村里石板路上的独轮车迹,祠堂老屋墙面上的砖雕,以及老码头上拴运瓷土船的船桩。所有这些关于历史文化的东西,对我来说就像听天书一样,既半懂不懂,又生发出浓厚的探索兴趣。

表哥的意思却非常明确,港口这个村庄本来不大,却因为靠近高岭土的矿山,古代一直就是瓷土集中的堆存点和由陆路转水路的启运码头。这个小小的港口沿岸就发展起来,发展的结果便是曾经库房船庄、坯房窑炉、米店客栈,茶馆酒肆,甚至戏院青楼等等鳞次栉比,应有尽有,人来客往,繁华似镇。如果不是后来瓷土矿采挖渐尽,不是水路交通萎缩,那么这个古代的港口村落,就差一点取代了瓷器镇的历史地位。

这个表哥眯着一双细长的眼睛,很像教我们班语文的那个年纪大的老师。

"我们还可以找到更多的历史遗迹,来证明它以前比镇上还要昌盛。"

这就有点事做,有点富有意义的老东西在吸引着我们去搜寻发现。正因为如此,我整天跟在表哥后面有计划地排查,将企图偷偷返镇的私念一而再,再而三地搁浅。我们在人家砌院墙猪舍的青石板中,在老屋废墟的牌匾与门框上,在石孔桥的护栏和桥墩上,在老人家的樟木箱子里,在宗祠的阁楼和梁柱上不断寻找着……就在我跟着表哥拿着本子和笔,专心致志地收集与抄录一些将要风化、糜烂、坍塌,或废弃的文物史料时,镇上来人了。

我想不到镇上会突然来人。

而到来的人,竟不是出于我母亲的意思。

那天上午阴天,我和表哥在古老的石孔桥引桥的侧面,扒开半人多高的掩映着引桥边沿的草丛,用一把金黄的禾秆使劲擦去上面的污泥和青苔,便欣喜地发现,在一块贴面的青石板上，有密密麻麻用正楷书写的繁体字碑文。都快到中午了，就在这个时候，我突然听到有人惊叫着"飞飞、飞飞"。

河对岸站着查云华和汪矮子。

两个人是天不亮就出发的。头顶上冒汗在说明他俩沿途的急促和艰辛。

我鼻孔一酸，眼泪都跑了出来。

他俩纯属小孩子私下里懵里懵懂的行动。好在我的外婆和舅舅一家人都很好客，还包括村里的一些土狗。就像来了两个动物，港口大队闻讯的村民，有的也看稀罕一样借故到院子里来转上一转，看看两个镇上来的小孩穿什么衣服、办什么事情。一律都是笑呵呵的样子。没有一个人因为查云华和汪矮子不是成年人，而露出担心的神色或发出"关心"的盘问。

像南方许许多多的山村一样，港口是一个依山傍水的村落。以河边码头为中心向着山林延伸，是一块渐行渐高的缓坡。古老的村舍巷道，就自然依次一条条地平排这个缓坡之上。外婆家干净整洁的院子和房屋坐落在地势最低的沿河边上，家有一点点异常的动静，就会轻易地被后排，甚至大后排的人家发觉。

这时候，我又坐在磉墩之上。

中间摆一方矮桌，我们都坐在院子里面。

像是招待自家的亲戚一样，外婆一家更是热情地面对来找我的朋友，他们除了搬出了自家种的花生、拿出了香喷喷的榧子、蒸熟了玉米等等零食之外，一句废话都没有多说。他们迅速撤出院子的原因，是为了让我们放心说话，同时他们也是去地里摘菜、去河滩上破鸡、去仓库里舀酒，去厨房弄中午吃的糍粑。久居乡村，这一天我倒有些想哭。我鼻孔总是酸的，但是眼泪被忍回了眼眶。我动情的原因不言而喻，不仅是因为未成年的朋友冲着我敢于下定决心跋山涉水，而且是因为我港口的所有善解人意的亲人。

但这都不是事情的关键。关键的问题是，我渴望得到的镇上传来的所有消息。

消息有好有歹。上好的消息是：我父亲于家男的心脏病已经脱离了危险；那些举报他的人都是些乳臭未干而不值得社会信任的家伙；口说无凭的举报中拿不出半点物证。不好的消息有：一、查云华的母亲，也就是请于家男临时代一节作文课的校长赵飞燕，被停职检查，尽管那节课只要求老师在黑板上写一个作文题目，维持维持班级的秩序；二、派出所并没有撤销这个反动标语的案子，嫌疑人于家男仍然被扣押在大院的某个房间里看守待审。

对了，我忘记了说贴在港口石孔桥上的那个新发现的青石板碑文。

我不得不补充一下，这个曾与我密切相关的碑文——上面其实刻写的是一首古诗。作者不详，但立碑的年代，为清朝乾隆年间高岭土开采最繁盛的那个时期，诗句能够清晰地呈现出当年港口村鼎盛的概貌。知道碑文的这些情况，是源自于大概在二十多年之后，我无意之中在新华书店购买了一本由袁旺生编撰的《瓷镇古考》。

我回家一翻开，就正好翻到了那首古诗。

东河女神港口街，吊脚木楼沿岸排；
船舶载运高岭土，舟帆日日蔽江来。
官道青巷粉墙阁，商贾窑坊烟酒台；
六尺街铺石板路，三里古市桃花开。
幽幽长途爿爿店，滚滚车马汰汰财，
九州仰星论瓷玉，四海豪客慕名来。

那个编撰《瓷镇古考》的袁旺生，就是我那在地方志办当主任的表哥。

20. 九把利剑

在一个被封锁的瓷器包装材料仓库里,刚刚入伙的我,用卖蟋蟀的一块钱很慷慨地请大家吃了一餐。那一天,我正式成为了瓷器镇"八剑帮"帮会的会员。

当时我瘦长的躯体,仰躺在禾秆堆上就像躺在松软的床上,嘴里咬一根新鲜的稻秆,并牛一样不停地咀嚼吸收着里面的香汁,直到将稻草嚼出碱性的泡沫。"他妈的我们打下牙祭,哪个愿意出去跑腿,哪个拿这个钱去。"我效仿着帮派里的豪爽腔调,跳起来,高举着票子。钞票是崭新的,刷刷地在空中被抖出清脆迷人的响动。于是那天,我看到的是禾秆堆上的同伙在欢欣鼓舞。

瓷器镇上"八剑帮"帮会,相对稳定的会员一共八个,在社会上这些未成年人又被敬称为"八大金刚"。"八大金刚"的参照系数,为当初蒋介石手下最信任的八员大将。在新中国成立前的瓷器镇,也有流传着妇孺皆知的"三尊大佛""四大金刚"和"十八罗汉"的号称,可那属于瓷商界财富的论资排辈,近似于当下报纸网络公开的"富豪排行榜"。

但是,在我们那里不是。我们那里人是凭借着对内的义气和对外的勇气,群殴时个个刀枪剑戟、视死如归、冲锋陷阵。所以平时在街道和学校,"八大金刚"走在路上,没有一个不是目空一切,昂首挺胸。瓷器镇上的金刚们,虽然算不上青面獠牙,然而在校园和弄巷的少年之中,他们的古怪诨号,犹如滚雷被口口相传、震耳发聩。

"信不信,我请八剑帮来摆平?!"

"前天他们在元嘉窑摆了一回场子,八剑帮只出动了三把剑就把东门头的人打得饿狗铲屎!"

或者，"你熟悉八大金刚里面的蚊子吗？蚊子跟我是兄弟，明天晚上我请他吃饭！"

基于什么考虑呢？基于"我再也不能够像于家男那样游离于组织之外，做一个任人拿捏的面团"出发。那一天，"我志愿加入'八剑帮'帮会组织"。那一天我下定决心地选择了一座靠山，也认定了"蚊子"查云华做我的兄长。

我庄严地举起右手。"我坚决履行帮派义务，执行帮派决定，严守帮派纪律，保守帮派秘密，随时准备为兄弟们牺牲一切，永不叛帮！"

尽管脸相依然斯斯文文，但是查云华没有一丝笑意地站在我面前，明瓦漏下来的一束阳光打在他不动声色的脸上。查云华已经不是以前我隔壁的查云华了，查云华是"八剑帮"里的"坐把"。做了帮主把威望"杀出来"以后，查云华当时在瓷器镇，已让人淡忘了"查云华"这个学名。我以前总是在弄子里听到有人在传说"蚊子""蚊子"，但我不知道谁是"蚊子"。在所有的弄头巷尾只要一提到"蚊子"，大家都清楚这是一个镇上的"大打罗汉"，在社会上混的人没有人不肃然起敬，"蚊子"就是查云华的诨号。

蚊子，是那种独来独往飞行的渺小动物——不作声，偶尔会歇在某张皮肤之上，伸出针状的吸管刺进去，再使命吸出鲜血的那种阴冷的东西。

查云华帮主就是这个样子。平时他不苟言笑，走路时低头看自己的脚尖，专门去偏僻的地方。就像是一个清高的瞧不起一般市民的知识分子，他总是做出一副不愿意融入人民大众的心事重重的样子。从这一点看来，查云华根本就不像是查仁儒的真种。但很多人怕他。只要他讨厌的同学在他面前做出讨厌的事情，他偶尔会眼角一抬，"刷"地像刮刀一样扫一眼。眼神飞快、抑郁、警惕、鄙视并凶狠，类似瓷片的缺口一样锋芒锐利。

关键是"蚊子"一旦决定采取行动，再厉害的团伙都难逃"出血"的厄运。那段时期，"蚊子"在少年帮派中的声望，犹如"隐形战斗机"一样，于空气中穿梭并呼啸。

但是，紧接着麻烦就来了。

都料不到会出现这样一种麻烦。我被吸纳进去，就破坏了帮会的名称和打乱了帮会的秩序。麻烦真的来了——这是临时蹦出来的一个问题，事先谁都没有预计到会出现一个名称与数量上的问题。"八剑帮"内新增了一把"利剑"。当时九条好汉坐在禾秆堆上思考了很久很久，伤透了脑筋。很久的结果，是让他们兴奋地联想到样板戏《智取威虎山》里的杨子荣——"老九"。

"九爷，九爷，"他们因此夸张地惊叫起来，"哦哦哦哦……九爷，九爷！"

欢迎仪式在欢乐祥和的气氛中进行。

"团结就是力量。团结就是力量。"包装材料仓库的窗户外，隐隐约约还传来星光瓷厂广播喇叭里的歌声。"团结是铁,团结是钢,比铁还硬,比钢还强……"随着歌曲的节拍,他们在草堆里围在一起击掌、蹦跳与合唱。

我记得非常清楚,材料仓库的窗门是用木板条交叉钉死的。仓库坐落在瓷器镇国营星光瓷厂厂区内的一个偏僻旮旯儿。阳光通过木板的缝隙,照射在帮会的老巢之中。作为活动相对固定的场所,包装材料仓库的优点之一是非常之隐蔽和安全。国营瓷厂的气势,在这个浩大的仓库里面得到显现,统购统销的计划经济模式,使得仓库里塞满了可以用上几年的用以包装瓷器的竹篾、禾秆和纸箱。大家从一个秘密的没有钉死的窗洞里钻进去,里面就是难得有人进出的宽敞舒适的极乐世界。

优点之二是,禾秆和纸箱这些软棉的材料。

大家在禾秆堆里坐着或躺着,温暖舒适的环境,让人情不自禁地想到沙发和床铺。高高垒起堆放的纸箱,阻隔了从外向内透视的窗户玻璃。没有干涉、管教、噪音和打斗,我们像躺在自由豪华的宫殿里一样,经常躲在假想的巢穴里呼呼地睡觉。我们的呼噜声肆无忌惮并酣畅淋漓,我们在享受着其他任何地方也享受不到的安静、团结、温暖和自在。

当然在瓷器镇,"九剑帮"帮会不只是这样一个活动地点。几十年过去,我现在把这些秘密地点透露出来已经没什么关系。就像共产党地下交通站,或者游击小分队的营地,当年的少年常常在这些地方聚集和游荡,说出来瓷器镇上的中老年镇民多少都会有一些印象。这些地点分别是:开空了的圆窑窑包里面、停歇下来的隧道窑窑洞之中,下班以后没有人的坯房里,以及沿河的草滩、荒郊树林,以及学校的后山坡上。

我父亲的事情,依然像块石头一样搁在心里。

他出事的经过非常简单。

在上作文课的时候,学生在等着老师出作文题目,于家男就用工整的楷体写下了一句伟人的语录,写完之后他又用黑板擦子擦去了当中一个字重新写过,那个被重新写过的"不"字后面就有模糊的白色痕迹。在课间休息的时候,有一帮学生跟着马博和一个叫作郝国宝的疤子,跑到校工宣队黄队长办公室,检举老师擦掉的是一个"必"字。他们像麻雀一样叽叽喳喳地证明,这是一个有目共睹的事实。

我突然翻转身,将放在嘴里咀嚼的稻秆"噗嘟"吐出来。我问查云华:"青龙帮一伙到底多少人?"

"十六七个。怎么了?"

"超过了我们。"

"狗屁,不过是一伙乌合之众,咳一声都会散伙的乌合之众。"查云华一副鄙视的样

子,痞里痞气的神态显得有些夸张。

"可是马博和郝国宝都是蛮力蛮脑的家伙。"

"不是东风压倒西风,就是西风压倒东风。"查云华说,"美帝国主义蛮不蛮?美帝国主义照样被志愿军打到三八线以外去了。毛主席都说他们是纸老虎!"

见我没有反应,查云华坐起身子进一步打比方说:"我们的汪矮子蛮不蛮?汪矮子以前还不照样被你打出了鼻血。枪杆子里面出政权,一个道理。"他通俗敏捷的解答,显示出一个老大的才情、信心和激情。

我这才对自己内心的盘算有些放心。

这时候仓库里突然热闹起来。是汪矮子拿着我一块钱卖蟋蟀的资金采购回来。汪矮子采购回来时十分高兴,呵呵呵呵地一副傻乎乎的弱智样子。一块钱在当时是很大一笔财富。汪矮子一头是汗地从怀里源源不断地掏吃的东西出来。仿佛他是一头袋鼠,他的胸前衣服里能装很多很多的食物。

在印象中,被汪矮子采购来的东西大概是:两斤水酒、三包花生米、五两猪头肉,以及一口袋蜜枣和九根油条。汪矮子带两个喽啰像笨狗一样,从破窗口钻进来,将东西逐一放在一个铺平的纸箱板上,于是一桌丰盛的宴席便呈现在大家中间。

"为九爷干杯。""蚊子"把碗举过头顶。

"为九爷干杯。"九条汉子围成一个圈子,齐刷刷同时扬起九只画有刀剑的手,非常豪气地将仓库里的瓷碗碰得"呪呪"作响。

帮主说:"同生死共患难。"

大家压低音量说:"同生死共患难。"

帮主说:"敌人一天天烂下去。"

大家齐声说:"我们一天天好起来。"

好像水泊梁山上的一帮绿林好汉。声音整齐划一,在密封的仓库里显得低沉而雄浑。因为第一次参与这样的集体活动,所以我举碗和盟誓的时候都格外兴奋和卖劲。

那真是一段激情沸腾的日子。

酒水让一伙少年,叽叽喳喳像一群刚刚放出笼子的麻雀。他们红着脸蛋,用一些粗俗的话语辱骂工宣队长、班主任老师和马博一伙傻瓜,耻笑大字报上的错别字,以及透露马经堂调戏播音员林苑的细节。

结果汪矮子藏不住事情。他就那个样子。我把他的弱智当作憨厚以后,就已经在内心不再产生厌恶。他在绘声绘色给大家讲马经堂强行摸播音员胸脯和裤裆的事情,一个要把手伸进去,一个不肯,"他想叽咕叽咕"。慈眉善目的汪矮子屁股一耸一耸,憨厚的样子滑稽得让大家捧腹大笑。

"硬了吧,硬了吧。"讲完后汪矮子用手到处去抓人家的裤裆,搞得大家东躲西闪,嘻嘻嘿嘿地奸笑。然后有人突然冲上去把矮子摔倒,大家围过去剥矮子的裤子,大家在禾秆堆里像叠罗汉一样,哗哗啦啦地笑成了一团麻花。

当时我没有参与行动,我置身于嬉戏之外,我就那样跟罗汉菩萨一样静静地坐在一边,我微微眯着本来就不大的眼眶默默地观看,但是,我感到自己内心窜起来的火苗,一直就在胸腔和脑壳里呼呼啦啦地燃烧。

一向孤独的我,在加入帮派的这一天没有作声。而我的内心,在那个难忘的季节里确实是被这种来自于组织的温暖,感动得心潮澎湃,热血沸腾。

我注意到,那一天阳光从窗口斜射进来,少许的尘灰在光线里自由地飞扬。面对声音的奇观,我还注意到,房檐角落里的老鼠都吓得呼呼地逃窜,之后墙洞里又出现了另一只小鼠出来探视。它们可能不知道人世间发生了什么事情。它们停顿在巢穴的口子边上一动不动,它们很可能对眼前的人们表示着从未有过的纳闷和惊诧。

120

21. 欲火

屋空人静——这是环境。

随着悦耳的水响,我又一次忍不住踏着床档攀爬在天窗之上,偷偷地拿眼睛收录着隔壁卧室里寡妇的隐私。欲望是抑制不住的冲动。但是在那年初秋的某天晚上,一个少年窥视的企图,晚点于洗澡的进程。

冯大妹已经出浴。

澡盆里,牛奶一样浓郁的肥皂水还在冒着蒸汽,丰满的冯大妹就已经套好了一件灰白色的短袖汗衫。这天晚上,我觉得奇怪。把铃子哄睡把自己洗洗干净以后,冯大妹并没有按照往常的作息规律——待在自己的房间里给瓷器贴花。她破天荒地由南向北穿过走廊,轻手轻脚来到前面痨病壳张步秀的厅堂。

张步秀侧脸回望。

他趴在桌子上面。借助头顶的灯光,他看到的是喷薄欲出的冯大妹的浑身热气,满脸红光。短袖里膨胀出肉嘟嘟的胳膊——他感到惊讶。这种突如其来的造访犹如铁树开花,让一直都处于自卑地位的他防不胜防。但是此时,他还是狗改不了吃屎,痨病壳张步秀表现出来的却是另一副理性的君子派头,他坚强地握紧钢笔,僵硬地坐在书桌前保持着固有的姿势。

张步秀就估计有什么原因。但是摆在他面前七零八落的档案、笔录以及检举汇报的一大堆材料,让他有了忙得不可开交的理由。于是仍然摆出一副作古认真的样子,他随手指了指桌上的材料。他愚蠢的意思非常明确。他第一次不轻易为女人所动,强硬的理由使得他具有腾云驾雾似的自尊感觉。

"我在赶一个材料,你到里面房间稍微等我一下。"他坐在堂前的藤椅上,屁股都没有抬一下。

受到马经堂的表扬以后,张步秀就全身心投入了我父亲的那个案子。这个案子就是,在他对自己的工作绝望到想要拿头撞墙的某一天上午,天上突然在他面前掉下一块馅饼。那天,走廊上"咚咚咚咚"传来中心学校工宣队黄钢汉队长的脚步声。

"反动标语,出……出现了反动标语。"

他的心情一下子就好了许多,一回家就趴在那张靠墙的破桌子上面,吭哧吭哧地做小学生作业。"政治犯任务终于在你手里给完成了。"马经堂拍拍他瘦弱的肩膀,说了一些鼓励上进的虚话,就使他像刚刚喝过浓茶一样兴奋。他眼睛放光地看到了前景,说话也变得流利,手脚就仿佛上了发条的闹钟一样不得停止,连一向频繁的咳嗽都节制到了最低的限度。

"我在赶材料,你到房间里面稍微等我一下。"张步秀又重复了一句。他脸上像刚喝过酒一样,泛起了一些难得的温度和颜色。

"于家男老师承认了没有?"冯大妹问。

"领导已经指示说不管承不承认,顽抗到底就是死路一条。"

"黑板上真的是反动标语吗?"

"领导说,要抓住了这条线索,就等于是为革命立了一功。"

"你不要老是领导说领导说,我是问那到底是不是反动标语。"冯大妹提醒说,"你要用自己的眼睛和脑筋,于家男应该不是那种坏人,你一定要先弄清楚再说。"

"我晓得,我晓得,你崇拜有文化的人。"

张步秀头都没有抬一下。他趴在灯下犹如雕刻一样使劲地捉住钢笔,就一些笔录材料,用他鬼画桃符的字体,在歪歪扭扭草拟一份案情的分析报告和深入调查的计划。然而他"嗞啦"一声又将稿纸撕了,作废的稿纸立即被揉成团丢进了角落。又写,又撕。感觉手指成了鸡脚爪子,他一连浪费了公家五张笔录用的稿纸,把个本来就装满垃圾的簸箕,堆得跟装爆米花一样蓬蓬散散。

不仅是他捉笔的姿势笨拙得好像小孩在握一个棒槌,他写出的字体更是让他自己都感觉到非常之羞耻。

但是过后我看见,那天晚上的事情又有了突然的变故。

电灯突然灭了。陡然的停电,使得室内一时间陷入盲人瞎马的境地,我那天在漆黑一团的时候听到窸窸窣窣的响动。而且在这个晚上意想不到的情况是,参与检举我父

亲的疤子郝国宝来了。

　　前街的郝国宝,胆怯地站在张步秀的楼梯口很久,张步秀和冯大妹竟一直都没有发觉。

　　当时,张步秀是准备了停止工作的,他早就没有了革命工作的心思。因为初秋的冯大妹穿得非常单薄,冯大妹短袖汗衫的宽宽松松,使得肉乎乎的胳膊肘露在外面。一进门他就看到了衬衫里面半截背心样的护胸,护胸被胀鼓鼓的奶盘顶得老高老高。那个时候一般的妇女同志还不作兴乳罩,里面颤抖的东西,只要用手从衬衫下摆伸进去,护胸根本就保护不了两个晃荡的奶子。抑制已久的本能复活,使得张步秀人伏在桌上工作,心早就压到了冯大妹的身上。

　　突然断电,在那个时代应该算是家常便饭。正因为家常便饭,所以习以为常的瓷器镇人一般都像盲人一样很快将火柴和煤油灯摸到。瞎子的灵巧就是这样摸索出来的。张步秀也清楚自家的火柴和煤油灯,就放在内室的樟木箱子上面,但是他没有去摸樟木箱子的位置,而是伸出两只鸡爪样的手,探探索索就直接进了里面的房间。

　　年近三十的光棍已经忍无可忍了。

　　里面是他的卧室,停电前冯大妹就着灯泡坐在他床头的竹椅上,静静地看一本革命现代京剧《沙家浜》的连环画。黑暗变成了掩护。借寻找火柴的机会,张步秀他裤衩挺挺地,就故意直奔卧室的床头东捞西摸,结果就很准确地摸到了冯大妹的两个肉团。这是他向往的生命领地,在脑海早已经轻车熟路。顺势他就将女人推倒在床上,两只猴急猴急的爪子就钻进衣服去抓柔软的目标。

　　根据声音推断:女人开始还反抗了一阵,倒肘磕到了床头木板,两脚还踢翻了一个板凳。后来架不住张步秀的牛一样大的猛劲。发情的张步秀吭哧吭哧正在火头上,两只手跟老虎钳或扳手似的铁硬有力。呼噜一下,就把冯大妹掀到在床铺之上。

　　好戏即将开幕——两个人都热气腾腾。

　　急促的喘气。对于已有婚史的冯大妹而言也不是头一回的事情。铃子都已经可以上街打酱油了,身体又强壮骚动,多年的守寡生涯早就使得她不堪性欲的憋闷与磨难。不顺从也没有更好的办法。黑暗中,所谓"干柴烈火"。冯大妹就仰面躺下去,禁不住也想躺得顺溜平整一些,别被乱七八糟的被褥或枕头顶住了腰背。于是领会了意图的张步秀就更急了,狗熊一样呼呼有声地咬住对方的嘴唇和舌头,捏两个奶盘上奶头,在下面挤压和摩擦。

　　这个晚上,他真的打算丢下革命工作不干了,他想干的是另一份更想干的"革命"。

　　因为革命尚未成功,结婚就始终存在障碍。

张步秀渴望结婚已经渴望了好几年了。什么殷勤都献过,什么苦难都吃过,什么好话都说过,绞尽脑汁,千方百计,千辛万苦……但是都没有用处。冯大妹对他说:"你应该一心一意踏踏实实工作""你应该找一个黄花闺女",或者"我没有文化,又拖了个小鬼,身后还有很多乡下的亲戚需要救济"等等等等,实际上都是托词。针对的是张步秀一身的缺点。一而再,再而三的婉言拒绝,致使这个年近三十的痨病壳言语木讷、黔驴技穷。张步秀就度日如年,张步秀就作古认真,张步秀就只有寻找"革命"的机会。

本来这天晚上革命就将成功。

就算是判"强奸罪"他也豁出去认领。

糊里糊涂趁着停电和欲火,张步秀七摸八捞都将冯大妹的外衣外裤扒了,像块碳火一样的冯大妹,身子光光的只剩下护胸和短裤了。天赐良机。护胸上翻和短裤下推,坚决彻底的革命就只一步之遥。但是张步秀倒霉透顶,倒霉就倒霉在——这时候楼梯口"咕咚——啪叽"一声,像是从杀猪凳上撩下了一头放完血的死猪。

郝国宝双手墨黑地,跟投降的日本鬼子一样站在楼梯口上。

煤油灯火晃晃地照到了一个进退两难的,颧骨上刻着一道扁豆一样的疤痕的家伙。

疤子郝国宝是前街的一个"罗汉",一个名气响亮的疤子。他不仅很高的颧骨上有一道发红的扁豆疤痕,肩头很宽,而且他还拥有一双暴突的一转一个"鬼点子"的眼睛。据说那双暴眼和那道疤痕,时常会因情绪的高涨而充血变红。这样脸部的特征,既帮他增添了几分凶蛮和霸气,同时也让他坐上了"青龙帮"第二把"狗头军师"的交椅。

这天晚上,疤子郝国宝在上完最后一级楼梯后,拜年一样重重地摔了一跤。膝盖骨肯定是撞痛了,手掌也在地上摔出了血丝。本来听到喘气的声音和床铺咿呀的声音,他是想退逃的,他哆哆嗦嗦,他想不到慌乱中被楼梯绊住了腿尖。他非常非常害怕张步秀的手铐和巴掌。这些厉害在以前派出所里他已经尝试过几次。那是骨节嶙峋和坚硬如冰的碰撞。在他眼里,张步秀瘦长的腰身,就好像一根铁硬的扁担,而扁担横起来随时随地要赶过来揍他的脑壳。

"我……我、我想撤回我的检举。"

说话时,郝国宝用半边屁股,已经受审一样坐在张步秀对面冷冰冰的椅子上了。他像一个急于就医的患者一样仓促和心虚。他小心翼翼地递上一张肮脏的纸条。他的那双可怕的眼睛都细小和慈善了许多。

郝国宝补充说:"我想撤回检举。"

"为什么?"张步秀恶声问,"你半夜闯到我家里来,难道就是为了这件事情吗?"

"因为……那是假的。"郝国宝说,"于老师其实并没有写反动标语。"

张步秀的心一下子冷了半截,大声吼叫起来:"那你们为什么要告他? 你们在跟我们开玩笑吗?"

"我们嫌他,整天没有笑相,一个扫厕所的凭什么给我们上课,所以我们就告他。"

"不!"张步秀火了,"你在说谎。于家男写了一个'必'字,然后又擦了,你们明明都看见了,看见了以后就检举了。检举了的事情为什么又要反悔呢?"

"……"

"告诉我,是谁逼迫你们来反悔的? 谁是你们的后台?"

"……"

"你们要晓得,我不是在跟你开玩笑的,如果于家男没罪,那你们就是诬陷,诬陷是要坐牢的你晓不晓得?"

"但是……于老师,确实没有……"

张步秀"砰"地一拍桌子,跳起来说:"你敢再说一遍,你就是混账,你在包庇右派,包庇敌人就是人民的敌人,你……你再敢撒谎我就用铐子铐你!"

说完,他真的就哗啦一声,从抽屉里丢出一副明晃晃的铐子。在煤油灯火下面,铐子在桌上发出冰冷的寒光。

然而稀里糊涂,一会儿张步秀好像被一只无形的手按住了肩膀,他疲软一般乖乖地坐了下去。张步秀看到,冯大妹不知什么时候已经不动声色地站到了他的对面。冯大妹根本没有吭声,只是用一双发光的眼睛死死地盯着张步秀不放。煤油灯火苗摇摆不止,冯大妹的黑色投影也在墙壁上一晃一晃。冯大妹不是学生。冯大妹的眼睛很大,瞪起来的目光直逼张步秀的内心,就像刀剑一样,让张步秀感到有股子锐利和杀气。

"你怎么会这样? 你到底是什么意思?"冯大妹问他。

冯大妹说:"刚刚我还在说,你一定要实事求是,你要摸着良心做事,你还说晓得晓得。"

刀剑逼近张步秀的鼻子的时候,甘蔗一样瘦长的张步秀,就糯米糖一样乖乖地软化在藤椅之中。

"人不能没有良心。"冯大妹说,"你摸一摸自己的心窝。你是个冷血动物,要么你就是个没有脑浆的东西,我一直就担心你这两点。真是老天有眼,你马上就要立功受奖了,我命薄也享受不到你的好处。"

冯大妹和郝国宝就走了。

"你要是冤枉人家,就坑了人家一辈子的!"冯大妹是摔门而入的。毅然决然,厚实

尖
锐
的
瓷
片

的卧室木门"咣当"一声,将房梁上的尘土震荡得滴滴落落,让我感动到一个农村妇女正义的力量。这时,河对面正好传来汪汪的狗叫,有一股野风呼呼地从门洞闯进屋内,煤油灯忽闪忽闪着火头,尽乎熄灭。一张郝国宝拿来的情况说明,被风吹落到了墙角。

于老师没有写反动标语,是因为后面那个擦掉的字迹有点像必字,我们才商量陷害他的。都是我出的主意。我们真不晓得会闹出这么大的事情,我郝国宝承认错误。

这个时候,张步秀像个石膏雕像一样,在那堆材料面前一动不动。

从这个晚上起,冯大妹再也没有让张步秀到她锅里搭伙。

更为奇怪的是,整整一个夜晚我都没有听到外面蟋蟀的叫声。而张步秀一直在床上辗转反侧,并且因剧烈的咳嗽而致使我久久不能入睡。

22. 骚痣

　　一般在晚饭过后,六点半到七点这段时间。日光渐次退隐,黑幕合拢。我不想回避那段经历。那是要我命的时间,冯大妹和铃子的卧室里就响起澡盆里悦耳的水声。我少年的光阴在昼夜更替的过程中,正不可救药地沉入太平洋中的马里亚纳海沟。在记忆中,随着我在阁楼趴上天窗次数的越来越多,我十二岁那年白白胖胖的身体,也开始像放进油锅的面粉,炸油条一样被一下子拉长了许多。

　　具体地落在我身上的表现是:脖子长了,屁股没了,腮帮也平了,勒骨与勒骨之间的距离在逐渐拉开。速度像雨后的春笋,并经常从裤裆里散发出春笋的气味。"抽条"在迅速削弱着我幼童时段的"胖地主"的原型。与此同时,更为嚣张的是——我毛茸茸的胡须开始变黑变粗;喉结一拱一拱地顶出颈皮;喉咙里像是装上了容易振动的磁片,一发音就好比对着米缸说话,嗡嗡嗡地放射出粗麻宽厚的音质。

　　那个时候好像在撑伞一样,我羞于道白的是,"老二"也开始在裤裆里思谋独立——时不时自作主张不听"老大"的指挥,动不动就无缘无故抬头红脸地"性"致勃勃。如同水里的葫芦一样按都按不下去,而且有古怪的脾气,越按越翚,牛牯卵一般地火烧火燎。在潮起潮落的期间,我经常昂然屹立,而后又总是疲惫不堪。

　　以上这些表现带来的难堪,根据我的经验,都可以找到有效的方式加以克服。长期的实践的证明,把注意力分散是治病的灵丹妙药。但是,另一个比较棘手的"青春"问题又接踵而至,因为这个问题被大张旗鼓地写在脸上——脸,天天要面对观众。

　　这个比较棘手的问题就是,鬓角和咬骨部位的皮肤,像宜生菌菇的土壤一样,无缘无故会层出不穷地爆出一些红色的疙瘩。这种俗称为"粉刺"或者"青春痘"的小红疙瘩，是一种当时在校园里感觉非常羞涩的标记，因为它另一个更为通俗的名称叫做"骚痣"。

每个人都曾有过这种发育的经历，但是我觉得自己为时过早。

在十三四岁乳臭未干的年龄，我每天晚上的工作竟然是面对镜子，用针刺和挤掐的方式，将小红疙瘩里面肮脏的，后来才知道是"脂肪酸"东西清理出来。现在分析起来，身体的着急，大概无外乎有以下三个主要的诱因：

第一是与我从小就混迹于姐姐们的房间里有关。最大的姐姐大我十一岁，当时就短裤背心、屁股翘翘、胸脯挺挺地公然在我面前抖进抖出。一向都把我当作懵里懵懂的屁孩，换衣裤只叫我转身或闭上眼睛，而实际上我的眼皮，从来都给我留一条窥视的缝隙。这些光鲜肉感的景象，在我成熟的阶段总像放电影一样，在我脑海里晃来晃去。

第二点就是，自小被畸形偏颇溺爱的结局。我们老于家的长辈试图以灌溉的方式，肥沃我这亩仅有的良田，当然的恶果就是良田种不了庄稼，良田因营养过剩而变成了发酵的酒窖。酒窖气味扑鼻，云蒸雾绕。

第三是属于外因，外因决定不了内因。怪就只怪，接下来我就进驻了当年爷爷的阁楼单间，单间使得我很早就拥有自由探索和窥视的空间。

我一直就打算节制自身，但是我越来越不能控制自己。我就像个色狼一样，在随时随地地关注与迷恋着女人的性征部位。我估计自己在滑向邪恶、自卑、丑陋、堕落、毁灭……的泥潭！

瓷器镇好像有三个女人的体态，总存在于我少年的意象当中让我兴奋。时过境迁，现在说出来已经没有什么可以忌讳。一个是冯大妹肥硕软绵的躯体。毛巾泼起水花，晶莹的水珠滑溜溜地从她两大乳房之间滚落，并顺着弹性十足的腹部再流向阴沟。另一个是镇播音员林苑翘起的浑圆屁股。想象中马经堂贴在她身后。林苑鼓鼓的屁股在街上一走一鼓，我甚至能在后面听得出"叽咕叽咕"的淫荡的响声。还有一个就是"妖艳"的赵飞燕校长。她的皮肤白白嫩嫩，嘴唇圆乎乎肉嘟嘟的，走动的时候能让人感觉到突出的地方浮浮地有些颤动。

人长大了是不是就开始污浊和险恶？这就是我当时的理性思索。

好在当时查云珍就在我班上，查云珍的存在，保留了我情感上的些许纯真。这是青梅竹马的延续。但已经不属于摆家家时代的眼光。在我眼里，中学生的她已经不属于皮肤白里透红的美丽、神情羞涩娇艳的可爱、举止雅致高贵的干净，以及性情甜嫩

温顺的魅力。正在迅猛发育的查云珍,已经把肉体和器官成熟的进度突兀地呈现在我面前,肉香诱惑着我的贪婪;裤子绷紧她肥大且一走一扭的屁股,始终吸引着我的视线;前襟的扣子锁不住她生长凶猛的乳房,一下一下地冲击着我的心房。

不仅仅查云珍,我们班上就有好几个女生给我们带来骚动。

原因很可能是,她们的躯体承接了姐姐们淘汰的破旧衣服。这是那个年代里普遍的贫寒现象,但她们就像发酵的馒头一样后来者居上。跟我同班的人,在二三十年以后都可以清楚地记得,成熟源自于一堂军体课的突然炸响。那是某一个热天,在做体操扩胸运动的时候,"呲啦"一声,裂布的声音让大家吓一大跳。我当时就看到一个丰满的女生,蹲下去并抱住前胸。她浅灰色的竹布上衣破了——发育的力量,终于在薄弱的地方找到了突破的关口。

"呲啦"的声响,相当于启蒙的军号。随着那对奶子的挺拔与胀开,在瓷器镇校园的民间,在大男生里面迅速流传着一段"卖肉包子"的黄色段子。"卖肉包子""卖肉包子"。男生一个个兴奋不已。而我当时的内心感觉,就像一只正在开啼公鸡的脚爪,于想象中围绕着母鸡冲动地在地面上一挠一挠。

"青龙帮"里的"狗头军师"疤子郝国宝,那段时间成了学校男生结交的中心人物。理由非常简单:郝国宝有一个在镇人民医院妇产科做护士的母亲;他的母亲杨护士有一本翻烂了的《妇女生理解剖读本》;那本本子上有好几幅让我们心惊肉跳的女性生殖系统解剖彩图;那些彩图就常常成为郝国宝对外联络朋友的资本。

这是在那个禁欲时代里,一个落入俗套的成长细节。有好几个目击者,都跟我绘声绘色地炫耀过图片上各个部位,但是可惜或者幸运的是,当时我与郝国宝各自处在两个不同的敌对阵营。

这个时候,我与查云珍开始了心照不宣的相恋。

这是我们两厢倾心的初恋。

总记得当时眼馋的马博在另一个班上。从小到大,马博自始至终都没有在内心放过查云珍。因为每逢星期一下午第二节课以后的时间,在我和查云珍更换校园黑板报内容的时候,他就会准时趴在二楼走廊的某段扶栏上,低头想自己沉重的心事。由于俯视的原因,致使他长头发耷拉下来,刘海遮挡住他有些斜视的眼珠。

马经堂的儿子,这个时候没有人敢去惹他,包括他"青龙帮"里的虾兵鳖将。疤子郝国宝和那个叫做"老四"的家伙,经常像奴才一般蹲在校门外等他。这两个人一度是他的铁杆吊刀。马博喉结一滚一滚。实际上,他在一动不动地看楼下写黑板报的查云珍,而且我亲自上楼试过,在二楼的那个视角,正好可以通过查云珍的衣领,看到她里面的两坨肥颤颤的白肉。

在女生突破胸襟的故事发生之后,校园里早熟的男生,可能都在浮想联翩,辗转反复,彻夜不眠。有人甚至言行开始变得有些斯文与乖戾;一些人立马就眼抠腮陷地消瘦下去;更多的人脸上,开始像我一样,层出不穷地爆出一批又一批的叫人羞涩的"骚痣"。

谈起查云珍,我还有许许多多的记忆和感慨。

就像我们的校长赵飞燕,美丽、勤快、利索、善解人意和不声不响都是查云珍的优点,而且她还善良。她刷刷刷地就把事情做得干干净净。举手投足,或者回眸一笑,一笑就笑出一对甜嫩的酒窝。在学校出黑板报,她负责排版和插图,一根米尺和几支彩色粉笔,辫子向肩后一甩,就能甩出阵阵少女温馨的肉香。

我常常闭上眼睛,我深深地吸着鼻孔,当时我几乎都要昏倒过去。一个人的时候我依然闻得到这股气味,我就经常闭目缓缓品味那没有流失的香味,那是一种无以言表的,像喝了酒在花丛中陶醉的感受。

出校园黑板报,是我跟她接触的唯一机会,每周一次。出一次就盼望着下个星期一的赶快到来。这是个老天安排的机会,机会里我有意无意地接触着她身体,借机会摸她的手和吸她的气味。

许多同学对于这种工作上的搭档,表现出无限的嫉妒和气愤。有流氓习气的"青龙帮"甚至编顺口溜说,"老公老婆,写字画符;写到傍晚,箍头揽颈。"有的人躲在暗处用瓷泥当手榴弹一样摔我们,也有的人冲我们"叽咕叽咕"做淫秽的侮辱手势。后来我们出黑板报就不再拖到天黑,我们当有人在场的时候一般都很少说话。

但是我们非常默契。使一个眼色就明白递米尺过去,咳嗽一下就知道背后来了人不要说话,"哎"一声就理解一起去办公室找老师要内容资料。有一次,我还吃过她偷偷递给我的灯芯糕,事后我就把乡下亲戚送给我家里的花生、薯片和萨其马等等悄悄地放进书包,在出黑板报的时候,拿出来一同分享。那时候她总是回眸蜜笑,酒窝深深。

查云珍轻轻对我说:"你带来的东西真好吃。"

"那,明天我再带给你吃?"

她望了望两边,压低声音说:"你姆妈晓得会不会骂你?"

我用手笼着嘴巴,就着她耳朵说:"管她骂不骂,拿给你吃,就是打死我我都愿意。"

趁机我用嘴唇触及她的滚烫的脸颊。

"你坏……"查云珍脸都红了,打我,"你是个坏男人,坏男人!"

我心都融化了。她脸上红得跟光荣花一样。当时我真恨不得像小时候一样,扑上去咬一口她的腮帮。我花痴一样想:我长大了一定追她,托媒人到她家去,娶她做我的老婆,让她天天和我黏在一起,跟我吃饭睡觉……跟我……

但是好景不长。因为不言而喻的原因,我们两个先后被学校工宣队长黄钢汉取消了出黑板报的资格。

而且红颜薄命。

——她最终死了,终止了自己正当成熟的生命!

当然,这都是后话,是他母亲赵飞燕被免去了校长的职务,以及她哥哥查云华被关进少管所以后的事情。

在这里我后话先说。她在对世界彻底绝望的那一年,用刀子割开了手腕上的动脉,让自己殷红的血湿透了棉絮。一向红嫩的肤色变成了一张惨白的纸皮。她父亲关押在湖区劳改农场,后来他双胞胎哥哥查云华被关进了地区少管所,再后来她母亲赵飞燕疯了,整天游走在街头絮絮叨叨、哭哭啼啼、敞胸露怀。

我都不愿意再叙述下去。

我感觉很累。

那一年,命运多舛的查云珍跟在母亲赵飞燕的后面,流着泪在街上转来转去转了一天一夜。组织上也不是没有出面,年迈老实的校工宣黄队长,带了两个保卫科干事试图让疯子先行回家,然后打算再送精神病医院。但是赵飞燕在潜意识里根本就不买账,竟颠三倒四地用刻薄的语言去指责黄队长的险恶,用校长的口吻训斥着保卫干事的无能。

天灰蒙蒙的。

赵飞燕不肯回家。她干干净净的母亲,最后坐在垃圾桶边上流着口水疲惫地睡去。

我母亲周荣花的前去,也同样遭到了疯子的谩骂,最后周荣花无可奈何摸摸我的脑壳独自离开。她很想带查云珍回家。但是那个年月,我母亲她当时像重病在身的人一样,肚子里也同样塞满了乱七八糟的愁苦和负担。

我站在边上陪着查云珍流泪。有好心人提议捆绑赵飞燕回家,但遭到查云珍的拒绝。只要是瓷器镇上的熟人,都愿意收留查云珍和她母亲。但是那一天晚上,查云珍回家拿来一床被子盖在母亲身上,然后扑在母亲身上痛哭了一夜。发育充分的身体在伤心欲绝的抽搐中显见出无助与脆弱。天亮时她又打开家里的大门,准备拿些吃的去送给母亲,但是她再也没有走出家门……

我的查云珍割脉自尽。

在学校收尸的时候,我站在教工宿舍的一棵树下,既没有哭号也没有流泪。没有人知道我当时的心情。我只是感觉到自己支撑不住自己的身体。我咬着嘴唇抱着那根树干。虚脱,致使我慢慢地慢慢地像糯米麻糍一样瘫痪在树下。

天上一天的星星。

我终于在那一年被"抽条"成了一个大人。

23. 鲜血如花

我们的聚众斗殴，起始于某一天早上。

并不是无缘无故地聚结。

"十点半都带家伙到戴家滩去，都去！"九把利剑都必须出鞘。像是阎王招魂，在太阳趋于火热的时候，我和查云华正奔走在瓷器镇的弄头巷尾四处串联。

那天晴空万里。但是，那天对于一个冷血的我而言，所有光明都缺乏温度和亮度。"准时啊！带上家伙啊！一定！"见到同伙，我便阴阴地就着耳朵一脸寒冷的杀气。我们胸怀怒火，一路的具体表现是跌跌撞撞的行走和声嘶竭力的叫人。

沿途迎面碰到过很多擦肩而过的熟人，却没有一个人知道瓷器镇的血案正在紧锣密鼓地酝酿，甚至包括公安。因为当太阳晒破屁股的时候，负责青少年犯罪的公安"老派"张步秀，却被马经堂打发人上他家喊他起床。

也就是说，那一天我们在聚集的时候，张步秀正耍赖一样躺在床上。他就像个躲债鬼似的，用被子把自己包裹在床上一动不动。张步秀都烦死了，案情的变故让他产生了消极怠工的情绪。所以出事的这一天早上，他一直磨磨蹭蹭在被窝里不愿意起床。他不知道怎么办才好，他企图以幼稚的方式，来对付无法面对的现实。

马经堂副主任当着众人的面，在办公室像骂孙子一样，将他劈头盖脸地臭骂了一通。

"你还在床上睡觉，你什么时候可以拿下于家男的证据材料？"马经堂指着他的鼻子问，"你怎么就没有了斗志？你怎么不说话呢？"

马经堂矮墩墩的像军统特务头子戴笠那样,坐在一张宽大的办公桌后面。桌上一杯茶、一张报纸、一叠文件和一支铅笔。光线从他身后的窗户里进来,因此他的那张鼓鼓囊囊充满油脂的脸是黑的,脸皮是松弛的,两个耳朵是透明的。几根稀稀拉拉的毛发,一颤一抖地有些窝心和恼火。

"笃、笃、笃、笃……"他的一只手握着粗壮的彩笔,在桌上一下一下地带情绪化地笃着。

一向言听计从的张步秀,像受审的犯人一样有些发蒙。他擦了擦惺忪的眼皮,眼角上细微的残留物被手指头排除。他一下子还不知道用怎样的方式去应对上司的怒火。"我不搞了,我不搞这个案子了行不行?"张步秀终于下定决心,把档案袋放在上司马经堂的办公桌上。递上档案袋的时候他的手还有些哆嗦,手心里有汗。他心虚地强调:"我不是分管政治案子的,我的本职工作是负责青少年案子。"

"但这不是一般的任务。"

张步秀只好摊牌:"情况非常难办,我办不了,我承认我没有什么能力,你让有能力的同志去干吧。"

"你怎么变成这个样子?"马经堂严肃地警告说,"你这是态度问题。当初组织上把你调到派出所来干什么?"

张步秀轻声地说:"不可能了。检举的人都撤回了检举,标语的事是无中生有。"

"你怎么晓得——啊? 你不调查你怎么晓得——啊? 要拿证据和事实说话,一个屁大的小孩子有什么主见——啊? 你以为是揩屁股,说撤回就撤回了——啊!"

马经堂把桌子拍得"咚咚"作响。领导每蹦出一个响亮的"啊"字,都仿佛是一击棒槌在敲打脑壳,痨病壳张步秀就感觉到一晃一晃有些站不稳的样子。失眠是原因之一,感觉上有些虚飘。更重要的因为没办法交差,他甚至觉得工作和生活都没有什么意义。他已经变得有些麻木不仁和无所畏惧了。

这个时候就出事了。这个时候,幸好张步秀和上司的对峙受到了强烈的干扰。外面木板楼道里叮叮咚咚,外面就出事了。

"流氓打群架了,流氓打群架了,在用刀子和铁棍相杀。"

前院值班的人接到一个群众的紧急报案。因为案子的重要,值班者就将那个举报人带到了后院。举报人是一个疤疤癞癞的癞痢头小孩,小孩一路上都在气喘吁吁地叙述和比画。由于过分的激动,癞痢头头上的油都暴出来了。头油顺着鬓角流到了下巴。头上腾腾地冒着热气,搞得居高临下的大人,都被一股浓重的蚝油气味熏得翻肠倒胃,作恶作呕。

JIANRUI DE CIPIAN

"是九剑帮和青龙帮两伙人在摆场子。"

报案的人是柳国华。

事情终于来了。"摆场子"是我们镇上的江湖黑话,意思是约定时间地点两边都把人叫来决斗,比哪边的人更多更狠。

对于地方上的少年帮派,瓷器镇的公安实际上一直都处于高度的戒备状态。张步秀就专司其职。他平时每天的工作,就是警犬一样拿鼻孔去嗅各种派系散发出来的气味。但是那段时间实在是忙不过来,像治安这样一类鼻屎样的问题,连用指头去抠它一抠的心思都懒得启动。张步秀临时被抽调出去,于是在防范网络上,就当然地疏漏出一块偌大的真空。真空,让瓷器镇的"罗汉"光头敞胸,一走一晃有恃无恐,使得斗殴像夜间的磷火闪闪烁烁,此起彼伏。

被抽调后的张步秀,当然不劳神这种破事,他不愿意狗拿耗子。

癞痢头骄傲地坐上公安一辆破烂的吉普。他猴子一般迅速地爬将上去。他一直把警察带到"摆场子"的现场。很少有人坐过公家的吉普。吉普车在镇上一共只有两部,这部烂一点的、屁股上冒着蓝烟烧机油的一辆归属于政法口子。因为第一个报案的光荣,使得癞痢头脸上的水色,在大众场合都显得非常灿烂。到了戴家滩河岸他麻利地跳下车。他狗尾巴一样跟在张步秀的身后,唠唠叨叨地叙述个没完没了。

"一共有二十几个人,打打杀杀,花了近十分钟的样子,没有一个人敢上前制止,他们拿着刀子和铁棍,叫喊着冲过去,扑扑的拳脚就跟打沙包一样的响亮……真是的,那么危险的事情,都要出人命了,但是那些大人们没有一个人想到要去报案……"

张步秀已经有些不把癞痢头放在眼里了。他情绪不好。

张步秀是专门负责青少年犯罪的警察。他在考虑事情的后果——手头的案子没有搞好,声势这么浩大的群体斗殴,事先又一点信息都没有掌握。"警"和"察"两个字都徒有虚名。如果情绪化的领导的肩膀稍微一溜,严重失职的责任,就得灌他一壶饱尿。

许多镇民已经在戴家滩现场围观。现场阳光普照,棍棒杂陈,鲜血如花。这是一个在瓷片河河边一个场面比较开阔的草滩。在这个偏僻的河滩上,曾打响过瓷器镇好几个著名的"摆场子"的大型战役。

"我早就晓得于飞飞跟他们是一伙的,于飞飞还死不承认。"癞痢头依然狗尾巴一样,小跑着跟在张步秀屁股后面,"他们手背上都画着刀剑,他们整天邀在一起鬼鬼祟祟。"

地上很多血迹,另外还有丢弃的铁棍和破碎的衣片。打架的流氓"罗汉"都跑光了,有戴红袖标的居委会干部,拉起绳子在维持现场。但是这回问题闹大了,大得有些吓

尖锐的瓷片

人。现场出现了杀戮：河滩上躺着两具鲜血淋漓的躯体——一个是黑大头马博，另一个奄奄一息的汪矮子。

"这个矮子我认得，这个矮子到过我们弄里叫过于飞飞。"瘌痢头还跟在身后，而且，竟忘乎所以地用他的摸了脑袋的油手拍拍张步秀的手臂。

张步秀就火了，张步秀对他吼叫："你跟着捣什么乱——啊！你，出去出去！"

两个躺在地上的都是"衙内"。

马经堂的儿子马博的脸上，像蜡烛一样已经苍白得没有一丝血色。马博被一把削木头的长柄刀子插进了肚皮。他斜躺在地上。如果不是浓稠如油的鲜血凝固在刀口，刀子就像是一棵自然生长在一个人身上的植物。刀子的金属部分完全被吃进肉体，外露的仅剩木头刀柄——这说明一个情况，这个情况就是凶手使用了满腔的怒火和吃奶的力气。

问题是：奄奄一息的汪矮子是镇革委会主任汪麻子的宝贝疙瘩。他被铁棍砸破了脑壳，脑壳开了一个任鲜血畅流的口子。他瞳孔有点发散，嘴唇都呈现出猪肝过性的灰色。因为滚圆的肚皮还在一吸一吸，所以公安的烂吉普车，就拼了命疯牛一样往医院狂奔。

吉普车后面尘土飞扬。

汪主任就这么一个独卵子小鬼。

张步秀一直将汪矮子抱在怀里。用鼻尖试试，汪矮子连鼻子都冰凉冰凉。冰凉的汪矮子脑壳上如同插上了一朵残败的红花。都清楚汪麻子的脾气和性格。而张步秀的脸色让所有人都感到紧张和不安。

这起事件，既帮瘊病壳摆脱了围困，又同时把瘊病壳紧紧围困。

瘊病壳张步秀咳嗽不止。

我，很快就被派出所民警张步秀捉拿归案。

在汪矮子还没有完全脱离危险的时候，案子就得以了结。瓷器镇鉴于社会治安混乱的现状，发动了一场声势浩大的"严打"斗争。严打就是广泛收网的意思，惩处比平时"从严、从重、从快"。就好比后来检查前的城市突击大搞卫生、亮化绿化，以及楼房的刷漆，早些时候为了配合时政形势，政法系统经常被上级命令搞这样和那样的突然袭击的工作。

汪麻子的儿子汪矮子被打破了脑壳，麻子他就整天铁青着麻脸一声不吭。长寿眉毛都耷拉了下来，麻坑深深积满了焦虑。负责缉捕逃犯的队伍，当时便像渔网一样，被撒向每一个可能的旮旯。大前街上的两个电影院门口，经常有公安像便衣特务一样揣着铐子走来走去。社会上的许多"混混"团队因此偃旗息鼓，或作鸟兽散伙；"罗汉"一个个都四处躲逃，销声匿迹。

对于两个在戴家滩聚众斗殴的团伙，镇上甚至动用了基干民兵和借调了临县的公安，镇里的两辆吉普车整天都东奔西跑，一下子就将所有的涉案人员全部收押。街道里弄一时间风平浪静。

瓷器镇的缉拿工作，在那一年的秋天做得前所未有的出色。

在杀人凶手嫌疑人归案的同时，被捕的还有"青龙帮"和"九剑帮"里的蚊子查云华、疤子郝国宝、扁嘴孔径、六指头陈家明、毛崽、马老四和光亮等等人物。镇民们看到他们一个个像绑粽子一样，被绑进了号子。

我是很爱干净的小孩。可是我在被抓时的样子却十分的狼狈。我没有洗脸的眼角眼屎粑粑，头发像废弃的麻线一样纷乱干涩，脸面都瘦窄了许多；而且拐脚，一只塑料凉鞋脱落了一半；颈脖子上还有结壳的血痂。

查云华当天晚上在郊外一个牛棚草堆里被抓获。

疤子郝国宝躲在窑弄里面。

老四和毛崽主动自首。

陈家明是他老子送到镇派出所去的。

光亮他们大些，他们就分别以最快的速度，像麋鹿一样逃出了瓷器镇的边界。但是"法网恢恢"，他们很快就被当地的公安人员在车站、码头、贸易市场或者窑洞里，捎小鸡一样拎了回来。

我的大脚趾骨受伤了，在混战中使劲踢人的时候，被"青龙帮"的人挡了一刀。总结教训，这是缺乏格斗经验的表现。由于首次作案，所以大家作鸟兽轰散以后我彻底地慌了。记得我回头瞭了一眼地下的伤残和鲜血，就茫茫然四顾不知所往。回家，等于是往母亲周荣花伤口上抹盐。想了一下，当时只稍微想了一下，我就像个叫花子一样，一拐一拐地溜进了熟悉的星光瓷厂包装材料仓库。

男子汉一样，我缩在仓库里没有流泪。

我泪水的泉源，似乎已在心底枯竭。

躲藏的时候，有一个因家事没有上阵的同伙在偷偷地给我送饭。后来我的三姐姐于红红也清楚了窝藏的地点，一向精明的于红红就接替了这种偷偷摸摸的地下工作。于红红除了送饭，甚至还弄来了红汞药水、毯子和一些馒头。"飞飞你不要乱动，要什么东西你跟我说，我想办法给你弄来。"

于红红的样子越来越有些近似于大姐于东东的漂亮。她眼睛很亮，聪明。打小于红红就很适合从事这种秘密而危险的劳作。她有点崇拜我这个勇猛顽强敢打敢拼的弟弟。于红红很懂事很坚强地没有把真相告诉给家人。这是她自信的性格。大概她以为她有能力，把我一直这么偷偷地养活下去。

但是这一夜我辗转反侧。我在禾秆堆里像炸油条一样煎熬了很久。在因为疲劳睡着的时候，我就做了一个日有所想的噩梦，我梦见在奔赴刑场的解放牌汽车上，马经堂他们绑押着我的父亲。五花大绑，绳子紧紧地勒着像绑一个重要的包裹。脖子背后插着一杆标牌，标牌从后脑勺上树起，标牌上写有于家男的姓名并用红笔狠狠地画了叉叉。

于家男比押他的人都高出一截。即使是让他跪着，标牌也增添了他的瘦长。

是听到"砰"一声枪响时，我才被捕的。我看见父亲脑袋开花的时候，"啊"叫一下吓

醒过来。我不寒而栗。

我睁开眼睛，仓库里的灯泡其时已被全部打开，但是几个手电筒的光柱还是直抵着自己脑门。印象之中，强光像探照灯一样非常刺眼。面对强光我依然糊里糊涂，我似乎还在梦中的刑场。我于是渐渐就看到甘蔗一样瘦条的张步秀他们拿着铐子，冷冰冰地站在自己面前。

我悲伤地抬起脑壳。

我爸爸被枪毙了吗？我哭着嗓子问。

我擦了擦眼睛，问："这不是在刑场上吗？"

但是等到我脑瓜子清醒之后，我在禾秆堆里爬不起来，我的大脚趾骨头在混战之中很可能已被砍断，只一些皮筋在牵扯着松脱的趾头。在执法者面前，我用手尝试着支撑了几次，几次都是以我再次倒下作为挣扎的结局。

脚趾头一吊一吊，右脚板肿胀得像一个刚出锅的面包，脓血似破了馅的汤圆在伤口处淤积并缓缓流淌。干爽的禾秆堆有些打滑，我痛苦地咧咧嘴巴。因为没有及时地得到医疗的缘故，砍断的部位已经红肿发炎、动则钻心。因此被捕的时候，我还享受了一回被瘸病壳张步秀背负的待遇。

抓人的民警和民兵当时一共五个。五个人相互对望，却没有一个人想去帮助我这个不能动弹的残废。这时候张步秀慢慢蹲了下来，张步秀让我小心地趴在他骨瘦如柴的肩上，然后用双手反过身去托我的屁股。

"呃嘿呃嘿"。我伏在张步秀瘦小的背上，一路能都感受到张步秀骨骼的硬扎和胸腔的抽气。深秋，蟋蟀的叫声已经细若游丝，深夜的弄堂还有一丝丝寒气。一路上谁也没有说话。行走的脚步声"哗啦哗啦"地在半夜的弄堂里，显得异常单调和夸张。

"是不是你杀了马博？"

我咬着牙齿说："是我杀了马博。"

"可是据别人交代，是查云华拿刀子杀了马博的。"

我说："刀子是我的，我凭什么拿给他杀人。"

"为什么要杀马博？"

"因为我非常想杀马博。"

"你不要撒谎。"张步秀警告我说，"杀人是要偿命的！"

"我没有撒谎。"

"我们不会听信你的一面之词的。"瘸病壳张步秀"砰"一下合上了记录本子。

审讯进展得非常顺利，声音都像是家庭成员里的平和的对话。这出乎专搞少年案子的张步秀的意料。面对我的坚持和顽固，痨病壳张步秀无话可说。我清楚自己入伙打杀的动机，我甚至心甘情愿承担凶手的重大责任，所以我用手指在笔录上按指纹的时候，我看见张步秀心事重重的样子，突然就有种说不出来的胸闷和感激。

我真的不怎么害怕。

我毕竟是个小孩。

但是，我依然能感觉到张步秀的疲惫。不是那种体力的消耗而是精神上的疲惫。当公安已经有好几年了，但他从来都没有产生过这种脓包似的感觉。审讯室里空气非常憋闷，要下雨的样子，墙壁上好像还有些潮湿的迹象，破桌子也摇摇晃晃不好记录，再就是大号的电灯泡子吊在他们的头顶，灯泡的光芒像金针一样不断在射击着他的眼睑和眉心。

在审讯完毕后，张步秀还有些不大甘心，他走过去蹲下来查看我脚上的伤口，他抬头问："你的脚板能不能摆动？"我说："摆动好痛。"张步秀用手掌比画着说："你这样翘一下看看。"我立即就大叫起来："哎哟哎哟，好痛好痛"。于是张步秀就在笔录纸后面，婆婆妈妈地加上一句——脚趾骨断裂，急需医治。

"你的脚趾头很可能就这样毁掉了……你，晓不晓得在这之前，郝国宝已经撤回了对你父亲的检举？"

"但是，你们一直都没有放过我的父亲。"

"放心，定性的问题你放心。"张步秀说。张步秀大概真的不能胜任政法工作了，这些啰里啰唆的语言，对于他本职而言完全属于禁忌的范畴。他的同事为此暗暗用手推了他一下，以表示善意的制止和警告。

看守所的干警进来带人来了。

"他不是反革命，他不会反革命这你清楚。"我扭过头来大声说，"他是冤枉的，他不可能写反动标语！"

我就这样被押了进去。看守所的两个人一边一个搀着夹着，但依然阻拦不住我回头频频向张步秀发出的声音。凌晨，长长的走廊狭小而幽暗，声音在长廊里横冲直撞。一跛一跛，我们走得很慢。张步秀一直站在我后面看着我走进去。张步秀被我的叫喊搞得情绪焦躁。

"这是一个懂事的小鬼。"

"他妈的，这帮小鬼全被事情给弄毁了！"

我一瘸一瘸，泪流满面。

我一个脚趾头因断掉了筋骨，于那年的秋天彻底残废……

25. 瓷石矿

像是避一避风头或者挫一挫我的锐气，在父亲于家男案子作结的那段时期，我在我大伯于家驹改造的浮西山沟林场的矿山，生活了一小段时间。

去浮西山沟林场的矿山之前，在我的想象里，大伯于家驹一定是幸福地生活在溪水潺潺、鸟语花香的森林之中。何况那里还有我非常想念而又从不回家的二姐于方方。于是，我就爽快地答应跟随于家驹，搭乘一辆装粪的拖拉机"突突突突"地来到了浮西。

一路上，屎尿在车斗粪罐中荡来荡去、臭气熏天。

像榫卯一样，我们拥挤在驾驶台有限的空间里。路，似乎比去港口村的路平坦一些。但是没有顶棚，一路上露天被晒得脑壳上出油，情绪上焦躁。幸好风是从前面源源不断向后吹拂，否则恶心的臭气，会把我的肠子都要熏呕出来。矮墩墩黑黝黝的司机却一路有说有笑，讨好一样递着劣质的纸烟，高兴的时候还用乌七八糟的臭手拍拍我的肩膀。

山沟里为什么要专门派一辆拖拉机，到这么远的镇上来装一罐镇上人不要的大粪呢？

沿路上都看到有运瓷土的货车，我们怎么就偏偏要搭坐臭烘烘的拖拉机呢？

于家驹吸一根皱巴巴的纸烟，无动于衷。

他到山沟里的收获是学会了吸烟。

带我去浮西的事情，是我大伯于家驹他主动提出来的。

"飞飞还是跟着我去过——更好。"于家驹的声音坚决而低沉。在那个"过"字上他停顿了一下,有想过继我做儿子的意思包含在里面。那是在看守所门口,大伯于家驹用征求意见的目光期待地看着我母亲。

大伯伯一直都是单身。大伯于家驹因此一直以来都想我做他的儿子。我的学习成绩很好,尤其是语文,作文经常被那个年纪很大的老师当作范文在班上朗读,学期结束的时候也总是要领一张奖状回家。于是,他总是带我去镇机关图书室,跟我借一些《高玉宝》《林海雪原》《闪闪的红星》《红岩》之类的书给我。

在我被一拐一拐地被释放出看守所的那一天,看到我两眼无神、蓬头垢面,我母亲周荣花实际上也萌生出这种放下包袱的企图。镇上确实是很乱。主犯查云华和疤子郝国宝,都被送进了地区少管所劳教,我和汪矮子等人幸免于难。心里面搁着石头,家里面就像一团麻绳。她承认在管束我的问题上,她已经筋疲力尽无能为力,但是她羞于启齿。

再强悍的人,也抵不过困境的逼迫。

在午后的太阳底下,周荣花欲言又止的信号,被我聪慧敏锐的大伯瞬间捕获。我大伯于家驹站在看守所门口的屋檐底下,摸摸我的肩膀。我母亲周荣花反倒有些不好意思。先前大伯于家驹在位的时候,出于喜欢,曾提出过让我到他家去搭铺睡觉的建议,当时竟遭到我母亲"金窝银窝不如自家的狗窝"的尖锐的抵触。

近午时分,在一个山坳溪水边的三岔路口上,经过反复的客气和谢绝,拖拉机手终于熄火让我们下车。矮墩墩黑黝黝的拖拉机手的意思是,把我们送到矿上他再回头,而于家驹则坚决地不肯。我纳闷他为什么这么固执,但又不敢多言,于是溪水里洗一洗手脸之后,就跟在屁股后面拎一个帆布提包,吃力地一拐一拐,上坡下岭走了大概三公里长的山路。

我浑身的骨头,都被拖拉机震散了架子。

又累又饿。还热。

而于家驹走在前面连头都不回一个。

终于,我看到了一个光秃秃的没有植被的山坡和听到了人声。那个绿色山体的右肩膀,被打斜里劈掉了一半。灌进我眼睛的是被一片太阳反射出来的耀眼的青白。人和板车和灰尘,到处裸露着青白色的石头,大大小小。有很多戴安全帽的矿工在汗流浃背地做事:挑担子的、拖板车的、往货车上装石头的;平坦的地方,有人抢着大锤在砸碎躺在地上的石头;在裸露的山体岩石上,还有矿工在"叮里当啷"地开凿炮眼。

"矿区内是不能随随便便进去的。"于家驹这才开口。

从小路绕过矿区,来到南面悬崖下面的六七排平房前像是矿工生活区的地方。其

中唯一最高处的那一排,屋顶正中间树了一面红旗有些鹤立鸡群——因为不是竹木而是砖砌的平房,周边的檐沟、晒场、篮球架等水泥砖块的铺垫,也稍微显得有些干净平整。还因为平房的墙边,竖了一块用红漆书写的"浮西山沟林场瓷石矿"的大牌子。

把行李丢在最边上的一个铺上的时候,我内心大失所望。

这是一间从厨房边上用篾片隔出来的小房,墙角里随便丢着套鞋、竹筐、大锤与麻绳之类,隔壁有油烟和辣椒气味阵阵扑来,呛得人难受。有一根闪亮的高级钢笔和一本厚厚的《桐柏英雄》吸引了我的眼球。那一张破旧的课桌挨着窗户,窗框上排列有序地钉了几枚钉子,钉子上挂着几本小学生的数学练习本子,本子封面上写着,"瓷石矿各连部月开采统计账本""各瓷厂瓷石月运出记录账本",以及"各班排月爆破炸药领取登记本"等等——我大伯伯于家驹,很可能在瓷石矿从事着统计员和保管员的工作。

我像个小狗一样无所谓跟哪个一起生活,因为这无关我痛痒。我当时就清楚,无论是跟着周荣花还是跟着于家驹,这都改变不了我的姓氏,甚至都无须改变称呼,更不用生离死别一样远走他乡。过继,不过是一宗换汤不换药的大人们的戏法。

我甚至还细心地想过——虽然我是从于家男和周荣花身上一脉相承的血肉,但是父母亲一个自身不保,另一个一身烦恼,唯有大伯于家驹已经别开了繁忙的公务。而我作为一个需要消耗的物体,无论从经济还是从精力来说,还不如一头倒在大伯伯怀里,好让他在寂寞的时候感觉到,累赘赋予的充足和踏实。

我问我大伯余家驹:"我二姐呢?"

"她下放在古田大队,离这里九里路,就是那个拖拉机去的方向。"

"我什么时候可以去看她?"

"过两天她会来看你。"于家驹用一个落了漆的搪瓷茶缸,舀了半缸冷开水给我,说,"你不要三心二意,你要在这里静下心来看一看自己的课本。"

我当然想静下心来。进过看守所的人都有这个体会,我没有什么大不了的情绪。相比于"蚊子"查云华而言,我觉得自己非常庆幸——至少我还待在"外面",至少我父母亲都还健在,我姐姐三个都安好无恙,而且还有一个大伯作为遮风挡雨的大树。我所经历的一切,该过去的都已经像洪水一样统统过去,留存下来的不过是一片需要晾干的污泥。

第三天头上,我二姐于方方就来了。"突突突"的粪车一直开到平房的门口,我就知道是那个矮墩墩黑黝黝的拖拉机手带她来的。我都闻到了一股臭味。隔着窗口,我几乎认不出二姐。像一个刚刚出院的病人一样,她瘦得吓人。又黄又瘦,衣服还是那件洗得发黄的军装,脚上是一双黏有干泥巴的塑料凉鞋,连那两条好看的辫子她都剪了,留下一头农村妇女土不啦叽的齐耳短发。

她没有急于进门，而是趴在前排的屋角上，通过窗外望着我流泪。

这时候，我就知道她在山沟里的生活和心情。我也哭了。

于方方以试探的口气说，她想带我去她的古田大队住一段时期。但是于家驹果断地把头摇成一个拨浪鼓的状态。于家驹很严肃的样子，说"飞飞很容易惹祸"。

拖拉机手只穿了一件破烂的白色汗衫，上面油迹斑斑有些像粪便的颜色。他自始至终跟奴才一样站在我二姐的身边，于家驹指着边上的竹椅叫他坐他都不坐。我想不到许久不见的姐弟，就这样简简单单地会了一面。中午，大伯在隔壁厨房里用盘子装来几个荤菜，二姐姐和她的那个拖拉机手，就狼吞虎咽地吃完了堆起来的三大碗米饭。

分开的时候，我们姐弟俩又流了几滴猫尿。

二姐姐于方方走了以后，于家驹也没有其他办法，只有带我去那些暗矿的竖井和横洞去转一转。可是没什么意思，不就是用绞车绳索将矿石吊出，或者用拖斗将矿石拖出来的地方吗？说是这些石头含石英、绢云母等等成分，但是它们跟我们有什么关系呢？瓷石矿不过就是把石头开采出来，再砸成二十公斤以下的块头，让人家拖去碾碎，淘洗，最后变成制瓷的泥巴原料，这么一个简单吃力的单位。

144

大伯于家驹黔驴技穷，只有请厨房里的采购员在买菜的时候，到附近村庄上帮我买来一条土狗崽子。这条毛茸茸的没有一根杂毛的黄色小狗，见面就前后左右地跟着我欢蹦乱跳，连拉屎拉尿都跟着我钻进树林草丛。我这才在精神上有些起色，课本上的作业才正常完成，睡觉前躺在铺上看一阵子他那一本长篇小说《桐柏英雄》，有兴趣的时候还跟着大伯去连队帮着计算矿工的产量。

总记得那段时间一直没有下雨，天空干巴巴的。

到了矿上以后，不知怎么搞的，大伯竟然经常一个人往瓷器镇跑。他很是放心地把我一个人丢在瓷石矿上，他甚至在镇上一住就是几天或者一周。也不告诉我什么原因。好在我已经能够自理。我就总是在自作聪明地想：矿长都让他擅离职守，一定是公家有什么事情让他在镇上办理。

但是"按下了葫芦浮起瓢"，矿上这边出现了问题，二姐姐于方方控制不住情绪，三天两头就到瓷石矿来一次。带板栗来，带榧子来，带猕猴桃来，带松子来……有时候甚至是耽误手头的农活，一个人不带拖拉机手自己走来。常常在我做作业的时候，或者是遛狗遛到前面矿工生活区里。她来了以后还羞答答地有躲着大伯的意思，像嫁出去的小媳妇一样，轻轻摸摸我头或者捏捏我腮帮，拐弯抹角地打听镇上的这个或者那个，一点都没有了当年红卫兵干将"巾帼英雄"的干脆和勇猛。

二姐问的更多的当然是我们的父亲。

我没有多说，我知道说这些只有坏处没有好处。

那个新买来的黄狗崽子都跟她熟了，像是有感应一样，人还没到，两三里开外它就嗷嗷地冲对面山道上嚎叫。

"你说我怎么办呢？"二姐于方方问我。

我说："你回家吧。"

"我回家干什么呢？"

"……"

"我回家有意思吗？"

"……"

关键的时期我当然不愿意她回家。但是古田村就她一个知青，只有十三里之外的秧畈才有四个知青。浮西乡政府所在地才有一个乱七八糟的知青点窝棚。瓷石矿又不招收女工。当初二姐姐下狠心的时候只知道走得越远越好，去越偏僻越贫困的地方越能锻炼和施展自己。

"我得赶紧回去。"于方方像是有急事一样，就突然跳起身来，招呼也不打一个，中饭也不吃，就匆匆忙忙往古田村回跑。厨房里的老范夫妻俩叫都叫不住。

我爬到高坡上看着她一个人回去。弯弯曲曲的羊肠小道到山坳处才淹没在林海。在人的影子越来越小、越来越小的时候，我突然"哇"的一声痛哭起来。"阿黄"很懂事地舔着我的脚背，在边上也"呜呜呜"地替我伤心。那一天，我很晚很晚都不能入睡。

厨房里的老范夫妻俩、矿区值班室的王师傅，还有矿长、前两排住的媳妇小菊和曾桂枝他们，都把看到的这些事，告诉了我的大伯伯于家驹。于家驹在黄昏的时候就一个人蹲到悬崖上面，俯视着矿区抽着烟想了很久很久。

那一天，我发现他老了。他身上多了一个黑色的袖套，用绷针别在手臂上。他蹲在那里想事的时候，眼圈上有明显的皱纹和黑影。

他想了很久的结果，是就着元旦休息两天的时间，他也不跟我商量，就突然搭乘了一辆国营华兴瓷厂运瓷石出山的货车，将我从浮西山沟林场的矿区带回了瓷器镇。

"不告诉二姐一声吗？"我上车的时候问他。

"算了，省得她难过。"他说，"平时我回去的时候，也从来都没有跟她打过招呼，她也从来没跟我说过要跟我一起回镇。"

这就是当时，我在浮西山沟林场的矿山生活的简单经过。

结果，我把那个小土狗"阿黄"都忘记在矿区。

26. 疯子

　　据好事者统计,瓷器镇在新中国成立以后一共出现过四个著名的疯子。这四个疯子分别是:马博的母亲——马经堂的老婆、京剧团的花旦卫天香,镇中心学校的女校长赵飞燕,汪麻子主任的儿子汪矮子,镇公安派出所的民警痨病壳张步秀。

　　没有人想到,张步秀会疯掉。

　　这就是我在瓷石矿的那段时间,瓷器镇上发生的大事。

　　按理说张步秀的结局,应该是由于肺部病情的恶化咳嗽咳死的。有一段时期,镇上的人都看到他"呃嘿呃嘿"的咳嗽,变得越来越急促和频繁。在家门口,在办公室,在路上,他弓着瘦小的腰身,像骨刺卡到喉咙的瘦猫一样,咳得嘴巴都要接近地面。空气中传递着强烈的声波,阳光中可以看到跳蚤一样的灰尘,在惊恐地起伏翻滚。很多熟悉他的人都在替他担心。大家唯恐哪一天,张步秀将眼睛里的毛细血管咳爆,将喉咙管咳破,或者将肺叶咳碎成一块一块红色的豆腐呕吐出来。

　　在一九七三年深秋的日子里,我大伯于家驹在前街,都看到过他蹲在沟边上一咳一搐的痛苦样子。剧烈的咳嗽,致使他眼珠都胀出了根根血丝。

　　"你这样不行,你还是到地区医院去看看吧?"我大伯停下脚步,蹲下去把手放在张步秀的肩头说。

　　张步秀说:"我在等着撤销于家男的案子,一撤销我就去看病。"

　　后来我才知道,在那年天气变冷的季节里,我大伯于家驹,正在办理从浮西山沟林场的矿山调回瓷器镇的手续,以及处理另一件需要他上镇的大事。他断断续续待在镇

上的更主要原因,是想得到更多的信息和等候组织上的通知。传言是说准备恢复职务,但是好事多磨,任命的事情一拖再拖迟迟都不见任何的动静。于是,我大伯于家驹就跟一个已经退休的人一样,摇一把蒲扇,整天待在家里读报和养鱼,有时候也到大街上走动走动。

按说痨病壳张步秀也有空闲的时间,他手头的案子已经被人接手,卷宗都交了出去。但是他牛一样有些固执,如果他心里的疙瘩没有抚平,就是天大的事情也阻挡不了他努力的决心。那个深藏在他内心的疙瘩就是,我父亲被冤枉的错案。

——撤销冤案,就成了张步秀那段时期最上紧的内容。

首先,他找到了接手学校案子的办案人员,出示了一张一直保存在身边的,郝国宝提供的撤回检举的证明材料。但是办案人员将他骂了出来:"你他妈孬种!你经办的时候,为什么不去说服领导?你现在跑来为难我们,你什么意思?"

当时,办案子的人都关在办公室里打挂胡须的扑克。有两个人嘴边上还贴了许多纸做的须须。张步秀说明来意后,大家都停下了手里的游戏,有人借机扯下胡须恶狠狠地骂他,有人甚至到门背后去找扫他出门的笤帚。

接下来,张步秀顶着秋风去找汪麻子主任。虽然还躺在床上,但是汪主任的儿子汪矮子已经转危为安。这又是最好的机会。张步秀想出了一个找汪麻子的幌子,"官不打送礼的,狗不咬屙屎的",他自己掏钱买了一篮子水果糕点,提去看望他正在康复之中的汪矮子。

事实果然有些见效。汪麻子的老婆,在利益上是一个十分俗气而贪婪的女人。他老婆面对张步秀拎去的一大篮子价格不菲的东西,脸上立即就表现出浓厚而欣喜的情绪。她殷勤地微笑,让座,递烟,倒茶,进进出出忙碌得如同一个滚动的磨盘。

但是,架不住那一天马经堂也在旁边。马经堂说:"你还年轻。"

这时候麻子的老婆也是好心,为了缓解紧张的气氛,又上前来给张步秀的茶杯续水。续水时偌大的屁股正对着麻子的面孔,麻子突然就在屁股后面起身冲着老婆发火:"你在边上走来走去干什么?我们谈革命工作你在边上干什么?"吓得他老婆慌里慌张退下去不敢吭声。

汪麻子已经发脾气了。他指着篮子高声吼叫:"你跟我把东西拿出去,你不要拿这些糖衣炮弹来跟我说情,要不是看在你出身过硬的分上,我连你一起都送去审查!"

事情毫无进展,同时自己还被搭拉进去。头脑简单的痨病壳就像一只虫蚁,当然咬不动瓷器镇这棵盘根错节的大树。他无能为力。他只有等待冬天,让干冷和寒风,枯死和吹掉树上繁茂的残枝败叶。于是,他不再赶清早去办公室扫地、抹桌子和打开水;他用大多数的时间躲缩在自己的被窝里，尽量控制着来自于肺部的疼痒——他以为，天会越来越冷。

也就是于这一年接近年末的时候，在瓷器镇的人都准备添加衣服的时候，天气有几天却突然反常回暖。阳光突然强烈发烫，风扬起干燥的尘灰，张步秀只好减轻被盖，人们在燥热中脱掉毛线衣和绒裤。在这"回光返照"的几天当中，我父亲正在被审查的冤案，终于突然被组织上宣布撤销。一大摞卷宗，被镇里的办案人员放在大院的墙角上点火焚烧。除我之外的所有于家男的家属，都亲临了大院的焚烧现场。我父亲于家男脸上被蒙上一条毛巾，静静地平躺在一辆大板车上，被拖出了被羁押的房间。

——于家男因心脏病突发，于某一天的深夜暴毙。

我父亲于家男一直都有这个毛病。

而那心肌梗塞，选择在一九七三年被审查期间的一个深夜里爆发。天灾没有人能够抗拒，于家男也像我爷爷那样两眼一闭，拍拍身上的灰尘将身上的事情一了百了。即使是在家里，就好比是癌症，像这样严重而突发的心脏急症，连上帝都无法拯救——这就是我们全家，当时对医学的肤浅认知。"心脏已严重老化，除非换一个心脏"。包括后来县里派来的法医，也这么安抚或蒙蔽着我的母亲和姐姐。

对于这么一个"科学"的说法，连大伯于家驹都予以了默认。

像尊雕塑一样面对现状，似乎是悲痛万分，又像是如释重负，据说他抽着烟长长吐气并一言不发。家里人也都沉浸在无可奈何的悲伤之中。回想起那个时候，我至今都坚定地以为——亲朋们当时的集体沉默，是因为都目击到那个案子的卷宗，在熊熊火焰里的燃烧——就像是在销毁一堆不堪卒读的淫秽书刊，所有的长期积压于大家内心的一切恐惧与沉重，都终于在寒风中灰飞烟灭。

母亲仰天长叹。

之前我去过多次于家男暴毙的地方，在大院礼堂背后一间的逼仄更衣室里面。送饭的时候我曾经看见，在平时不让进去的演员更衣室里面，摆放着一些木头和纸做的道具。有一个蒲扇大小的窗户，是光线和空气进去的唯一渠道。里面低矮、昏暗、潮湿，有好些蜘蛛网在墙角和顶板上一晃一晃。

据瓷器镇上的很多人回忆：那一年，被汪麻子驱逐出家门的张步秀，于我父亲死后的第四天，照常拖着他棉花一样的腿脚走去上班。他还稀里糊涂地被蒙在鼓里。那一天他去得很晚。几乎晚到了日上中天，晚到了大院里风平浪静，晚到了张步秀人还没有走进大院，就莫名其妙地看到院子里的动静有点异常。许多人聚在一起交头接耳嘀嘀咕咕。

他立马咳嗽。

没有一点头绪的他径自走进办公大楼,这时他感觉已经到很累很累了。脑袋里嗡嗡嗡嗡,眉心处有些钻痛。他想坐下来喝杯茶以稳定稳定自己的情绪,但是他咳嗽得不行。他来到自己的办公室的门边,开锁,推门,丢下钥匙,然后找一把藤椅将自己的躯体安放下去。

结果屁股还没有坐热,茶水也没有喝到,门口就有两个政工科的人进来通知他脱下警察制服。

"没有办法的事情,我们是来例行公事的。"一个说。

另一个说:"你已经被调离岗位,你下午就到星光瓷厂烧炼车间报到。"

两个人向他出示了盖有印章的红头文件。

两个人一左一右挟持一样在他旁边站着。张步秀坐在那里没动,张步秀仰头,用他一双凹陷在眉骨中的大眼睛两边看看,张步秀就开始在左右夹击的形势下哈哈大笑。笑声在走廊里像旋风一样回荡。

149

在笑声中,张步秀英雄般地慢慢地解开了自己的扣子和皮带。因为天热上身没穿内衣,所以退下制服以后,他只剩下了一条单薄的短裤。他排骨根根非常的消瘦。他就这样赤膊短裤走出了大院,走上了前街的街面。面对街上无数双吃惊的眼睛,他无视寒冷,不怕羞耻,没有尊严,像个卖排骨的人一样,拍着肋骨在外头仰面大笑。

一九七三年的初冬,痨病壳张步秀被清除出瓷器镇的政法队伍。清除的文字决定,至今还保存在政府档案室的抽屉里面,有案可稽。

"呃嘿呃嘿,呃嘿呃嘿。"

后来,瓷器镇人就经常在大街上看到一个干瘦的排骨根根的疯子。疯子手舞足蹈,疯子满街乱跑,疯子一边跑一边咳嗽。瓷器镇的镇民,这才在他咳出的浓痰里面,看到有鲜红的血丝。

镇上有一个女人,收养了张步秀疯子。

这是一个面容姣好而体形丰硕的女人。在刮大风的初冬,大家都看到女人拿着一套毛线衣艰难地跟在疯子的后面。女人泪流满面,女人一直跟着疯子,跟到了他最后哗啦哗啦吐血的那天。这个女人的名字叫做冯大妹。

瓷器镇上还有个疯子,他很斯文。

他不喊不叫,不跑不笑。这个斯斯文文的疯子,就是脑壳上口子已经完全愈合的汪矮子。汪矮子这个时候已经可以在街上,跟牛羊一样漫无目的地行走了。但是他行走的姿势是,斜着眼睛,淌着口水,两只脚跌跌撞撞像搅麻花一般。汪麻子的老婆,当然地承担了放牧的角色。这个牧人经常一把眼泪一把鼻涕地拦着路人数落和哀叹。

——好好的人变成这个样子，我们前世作了什么恶哟？我们前世作了什么恶哟？

汪矮子走路的时候脖子僵硬，脑袋连着脖子像根石柱子一样不能转动。"喔，喔、喔、喔……"他喊着，他只知道行走而不认得回家。石头噗噗地丢在他的头上他都无动于衷。严重的脑震荡，致使他今生再也感受不到痛苦的滋味。

他幸福无疆。

27. 养父

当时，我确实是跟着大伯于家驹生活过一段时期。

我跟在他屁股后面。真有点像是过继过去跟着他做他的儿子一样，他在我身上也试图精心充当起父亲和母亲两种角色。他细心地帮我准备了一套餐具、一床铺盖，添置了一些学习和生活用品。甚至跟妇女同志一样，他主动给我洗一洗汗衫，弄一弄饭菜，查一查作业，催一催上学和睡觉的时间，讲一讲他认为该讲的人生道理，以及半夜里还记得叫我起床拉尿。

所有的这一切，大约都发生在他官复原职之前的那段时间。

我不知道，像他这种样板戏里"高大全"似的男人，为什么一直没有结婚。他宽额、剑眉、大耳、直鼻、方口，以及硬朗的身板。自转业到地方做干部以后，他就这样单身来单身去，不慌不忙地一直打了二十几年的光棍。爷爷奶奶埋怨过，我父亲母亲也催促过，甚至连镇上的同事朋友，也曾开玩笑地替他牵过线做过媒。可是于家驹，他自己不是以这个方式，就是用那种理由，帮自己圆场和开脱。

他把当年爷爷住的房间腾出来让给我住，他自己住对面的另一个房间。

在客厅里面，于中堂毛主席画像的右下角，他贴上了我学校的《课程表》，在左下角还贴了一排我在学校曾经获得的奖状。前院有他种植的月季，他经常手把手地教我去松土、剪枝和浇水。在八仙桌下面有一口大瓷器鱼缸，他又总叫我记得帮他喂食，以及清理里面的鱼屎等等肮脏杂质。我们一大一小的两个和尚，就这样在前街的一个老房子里面，过上了寺庙一样的清净生活。

于是前街的那个土府屋里,这才开始有点像一个小家庭的样子,有点婆婆妈妈的生活氛围。我母亲周荣花,有时候也过来帮忙晒晒棉被,拿棉衣和床单等大件的东西去洗。养父于家驹很高兴地对我说:"飞飞,两边你都可以住,龙缸弄的那个阁楼房间你妈妈也帮你空着,你要想你姐姐的时候,你跟我打声招呼就是。"

崭新的家庭生活,让这个一直就孤身只影的人喜形于色。

这更叫我稀里糊涂。据说当初镇上曾经有不少的姑娘在对他暗送秋波、蠢蠢欲动。坊间传说中最厉害的一个版本,就是指定一直在为于家驹不嫁的镇广播站播音员林苑。年轻漂亮的林苑都做过攻城的尝试,于家男也曾放下过吊桥,但是当女人的大腿真正一迈进城门,他就以马大哈似的态度,坐怀不乱地对待挑衅与侵略——他根本不去短兵相接。

可是,他根本就不是马大哈。

于家驹是一位公认的、智慧绝顶的地方干部。他写上报的材料能够写进领导的心坎,做思想工作也会深入浅出语重心长,管理集镇也能围绕着中心井井有条开拓进取。关心过他的人帮他推算过,如果他及时成家,估计他的孩子不说是已经当上了红卫兵小将,至少也可以提瓶子上街打酱油了。

"我们能不能,什么时候到浮西瓷石矿去把我的小狗狗带来?"有一天我突然心血来潮,门都没敲就推开他的房间对他说。

他当时吓了一跳,好像是坐不稳一样身子一侧,屁股下的大搪瓷痰盂都险些被打翻。我非常奇怪的是——他竟是窸窸窣窣坐在痰盂上拉尿,像个女人一样。我突然的闯入,竟让他脸红耳赤、结结巴巴。

"就后天吧……后天,你先出去……你出去吧。"他不加思索地答应。

"后天一定啊!"我退出来。我感觉自己的行为是有些莽撞。

"一定一定。应该把它带来,后天星期天正好有货车进去运瓷土。"

"是不是把二姐于方方一起接来?"我得寸进尺。

于家驹停顿了一下:"这得看她自己。她要是真想回来一趟,也用不着我们到古田去请,乡里到镇上的班车一个星期都有两趟。"

我无话可说,只有在期待中等"后天"的到来。那一次就那样稀里糊涂地过去,因为期待着与小狗见面的后天,我并没有对他反常的举止做过多过细的思考。但是,叫我想不到的是,我在等待中的"后天",成了我以后在作品中看到的"戈多"。因为第三天县里来了领导,还有一个地区委员会的组织部部长。不用说都已经清楚:瓷器镇突然召开一个全镇的干部大会,于家驹官复原职,被宣布为瓷器镇人民政府镇长。

星期天我休息在家。那一天我不知道在召开全镇干部大会，大清早还在床上的时候，只听到于家驹说"我到镇上开个会就来"。真不是我编故事。那天，我既没有去龙缸弄度过周末，也没有去找"九剑帮"的兄弟鬼混，我就坐在屋里傻傻地等啊等啊，想等他开完会回来，一同去浮西接我的小狗。

但是，等到中午十二点多钟，有人路过门口通知我说："于镇长叫你先到你妈妈那里去吃中饭，他在陪上面的领导喝酒"。于是我跑到龙缸弄去吃了一顿妈妈和姐姐的残羹剩饭，又乖乖地回到家里等他回来。那天下午三点多钟，他终于回来了，可是他不能够陪我去浮西的矿上。并不是没有货车，而是他喝多了一点马尿。他脸红耳赤摇摇晃晃地被人搀扶进屋，然后沉重得就像一袋过性的水泥一样，仰面倒在床上呼噜呼噜地睡觉。那一天，他那臭鞋子臭袜子还是我帮他脱的，他吐在床前的肮脏东西，也是我上去清扫并倒掉。

第二天他向我致歉。

但我并没有怪他的意思，反而在替他高兴。

我自己也感到骄傲和自豪。我就在骄傲和自豪当中，过着平淡似水的生活。

有一天我放学回家，看见八仙桌上压着一个纸条、三两粮票和两角钱钞票。养父于家驹在纸条上写道："我到匣钵厂去了，中午你拿这些钱和粮票去买吃的。"这正是我高兴的事情。我正准备出门开开洋荤，母亲周荣花拿着饭盒走进了大门。她说："我听到弄里的曹师傅说，他刚刚看到你大伯坐吉普车过石孔桥去了河西。"

那天下午放学以后，于家驹也回来了。

他兴奋地说："我们改善一下生活，晚餐就到镇政府食堂里去吃猪泡肺。"

到了食堂我就像过年一样，端着一大碗既油又辣的泡肺汤，用筷子稀里呼噜往嘴里喂猪肺片，以及哗哗地喝滚烫滚烫的鲜汤。于家驹在一边喝着小酒，一边笑眯眯看着我猛吃。吃过以后擦一擦嘴巴，我这才发现自己把自己吃得满头冒汗，头发尖尖上滴水，同时也把自己的小肚子撑得跟皮球一般滚圆滚圆。

就在那一天的下半夜，我又一次发现了他的古怪。这事已经是第二次了，再懵里懵懂的人都不会不作深入的思考。因为我听到响声，以为他喝了酒需要茶水，就闯到他房间，结果我的突然推门，致使他又神色慌张地赶我出来。"没事……没事，你出去，出去！"他又是坐在那个大搪瓷痰盂上赶我。我站在他门口，听到了一长串淅淅沥沥的拉尿的声音后，就听到他倒在床上的重重的响声。

我恍然大悟，终于知道了大伯于家驹的一个深藏不露的天大的秘密——但我知道，这是他自己的事情，这种事情在外面我不能随便乱说。甚至包括我的姐姐和母亲。

就这样浑浑噩噩和心照不宣，我在于家驹身边维持了一个多月的寄养生活。

镇长就像个陀螺，工作的鞭子抽得他没日没夜地旋转。于家驹仿佛在补偿曾失去的时间，又正巧碰上国家开始抓经济工作的形势。他在用餐的时候不能正点回家，天黑以后依然在外面开会。家长状态的突然变化，给予我信马由缰的散漫，也使得我始料未及的母亲措手不及、哑口无言。

在那段时间里，也正是我顺风顺水的时候。

重返瓷器镇以后，避着大人，我们"九剑帮"又死灰复燃、偷偷聚集。因为"蚊子"不在，实际我已经在"九剑帮"中被兄弟们簇拥为核心。校内校外的大好形势，都有利于我们团队的繁荣发展。虽然我们没有九把利剑，只剩七个鸟人，但是我们暗暗拥有了三把自制的弹弓、两把打火柴杆子和一把可以射出钢子的药枪。我想，我们不能轻易开仗，但也绝不能在镇上像一帮缩头乌龟。因此，我们像还乡团一样抢占乒乓球桌，开些下流的玩笑，叫板不给面子的团伙。我们还经常耀武扬威地坐在高地上，然后传来传去地吸一根带各种口水的香烟。

在去矿山的事情上，于家驹见到我就不好意思。

见到我，就又再次约去浮西矿山的时间。他已经像躲债的人一样，见到我就说"下次下次，下次一定"。但他都这样跟我说"下次"说过三次，说得连他自己都认为自己再次的承诺，成了言而无信的敷衍或搪塞。

他确实是无脸以对我这个养子。因为我都不理他了，在床上翻转身拿屁股对着他的脸面，上学时书包一背，招呼都不打，一个人就气鼓鼓地出门。我都不作这个镇长的指望了，有时候甚至放学后就直接往龙缸弄奔跑。

最后，在一次即将出差的前夕，他低三下四地跟我商量："明天我们去浮西西沟林场矿上好不好？"他说："这回是真的，不搭货车了，我已经约好了吉普车司机。"他还说："这回骗你我就是小狗！"

第二天真的就去了，这一次没有食言。第二天他讨好地请我坐在副驾驶的位子上，而他们三个人高马大的大男人，却缩手缩脚地拥挤在后座上说话。那三个大男人分别是：我的大伯、余副镇长和办公室主任孟思琦。马上就要见到我黄色的小狗了。我不管他们许多，我愉快地拉开车窗，一路上任呼呼的山风抚慰着我急促的心情。

快到矿上的那个三岔路口，竟有矿长几个人早在那个山坳溪水边恭候。一路上听后面的谈话我已经知道。于家驹这次不是为专门接我的小黄狗而来，而是带着任务来矿山调研瓷石矿藏的储量和开采能力的情况。反正我就要见到我的"阿黄"了，所以我不管他们听不听汇报、进不进矿区、开不开座谈会。我一推开车门，就发疯一样朝矿上

154

的生活管理区,那最后一排平房里奔去。我破开嗓门一路呼喊着:"阿黄……阿黄……阿黄……"

我想不到的是——我的小黄狗已经死了!

噩耗,是厨房里的老范夫妻俩告诉我的。

老范两夫妻驼着背,像个犯了法的罪犯一样,早站在我大伯曾经住过的房间门口。他们手里战战兢兢地抱着一个我根本就不认识的黑狗,黑狗也是一条小狗。老范告诉我,小黄狗是在三天前死的,死在出矿山的那个三岔路口。一辆装满瓷石的货车将黄狗压成了血肉模糊的肉饼。因为自从我离开矿山之后,小黄狗像掉了魂似的锁都锁它不住,每天清早一醒来就跑到那个三岔路口去等待。但它等到的却是——"轰隆轰隆"朝它身上碾过去的车轮!

听完消息后,我号啕大哭。

我"呜呜呜呜"坐在地上,泪水哗啦哗啦涌出,比死了父亲还要伤心。我甚至高高举起老范递给我的黑狗,恶狠狠地向流水沟里面摔去。我肆无忌惮地号啕大哭和小黑狗的狂叫,把正在开会的所有干部,都惊吓得跑出会场。

我无比痛恨瓷器镇镇长于家驹!

那一天的中饭,我一口都没有吃,我嗓门口堵着一块生硬的骨头;回来的路上也不再吭声,任谁谁跟我说话我都不理,我的泪水就像破了的自来水管一样,汩汩汩汩地流淌;回到家我一头倒在床上,将被盖蒙紧脑瓜,将一抽一搐的伤心,紧紧地紧紧地抵死我痛苦的心灵。

在外面昂首挺胸的于家驹,回家后就这样一直就坐在我床前,像吊丧一样耷拉着他的脑袋。"你吃两口吧,就吃两个鸡蛋也行。"傍晚的时候,他煮好了的一碗面两个鸡蛋放在我床头柜上,"明天我就要出差。"

然而,天黑之后拉亮电灯,床头柜上的面条还是那碗面条,荷包蛋像两个鹅卵石躺在里面。面条都吸干了汤水,碗里面已经不再冒蒸气。

养父于家驹唉声叹气,站起来又坐下。第二天早上他就要出差,去省城开两天会议,开一个什么"全省工业生产工作大会"。他于是焦急地点着一支香烟,站起身吸两口又走了出去。

结果那天晚上,还是由我母亲周荣花来解决问题。

那个晚上,两个姐姐跟在母亲身后。于家驹在他房间收拾着出差的行李。母亲进房后一声不吭地在我床头边坐了好久,然后,拿她厚实的巴掌摸了摸我屁股,然后,轻轻地打开蒙在我头上的被单。

我母亲说："死了有什么办法，人死了都没有办法。"

我母亲又说："你大伯也不愿意阿黄死掉，他也很喜欢阿黄。"

我母亲还说："他也是没有办法，他身不由己，要不然他早带你去接阿黄了！"

这时我才抹抹眼泪坐起身子。我仰起脸盯着像橘子一样小的灯泡，直到我把那个灯泡，看成了好几个重重叠叠的圆弧形光影。

从那天开始，我又回到了龙缸弄的那个阁楼上居住。

不过于家驹，还依然负责帮我购买我的生活和学习用品，还带我去报名，帮我开家长会，并出面解决由我而生发的所有问题。他是爱我的，他一直给我留着一间卧室。但是，他收养我在他身边的企图以失败告终。

28. 强奸罪

就在我大伯于家驹恢复职务的第二年春上，瓷器镇出现了一个轰动全镇的强奸案子。强奸犯在强奸现场被当场抓获。那是某一天晚上，有好几个身强力壮的窑里佬，在被我大伯提拔为镇政府办公室主任的孟思琦的带领下，像围堵一条疯狗一样，把罪犯堵在镇广播站播音室里面。

被强奸者，毋庸置疑就是镇播音员林苑。

林苑三十多岁将近四十，在社会上已经被列入了"老姑娘"的范畴。但是，这个风韵犹存的"老姑娘"不老，身段和腰肢反而有别于刚刚发育的少女。如果用一个贴切的比方，那么林苑的样子就类似于古巴女排运动员一样，该突出的地方光明正大地突出，该翘起的部位就毫不示弱地翘起。

"老处女"或者"骚货"。

反正该羞涩的年龄段早已经过去，一拖再拖的单身，也习惯了背后的指指点点，因此，这个有些文艺品味的基层播音员，就干脆破罐子破摔，每天都把自己收拾得干干净净、香气扑鼻，然后大胆地扭着那杨柳腰肢，行进于瓷器镇的街头，任弄头巷尾的流言蜚语，像春天的鲜花那样朝她纷纷怒放，任色胆包天的贼眉鼠眼，似舞台的追光一般跟着她五彩缤纷。

那一年春天暖和起来，太阳越来越红，女人越穿越少，瓷器镇郊外的油菜花纷纷盛开。飘逸着浓烈花香的瓷器镇镇上，蝴蝶翩翩起飞；社会上的罗汉，光着头敞着胸又在街上横行；公狗兴奋得撒开腿乱窜和拿鼻子乱嗅。这个时候，老婆卫天香还在精神病医院的马经堂，每天晚餐后，也经常通红着猴子屁股一样的脸蛋，在昏暗的弄头巷尾到处"散步"。

不错，强奸犯就是这个吃饱喝足、精力过剩的马经堂。

马经堂身体很壮，圆滚滚的像一个气球迈着两只矮脚，两只绿豆般的眼睛沿路到处观察，嘴巴里呼出一口一口的酒精气味，鸭子似的一撇一撇不回家睡觉。明摆着的事情——久旱无雨的棕熊出门猎艳。

"马主任锻炼身体啊！"

"是啊是啊，出来消化消化。"

"马主任长命百岁哦！"

"不敢不敢，不得病就谢天谢地。"

碰到熟人，大家就这样客套地跟领导打着哈哈。非常自然的因果，浑身一走一颤的林苑，当然地就成了整天挂着哈喇子的马经堂的陷阱。

在马经堂与路人对话的时候，我实际上就很可能在边上，我两手插在裤口袋里面装模作样地游荡。我一直在寻找马氏父子的漏洞。我当然就是一个暗暗记仇，并耿耿于怀的俗人。

实际上，起初我并没有盯梢这个胖子，我只是一直在打他儿子——黑大头马博的主意。因为起初，最强的对手"九剑帮"群龙无首七零八落，一下子因群殴而伤害了元气，马博自出院之后更加肆无忌惮。"大难不死必有后福"，他常常模仿着他老子的派头，跷起大拇指对着自己的鼻尖跟同伙们自鸣得意。

那段时期，在学校他想骂谁就开口，想打谁就握拳，甚至还用不着亲自动手。只要马博认为谁是眼中钉，或挨了父亲一"螺蛳"情绪不好，那么他眉头一皱，眼睛一暴，说"抬起来碰这家伙屁股"，于是一个无辜的孩子，就会被一伙没有脑浆的帮凶抬起四肢，像打夯一样，将人家屁股狠狠往地上撞击，直到受伤或告饶为止。没有人敢上前相劝，连老师都侧身而过，拔刀相助的场面更是无稽之谈。

"喂，你这个走资派的崽，你过来！"马博公然对我挑衅。

我绕道而行。当时我大伯还没有复职，地上的破砖头只能给我们于家带来麻烦。于是惹不起我躲得起，像许多卧薪尝胆的有识之士一样，我"君子报仇，十年不晚"。我甚至在没有课上的那个半天的时间，都放在暗暗跟踪摸索着他破绽的上面。我爬树、翻墙、蹲厕所、守弄角，像个特务。急切的报复心理，致使我尾随的过程专心致志。

但是结果，是我一无所获，枉费心机。那段时期，因为父亲而横行，因为拼命而流血，因为相杀而免进班房，这样的"大打罗汉"在当时的青少年群体里，会受到广泛的敬

仰和追随。他前呼后拥的喽啰，已经壮大到将近一个班的规模。

我只好暗暗掉转枪口，去瞄准马博的父亲马经堂。

强奸犯是镇里的办公室主任孟思琦带着一帮窑里佬捉到的。

一个堂堂副主任被办公室主任捉到现场，自然是我大伯已经被任命为镇长以后的事情。

这当然是镇上一个大家茶余饭后的笑话。曾经是前进瓷厂厂医的孟思琦，被提拔为瓷厂里的民兵连长，以及被重用为镇办公室副主任，都归功于这个被他捉到的强奸犯的助推。不管孟思琦对还是不对，但是"那个孟医生其实就是个流氓"这句话，却始终是我父亲于家男一针见血、明察秋毫的断言。

那个时候，人到中年的孟思琦身体已经明显发福。他留着一头向后梳理的黑发，露出一面光滑的天庭。他形影不离地跟在瓷器镇镇长于家驹的身后。都很大年纪了，唯唯诺诺的哈腰点头，经常破坏他油光发亮的发型，并委屈他日渐隆起的肚皮。

现场的门，就是被这个孟思琦踢破的。我看到在播音室的灯光下，干部床上坐着的播音员林苑。林苑正用双手捂住敞开的胸襟，马经堂几根稀疏的毛发，像是扯怀的门帘一样耷拉在眼前。之前马经堂曾左冲右突，企图在铜墙铁壁的包围之中，找到突破的环节。但是他痴心妄想，他已经被力大无比的窑里佬们反背拧紧了双臂。巨大的响动，同时惊来了所有在大院里住宿与值班的群众。

159

孟思琦讯问林苑："你在播音室跟有妇之夫通奸？"

"……"

"还是他闯进来强奸？"

林苑说："强奸！"

于是完全不需要马经堂的辩解，一桩正式的强奸妇女案，被孟思琦他们简简单单地成立。受害者播音员林苑在笔录上签字。那个时间，道理就这么简单。"捉贼捉赃，抓奸拿双"。在众目睽睽之下，在铁的事实面前，马经堂根本就没有权力开口。他猪脚一样肥厚的右手中指，被人们强行按上了印泥，在材料上盖了好几个手印。，

在那个强奸就等于死刑的年代，马经堂身为革命干部，却酗酒作乱强奸处女。所以这样的案子，连镇上的"一把手"汪麻子都保持沉默。

而且，问题还出在第二天早上。

捉奸的第二天上午，前街贴大字报的墙面像吸铁石一样，突然被镇民们里三层外三层围得水泄不通。墙面上有一张《关于马经堂隐藏至深，罪大恶极》的大字报。都听说在炮轰瓷器镇大名鼎鼎的马经堂，连镇上不识字的妇女和儿童都赶上了街头。因此在

那一天的上午,这种苍蝇叮牛粪的围观状态,从旭日东升一直延续到日上中天。

匿名大字报的内容,除了披露马经堂一贯的生活作风败坏之外,还另外列举了他罪大恶极的三条罪状:一、隐藏父辈解放前就做行会黑帮首领的身份,在社会主义建设中纵容父亲好逸恶劳,并打着造反有理的旗号,混进革命干部队伍;二、指使儿子马博成立流氓暴力团伙"青龙帮",网罗与纠集地富反坏右后代及引诱蒙骗革命干部子弟,胡作非为,打杀抢夺,造成革命后代终身残疾的恶性案件;三、擅自闯进无产阶级的宣传阵地,以强奸来破坏党的舆论工具,居心险恶,伺机颠覆无产阶级专政。

"还真不要说,把该写的都写到了,想不到把领导的龌龊事凑凑拢,也有一屁股的屎揩不干净。"

"什么领导不领导,整天叉着腰装一副狗不吃屎的样子,他是个什么货色哪个不清楚,无非大家平时不敢说而已。"

汪麻子这才慌了手脚,赶紧爬上吉普,第一时间赶到县里向领导汇报"重大政治事件"。

在这件事情上,处理的工作进展得雷厉风行——第三天晚上,镇上就召集干部和群众代表大会,会议在镇人民大礼堂举行,会场上人头攒动、座无虚席。会议由于家驹镇长主持,办公室孟思琦主任带头高呼口号,汪麻子代为宣读上级及法院的决定。曾经红极一时的马经堂,被开除党籍和公职,剥夺政治权利终身,以强奸未遂罪被判处有期徒刑十八年。

我还能说些什么呢?

这是"冰冻三尺"的结局。

在震耳欲聋的口号当中,群情激奋让既黑又壮的马经堂似一堆烂泥瘫倒在地。瘫倒在地上的马经堂,跟一坨臭烘烘的牛粪没有两样。马经堂就像一个被自己点燃的炸药包,导火索已经快烧到火药了,于是,许多人就把他当作一个即将爆炸的祸害,齐心协力地将这包炸药踢进了深渊。

像个泡影一样,马经堂这个人从此在瓷器镇销声匿迹。

下篇

瓷器故事

没有人相信,黑大头马博最后的结局会是讨饭。但是在一九七七年,我亲眼看见他在柴窑街,拿一个绿色的破搪瓷碗沿街乞讨。他甚至还回到了他曾经住过的大前街,像查户口一样,挨家挨户地光顾。

那是初春时节,寒意依然在南方小镇上留恋或挣扎。总记得那一天,他穿了件烂了一只袖子的深蓝色旧式警褂,拖着一双漏出脚指头的破布鞋,一颠一颠地从佑陶弄走了出来。阴影被踩在他脚下。他竭尽全力地用牙齿咬他食指上的指甲,指甲边沿的血都渗出来了,口水顺着嘴角拖下来,滴进了他的袖口。

那天是周末,正好我回到大伯这一边居住。我安静地坐在大伯家的大门口,在阅读一本《苦菜花》的小说。这也是我母亲的意思——母亲周荣花越老越变得善解人意。

初春有风。有最后一批来自西伯利亚的北风,"噗噜噗噜"地吹着墙头大字报的残片,冷风使得瓷器镇上空的树叶哗哗啦啦飘零,树叶掉在瓦上、地上和沟里,然后风就促使它们像耙子在地上拖一样,发出"刺刺"的干涩的响声。

路人笼紧袖口,哈着热气,缩头缩脑,但这并不能够阻拦瓷器镇人的革命激情。呼喊口号的声音,从不远的镇政府门口的广场一阵阵传来。这时候,马博就出现在我大伯于家驹的门口,我和马博就那样,一个在门内一个在门外相互对视。

这一年由于人多势众,大前街上波澜壮阔的沸腾气势蓬勃高涨。跟全国各地的城乡一样,在我们这个古老的手工业集镇,没有限制的繁殖,致使人口无形中像蚂蚁一样充斥了弄头巷尾。破烂简易的棚屋,甚至已经蔓延到了南北郊区的菜地。陶瓷企业在一增再增,国营、大集体,以及小集体等形式的公有制瓷厂似雨后的春笋。因此,这个国家陶瓷产业基地的人气规模,就基本在接近一个大型县城的恢宏架势。

要是在过去,初春的时候马博脚上没有穿上袜子,那绝对就是一件非常反常的事情。但当时已经不是从前了,瓷器镇正准备升格为县级城市。三十年河东,四十年河西。很多人都是熟人。挨家挨户乞讨,有给的,也有不给的。有历史过节而又气量细小的人,甚至"咣当"一下把厚重的大门关了。

然而奇怪的是,面对各种各样的待遇,黑大头马博自始至终都是一副麻木迟钝的无所谓的样子。他痴痴地望着对方,连眼睛都不转一下,让人们怀疑他的神经已经失去了基本的功能——他面无表情地像无赖一样,将肩膀挨在你家的门框上,挨上几分钟甚至更长,碗伸出去,然后,就专心致志咬自己的指甲不再说话。

马博他以前也不瘦,黑大头还略显结实。现在跟以前相比就显得过于肥胖,这个"肥胖"的表象是,像他父亲马经堂一样,有很多的赘肉在他脸上一走一颤。特别是腮帮和颈脖上的肉,像猪槽头肉一样有点松懈起皱,属于皮肉坍塌过早衰老的一种迹象,且脸皮似乎还有些蜡黄通明,近似于一种病态的浮肿。邋遢就犹如窑场捡渣工一样,他的鼻孔、耳槽、眼角,还有脖子上都有一层很厚的灰尘和污垢。

他可能有好一阵子没有洗脸洗澡。

黑大头马博显然认不到自己曾经的住所,也已经认不出早先的街坊邻居。因为,在走过我们家门口的时候,隔着前院,他对里屋里的我和我的大伯都无动于衷。在刚刚眼睛对上眼睛的那一刻,我甚至想出于礼节冲他打招呼笑一下。但是我终于没有把笑容浮现出来,因为我看到他的目光好像不是冲着我。——他目光很像心事重重的人一样,有些木讷和散乱。这就使得他本来就有点斗鸡眼的瞳仁,像死鱼的眼珠一样缺少目标和光泽。

这就是当初我们镇上的一个小霸王。

"你爸爸呢?"我想测试一下他的智力。

他却用另一只没被撕咬的手伸出一个脏碗。

我问:"现在你住在哪里?"

他将指甲从左边移到右边虎牙之间裁剪和拉扯。手指头都被口水泡白了,嘴角上又出现像牛反刍时一样的白色泡沫。泡沫滴落到他的手上,手就在胸襟处揩了一下。这种肮脏的样子,令我恶心并厌烦。

现在这样详尽描述马博惨状的目的,是我想让所有人知道他最后的末日和痛苦。我一直怀有这种顽固的期望,同时我也相信,这也是我们瓷器镇上许多少年的心情和

愿望。我如果不公开他的现状和结局，那么我以前咬牙切齿绞尽脑汁所做的一切，还有什么意义？

"打倒王张江姚四人帮！"这是不远处孟思琦带头高呼的声音。

好多声音跟着喊："打倒王张江姚四人帮！"

接下来，是癞痢头柳国华的声音："打倒四人帮的黑爪牙——汪俊之！"

群众也跟着喊："打倒四人帮的黑爪牙——汪俊之！"

汪俊之就是那个汪麻子主任的大名。镇政府门口广场上正在开汪麻子的批斗小会。我大伯于家驹，那天坐在家里看报没有出门，孟思琦带着柳国华在组织会议。癞痢头柳国华的父亲已经提前退休，柳国华就顶替进厂，当上了一名国营前进瓷厂的正式工人。

长大了的柳国华当然会参加批斗活动，因为柳国华从小就是一个多管闲事、上蹿下跳的丑角。但是在一九七七年初春，柳国华的头上已不再会破壳流脓，大家也都难以看到他脑壳上疤疤癫癫的破败。他戴上了一顶当时非常流行的军帽。他将军用皮带、红色袖标，以及英雄钢笔等等都武装到位。

时光真是一个神奇的魔幻通道。几年下来，一个瘦小的弱智走过通道，就变幻成了一个虎背熊腰的后生。然而欲盖弥彰，军帽毕竟盖不住整个硕大的头颅，那些在两鬓和后颈处旁斜逸出的丝丝黑发，依然能够让镇上人想象出，他掩盖着的生姜片一样的疤痕。

汪俊之汪麻子明显苍老了，他垂下脑袋闭着眼睛跟睡着了一样。他脸上的麻点，伴有酱色的老人斑星星点点四处开花，皮肤干涩并松弛，头发苍白而凌乱，眉毛中间的几根寿星长毛都耷拉下来，形成了眼角上流涎一样的累赘。

那天值得一提的情况是，后来黑大头马博突然无缘无故地冲着我养父于家驹笑了一下。那一刻我注意到了，我大伯于家驹当时身子禁不住抖了一抖，老花眼镜都差点掉下鼻梁——因为马博的陡然出现，致使毫无心理准备的于家驹吓了一跳。

那是周末的时候，于家驹当时仰坐在家里的木沙发上看当天的《瓷器镇通讯》。于家驹戴着老花眼镜，专心致志地拿一支有色水笔在报纸上找有用的段落和词句画线。手边上有一杯酽茶。这是他惯用的阅读与学习的方式。是门口阴沉的身影，转移了他的视觉目标。他略微低下头，将视线从镜框的上方穿出去，他就这样看到了马经堂的儿子马博。

马博当时还神经质一样朝他咧嘴，"嘻嘻"地笑了一下。

"你怎么到这里来了！"

于家驹慌忙丢下报纸和水笔，扶一扶塌下来的老花眼镜起身。书房里开了灯非常清净。已经身为"瓷器市筹备领导小组组长"的于家驹，之后就缩头乌龟一样躲在书房里，一直没有露面。

事后，我跟大伯于家驹说："刚刚在门口要饭的是马博。"于家驹低着头没有吭声。我说："在镇上讨饭都讨了半个多月了。"他将报纸翻过一版仍然没抬。我这才清楚，他不愿意再涉及关于以前的那些杂七杂八的事情。

因为一直关注，我其实是知道黑大头马博的一些情况的。

马经堂被判刑以后，"青龙帮"帮主马博终于被瓷器镇中心学校宣布开除。学校的布告，破例张贴到校门外的墙上，好让更多的镇上人阅读到这大快人心的消息。几次校领导班子都有这么个冲动和打算，在私底下咬牙切齿骂骂咧咧，但是，从来就没有一个人有这个气魄和胆量。以前工宣队队长黄钢汉被气急了的时候，茶杯都摔破了两个。——破坏公物、调戏女生、欺负同学、冲击老师、蔑视领导，甚至是打架斗殴和动刀杀人，到了无法无天无恶不作的境地。随随便便找他一个罪名，都够得上被开除的资格。但仍然没有一个人敢带头提议，将这个衙内的学籍卡彻底取消。

马经堂被判像是釜底抽薪，冰冷的马博就成了砧板上的冻肉。

在社会上的待遇就更加悲惨，马博手下的喽啰们已经分崩离析。

而我们"九剑帮"的人，则坐在高高的台阶上面，冲着孤身只影的马博唱：

胖子胖，

打麻将。

输了钱，

不介账。

坐火车，

到九江。

九江犯了法，

捉到胖子杀。

一刀没杀死。

两刀杀出一泡屎。

哈哈哈哈哈……在集体的嘲笑与侮辱声中，识相的马博灰溜溜地拐进了一个偏僻的弄堂。"八把剑"像八个疯子。在唱完童谣之后，八个人就莫名其妙地像台上做戏一

样,全部发出干巴巴地傻笑。

后来,马博被街道委员会安排下放到瓷片河的上游——唐家坳公社苦竹山大队风口盂生产队劳动和落户。水土不服或者时运不佳。据说风口盂的劳动主要是上山伐木、扛树、捆木排。没有什么饭吃,最好的是吃红薯和野菜粥。马博公子一个,怎么吃得了那个苦难,连饿带累,一个人就浑身生癣、浮肿、手掌起泡。

终于,在次年一次伐木的时候,由于体力不支反应迟钝,他被一根大树的枝丫击中了后脑勺昏死过去。抢救过来之后,人就痴呆呆地半天对东西都没有反应。最后他左脚一颠一颠像个逃荒者一样,沿着公路逢乡过村讨饭讨回了瓷器镇。

但是,马洪刚不见了——没有人知道这个"蟋蟀王"的去向。

他爷爷马洪刚,据说早就去了乡下。

马博没有人收留。一九七七年初春,在我们看到他的那天晚上,传说他又伙同一帮乞丐,长征一样转移到其他地方要饭去了……

说老实话,现在我回首往事,在描述当年马博惨不忍睹处境的时候,我其实并没有像当初那样偷偷地幸灾乐祸的心态。我内心反而感觉到微微一沉,产生了些许的烦闷和忧郁。我觉得——每个人就像生活在世上的一只蚂蚁,都难免有遭遇暴雨走麦城的时候。人逃荒要饭活着确实没有什么意思,而暗自去庆幸没有意思的事情,则更没有意思。

30. 释放犯

在我正准备复习迎接高考的那个时候，于一个久雨初晴的上午，在瓷器市教育局的门口，有一个剃着光头的非常面熟的疤子让我刹住了车轮。我一只脚撑在人行道上，让自行车呈一个斜面，稳固在马路牙子上面。

他颧骨上刻着一道扁豆一样的疤痕。他肩头很宽，一走一晃朝我迎面直接走来，夸张的晃荡幅度像波浪里的小船。我已经认出这个"青龙帮"的狗头军师了，但这个人痞里痞气地嘴角叼一支香烟，背着背包东张西望，一副满不在乎的样子，根本就没有把任何人放在眼里——这个人就是，刚刚从少管所释放出来的疤子郝国宝。

"操，好像我还要——求你不成！"

这时候，我立即就想到了查云华也应该出来。我当时是去瓷器市教育局教科所拿高考复习资料的。我的大伯于家驹给教育局局长打了个电话，叫他派人把复习资料送到我家里。但艰苦的复习阶段，已让我的脑浆懵里懵懂乱成了一团糨糊。为了逃脱一下书本和清醒自己，我就亲自骑自行车去了一趟教科所。

一直以来，我都在寄希望于我的大伯。我想大伯于家驹能给我用个什么办法，毕业以后弄到某个哪怕是很野鸡的大专，或中专去混它几年，然后拿个文凭，名正言顺地安排到某个机关当个干部。这是我当时最崇高的理想。

我知道自己几斤几两——在"老三届"考生如云的年代，虽然我人高马大"剑"已回鞘，虽然我政治语文历史地理都能对付，但是数理化和 abc 都像我前世的仇人一样，我根本就不愿与它们携手共进，去打破头一样挤那座千军万马的"独木桥"。如果于家驹

不想办法,那么,我已经在我母亲和姐姐面前公然表态,我将我就业的方向,继续对准"工农兵"这条康庄大道。

我这是在讹诈市委书记。

我的阴谋显然没有得逞。造成的结果,却是我母亲周荣花跟上跟下跟了我几天,拿我二姐姐于方方在农村成家苦不堪言为例;拿我三姐姐日夜在厂里选瓷还要复习为例;拿我四姐姐于好好跟小流氓两次打胎为例;还拿只初中毕业仍在发奋的农村表哥袁旺生为例……苦口婆心想赶鸭子上架。但是她枉费心机——她跟上跟下跟我啰里吧唆了三天,三天里的唠叨,犹如我耳边吹过的微风。

三天里我在她唠叨中,走马观花地翻完了一本厚厚的《野火春风斗古城》。

而我大伯于家驹,在某个夜晚走进了我的房间,将我正在阅读的小说压在屁股底下,与我面对面仅用了半个钟头的时间促膝谈心,就深入浅出地将层层递进的人生道理,把我搞得理屈词穷、束手就范,我乖乖地举起双手。从此以后,只要学校一放学回家,我就老老实实地把自己关进大伯家的那间房间里,"头悬梁,锥刺股"补坐了一回监狱。

那时候,大伯伯家里已经从农村雇请了一个妇女作为佣人,但是,读书依然少不了自己的亲力亲为。因此在饭来张口、衣来伸手的日子里,根基肤浅的我不得不每天爬起来就面对一大堆复习资料,反复做题,死记硬背,自己把自己搞得食无味、寝无眠、蓬头垢面、晕头转向。

果真不出我的所料。在我说"操,好像我还要——求你不成"这话之后的三个月样子,疤子郝国宝,就被他的母亲杨护士抓紧一只胳膊,拖到了我的住所来敲我的房门,我赶紧丢开课本。镇人民医院杨护士已经老了。刺猬一样的郝国宝,被他年迈的母亲按在我面前一个小矮板凳上。他光秃的头皮上一头针尖一样的硬发。但他暴突的眼珠,转来转去还是一副满不在乎的样子。

疤子已经不再是从前的疤子。

"我他妈从里面出来,我怕什么?我怕个卵!"他跟人说话就是用这种口气。

然而,无论他多么的目空一切,许多单位都坚持着不接受少管所释放出来的犯人。这是没有办法的事情。春季多雨,屋檐下都滴滴答答,他麻发飘飘的老母亲,只好打把雨伞为此到处奔波,到民政局、公安局、街道、居委会,以及自己的医院里,像讨饭一样低三下四,赔笑作揖。

"我老公过世得早,现在又家里多了一张吃饭的嘴,全家就凭我这点工资,连买米的钱都成问题,我们家都活不下去了……"刮风下雨,泥巴邋遢,一趟又一趟,楼上楼下，从这间办公室到那间办公室，一遍又一遍述说着一大堆相同的理由，接着就开始用老敏的脸皮强打起笑脸。当时，正是风雨肆意飞扬的日子。经过运动洗礼后的干部已经变得非常之聪明。很多干部们口头上都表示理解和同情，并且表演一样，热情地让座倒水，送干爽的毛巾揩擦雨水，以及停下手中的事情来耐心地接待一个劳改释放犯的母亲。

然而，结果是没有任何结果。

最后实在是没有了办法，她老人家就带着疤子郝国宝找到我"曲线救国"。

"放出来都已经半年多了，一直是在家里啃我这把老骨头，没有一个单位愿意收留。"他母亲跟我诉苦，"我一点办法都没有，我只好卖我这张老脸来求你帮帮忙，我下辈子做牛做马都会报答你！"

他们买来了一挂香蕉、一袋苹果和两包大重九香烟。

在当时这属于重礼。一个连买米都成问题的困难家庭，却不惜把钱砸在一个曾经是对头的桌上。这一行为，连同他母亲杨护士的诉苦，都叫我有些心软和心酸。

疤子郝国宝大大咧咧地从口袋里掏出一包香烟，问都不问就丢给我一根，然后从口袋里拿出火柴想凑过身来帮我点上。郝国宝在劳教期间已经学会抽烟，同时他也坚定地认为外面很多人都在抽烟。他大大方方地把一条腿搭在另一条腿上，似乎我们曾经是割头换颈的兄弟。他试图用很随意的方式，迅速地跟我搞成一种酒肉朋友的气氛。

"我倒是无所谓，我老娘的意思是我得有个工作，我总要有一个出路。"郝国宝抢先说。

他母亲看着他。

疤子郝国宝又说："社会总不能不管我们这些人，况且我是'文化大革命'的受害者。"

他母亲捅捅他的腰。

疤子郝国宝接着还说："何况后来已经搞清楚了，笔录时我是一时冲动，我这个人太讲义气了，汪矮子不是我砸的，是马博这个家伙砸的。我当时只是参与了斗殴，斗一次殴就关我那么多年，我他妈也太冤枉了。"

"我们不是来发牢骚的，我们是来求你帮忙的。"年迈的杨护士终于忍不住儿子的放肆，插进来对我解释说，"你和疤子曾经是同学，看看进前进瓷厂……你能不能帮我们找找你……孟思琦厂长，或者你老子说说……我们确实是一点办法都没有了。"

老人家所说的那个孟思琦，早就被我大伯于家驹从政府机关调到前进瓷厂担任厂长。那段时期像上班点卯一样，孟思琦基本上每天要来我们家转上一转，看看我们家有什么事情需要上前。孟思琦这个曾经的镇政府办公室副主任，在我大伯不计前嫌力排

众议扶正之后,哈巴狗一样,紧贴领导在屁股后面感恩戴德冲锋陷阵。国营前进瓷厂里现在都是我的熟人,就连那个比我还小的、曾做过我隔壁邻居的癞痢头,据说都当上了成型车间的副主任。

真的是天方夜谭!

癞痢头这个人进厂很早。高中只读了一年就就业做了坯房里的工人。绝不是因为讨厌他,我才说他坏话。历史的经验告诉我们:他是一个十足的小人。一直以来他给我的印象就是:对上级像狗一样卑躬屈膝,对群众吠吠有声,热衷于运动,习惯于鞍前马后打小报告,或者废寝忘食钻营。我们从小就嫌弃这样一个东凑西凑的好事货色,小时候就没有人愿意跟他在一起玩耍。满头的疤疤癞癞,破了壳就流脓流血,腥味熏天。

我们小时候都用地方上的顺口溜骂他:

癞痢子烂脑浆,
跌下毛厕缸。
有人来屙屎,
打开口来张。
滴滴哒哒落,
吃得喷喷香。
剩下的没张到,
变成了癞痢疮。

在安置疤子郝国宝的工作问题上,我当然不会去找癞痢头柳国华。他还没有这个权力,就是他有这个权利,我也不愿意去求他这种下三烂的角色。至于找孟思琦我更不会,我无须找他——我当时就是咳一声,他都会比兔子跑得还快。

我挑好了一个合适的晚上,跟我的大伯于家驹说了疤子郝国宝的事情。

郝国宝是一个正直的坏人,我总忘不了他向张步秀撤回检举我父亲的一幕。

那个晚上,于家驹在省里开完会回来,刚回来就有一大帮前呼后拥的人,在全市最豪华的"聚福楼"订了一个最大的包厢跟他接风洗尘。作为履新后的第一次凯旋,他喝了一些白酒,回家的时候脸皮已经红得像猴子的屁股。但是没醉,他走进家门的步伐依然不紧不慢、稳稳当当。不能再拿老皇历看人——身经百战的于家驹,当时对付酒精就像对付他的工作一样,是轻车熟路应付自如。

趁着他满脸红光,我替他泡好了一杯浓茶送进房间,顺便就提到了疤子郝国宝和

171

他的母亲。

　　这不是我的性格。于家驹是一个多么警觉和聪明的伟人。就算是家里没雇请佣人，我平时也难得跟养父泡水送茶，我做不出手。所以我格外的殷勤，当然地引起他的惊奇和慎重。我的表述也应该是没有问题的。我是凭良心讲话，我一五一十将疤子郝国宝他们的心情与处境原原本本告诉了他。说完，我还将他们送来的水果和香烟，连同那个塑料袋子一起，搁在于家驹面前。

　　于家驹坐在床头喝茶。

　　于家驹望了望那一堆东西，沉默了很久。

　　于家驹也已经不再是从前的于家驹了。

　　事情就这样轻而易举地，被一个地方的最高首长默认下来。

　　"你心肠很软，你这样软的心肠，以后会给你自己，也会给我带来很多很多的麻烦。"他就这么说了一句。

　　但是在事情过后，我慢慢才清楚这不是帮忙，这是属于他于家驹职责范围内的事情，就像猫要捕鼠、狗要看门一样。我心里一清二楚。当时那一年安置"劳教释放犯"的这一工作，已经被当地政府拖延了长达七八个月的时间。他们怠慢他们，他们把他们当作空气，因为尽管他们经过强制性的劳动改造释放以后，他们仍然错误地把他们叫做"劳改释放犯"，而不是叫"劳改释放人员"。

　　从年初一直拖到秋天的临近，要是放在现在完全可以戴上"不作为"的帽子。对一个地方首长来说，做好做坏都是他管理地方治安的功过。而且解决这种鸡毛蒜皮的问题，就他当时的地位而言，顺水推舟或者水到渠成，不过是小菜一碟举手之劳的毛毛雨事情。

　　但是，于家驹依然要表现出很是艰难的样子。

　　而我面对他的艰难，内心总涌现出诚惶诚恐的感激与纠结。

　　地方上的高层会议讨论，也许早就作了安排，只是我们普通老百姓不清楚而已。因为街上已经有几个释放犯的安置问题，都被提上了瓷器市常委会议的议事日程。都坐在家里等候，有等不及的人甚至重操旧业，到街头去打架偷盗，坑蒙拐骗，惹是生非，造成了影响。

　　在拨乱反正的那段时期，这类破罐子破摔的事情在社会上屡见不鲜，多似牛毛。事后我还知道，在这些即将要被讨论安置的人群里面，常委们完全没有必要去排斥，一个刚刚从少管所出来，就要求自食其力的良性青年。

　　这个人就是"疤子"。

31. 有关落榜

对于我而言,落榜是意料之中的事情。而对一个临时抱佛脚的人来说,仅仅以两分之差落榜,又似乎是一个向学业光荣谢幕的最佳结局。但是,又确实非常之羞耻——瓷器市一中文科班死记硬背,当年一共考中了八位学霸;我已经毕业两年的三姐于红红,一边做临时工选瓷一边复习迎考,都够上了省城某个学院中文系的分数线;我那个才初中毕业的表哥,一边在做港口的村干部一边自学高中课本,竟然以高出分数线五十多分的成绩,被全国重点院校录取。

我连大专都没有考上。

绝对不是强调客观原因。

本来凭借天资,这区区两分对我而言应该是不成问题的问题。但是当时的问题是:第一:我在复习期间堕入了情网。我莫名其妙地狂热地迷恋上了一个坐在我前排的风情万种的同学——张琼。被渔网套住的鲤鱼是注定跳不进龙门的。第二:我大伯突然被当作第"三种人"隔离审查,据说是关于瓷器镇那天半夜里武斗的事情。我只好打道回府,又返回到龙缸弄沿河的那个老鼠跑马的阁楼上熬夜。第三:在那乱七八糟的老城区环境里,各种名名堂堂的干扰常常像牛毛或针芒一样,接连不断地以袭击的形式,侵犯着我的"寒窗"……

瓷器市一中以文科应试教学实力而闻名,张琼就是在与我们原瓷器镇的归口、后与瓷器市平级的县城里,慕名赶来复读的一个女生。我们一中文科的应考班,常常像一个装垃圾的麻布袋一样冷不丁就被塞进一两个插班生。今天一个,明天两个。这个旧麻布袋最后几乎都要被胀破,胀得前面的课桌都快要抵到黑板、后面走廊需要加座。

迷糊我的那个女生名叫张琼。干干净净的张琼,当时朴素得只穿白色球鞋或隔底布鞋,跟班上一些皮鞋响铁,或烫头上色的时髦人形成鲜明的比照。她脚上的一双袜子永远都是洁白的,白得任何时候都找不到一点污染和皱迹。如此再配上她那双玉腿和那条裙子,拿一本卷起来的杂志一晃一晃地迎风走来,便让人不由得感受到她可人的清秀与高雅。

张琼还长了一副跟查云珍一样可爱的脸蛋。

她大大方方地问:"你就是于书记的公子?"

她就坐在我前面一排。这总让我会情不自禁地回味起,小时候在查云珍粉嫩的脸蛋上,轻轻地嘬上一口的喷香的感觉。

这都是不由自主的事情。一见到张琼,我的心脏就像小兔子一样突突地蹦跳。一点办法都没有,挡都挡不住那股侵略内心的芬芳气息。比如,在她撒娇式地跟借我笔记的时候,或者,转身把小说娇声细气地推荐给我阅读的时候;还比如,下课分手时她总是以媚眼与我作别的时候……

在一次下课之后,我曾怀着弄堂人那种自卑与发蛮的心态,远远地跟踪在她身后。

那时候,一些胆大的男生常常在路边守她,等她经过时就齐声喊"一二,装穷"、"一二,装穷",像发情的公狗一样。我痴情地尾随着她走出前街,爬上班车,到达临县,走进城关。临县离我们镇不过就是四五十分钟的车程。但我想象不到的是,在公园的背后,那一幢幢米黄色的洋楼是住人的屋子。我一直以为——如果单独建造而又掩映在绿荫丛中,那必定是楼阁景点,或饲养动物与培植花卉的场所。

然后,我侧身躲在一棵大树后面。我远远地确确实实地看到了张琼推开木栅子院门,迈上几级水磨石台阶,走进了一幢米黄色的洋楼。

"阿姨,阿姨。"这时候,我已经看到张琼在二楼拉开了落地的窗帘。她将书包取下来,然后倒进沙发,然后将一只黑猫抱进怀中。这时候我已经哭了,我的泪水涌出眼眶,然后滴滴落落掉在我的衣襟之上。我仰头望着大树的树冠和树冠上的天空,我当时的心情复杂得一清二白而又无以言表。

张琼,就住在我们临县县城著名的官僚小区绿河新村。在公园的西边,她家的房间,像行宫一样一间一间厅室相连楼上楼下,可是她家里连同阿姨一起也只有四口,而且她父母日常的时光,常常在轿车上随轮胎的奔驰而奔驰。

躺坐在那温和柔软的沙发上,我甚至想睡——这是一个贱人的感受。坐在张琼家的客厅里,通过落地排窗,可以看到公园后面的绿河以及河畔的草滩。后来,我们就这

样在那段时间里，常常打着共同温习功课的幌子，在做共同温习冲动的勾当。

在那个时候，关键是我大伯于家驹那里出现了状况。

开始，对我他无暇顾及，他事无巨细地像对待自己骨肉一样，关照和掌控着地方的所有细节——刚刚升格的城市百业待兴、格局求稳。后来他仿佛成了一个逃犯，他家的门窗被突然贴上了打叉叉的封条，他人就被客客气气地"请"上了一辆地区派来的轿车。

甚至在这样一个非常的时期，我依然坚如磐石，对学业没有丝毫的懈怠。

我坚信被当做"三种人"的于家驹，就是临别时所说的"这是个误会"。于是在那一天晚上，我深一脚浅一脚地怀抱着一篓子换洗的衣裤，从新社会走到旧社会，重新返回到那个临河的破旧的阁楼，老老实实地跟着我母亲、三姐和四姐，过着粗茶淡饭"凿壁偷光"的日子。这期间，室外的阳光一直温暖明媚，瓷片河的河风也清新爽朗，一个人在万籁俱寂的时候我心悠然并沉稳。

175

但是"落雨偏逢屋漏"——那段时间，本来还比较安静的疯子痨病壳张步秀，忽然就进入了垂死前回光返照的阶段。他像是故意捣蛋一样，时不时地重重地不分昼夜地咳嗽、喘息、呕血、挣扎、叫唤、痛哭，甚至大声叽里呱啦胡言乱语。他发作的状态，总是把铃子吓得像惊弓之鸟一样地狂蹦到我家，缩进我姐姐的房间，同时也把冯大妹搞得手忙脚乱，筋疲力尽。好像是共同对付一头猛虎，一听到惊叫，我母亲周荣花总是撸袖子拿绳子，以百米冲刺的速度，闯到隔壁楼上去帮忙。

好在这种惶惶不可终日的闹腾，仅仅只限于半个月零三天的时间。

就在第一十八天档口，那天晚上，趁着寡妇冯大妹从澡盆里起来穿衣，痨病壳张步秀突然就像一匹受惊的战马，挣脱了绳索，冲出家门一头跳进了瓷片河河流。那一天隔壁真的出现了大事，出现了天大的事情！弄堂里老人家迷信的说法是"前世一劫"。那一天不仅疯子死了，一直伺候着疯子的冯大妹，也因为赶到河边用竹篙营救疯子而不得，自己跳下去而被疯子两手捆绑在水里，同归于尽。

铃子从此沦落为孤儿。我母亲周荣花受组织上的委托，兼带着照顾即将成年的孤儿。

但是烦事并没有因此而结束。因为紧接着，我下放在浮西古田村的二姐姐又返回到镇上。这是接下来发生的一起，"清官难断"的，于家遇到了的历史上最最麻烦和头痛事情。我确实不想继续这种婆婆妈妈的叙述。但是我无能为力。

这件事情就是——当年的瓷器镇红卫兵领袖于方方，就像是后来躲避计划生育的妇女一样，拖儿带女地牵着她鼻涕邋遢的一男二女，咋咋呼呼"磬里咣啷"地正式进驻龙缸弄的弄尾。在她身后还紧跟着一个蓬头垢面的黑色瘦子。瘦子像民工一样挑着四个尿素袋子,里面塞满了山里的香菇、木耳、干笋和干果——这个挑担的瘦子,就是我早先驾驶粪车的姐夫。我一下子根本就认不出来,这个原先矮墩墩黑黝黝的拖拉机司机,这个乡巴佬姐夫,因为糖尿病而瘦得皮包骨头、惨不忍睹。

于方方为什么在这个时候大兵压境?

这得问我二姐,问我姐夫都算是瞎问。平时一年一次的进城,都是二姐姐单枪匹马,乡巴佬姐夫像土豆一样摆不上台面。每年春节的时候,婚后的于方方上镇来吃一顿团圆的年饭,然后大包小包,带回一些穿旧的衣裤,以及大伯、母亲们施舍的少量现金。

那年在我们复习的时候,她兴师动众带来一大家人就是进城示威。

示威的计划不是几天,也不是几周,而是像占领华尔街静坐的美国佬那样,不达到目的誓不罢休。因此,母亲只好躲到隔壁铃子家去居住,腾出卧室让乡村的部队安营扎寨,每餐重新启用过去的大饭甑下米,用钢筋锅和小脸盆盛菜。这些破费和麻烦都比较好办。但是,摆在于家面前严重的现实状态是——小孩子楼上楼下蹿上蹿下打打闹闹、臭烘烘的姐夫坐在厅堂当中抠他永远也抠不干净的鼻屎。二姐姐拿出乡下姨婆死皮赖脸死缠烂打的架势,似乎她沦落为农民是全家人的过错。她始终摆出一副苦瓜的样子,每句话说出来都夹枪带棒,把自己的孩子故意打得鸡飞狗跳,鬼哭狼嚎。

对于正在冲刺的我和三姐而言,所有的这一切都属于灭顶之灾。

我们欲哭无泪,欲火不能,整天像热锅上的蚂蚁,拿复习资料在桌上"噼里啪啦"烦躁。

"于家男哪,于家男哪,你怎么不带我一起去啊……你丢下我一个人,你现在叫我怎么办哪……叫我怎么办哪……"母亲周荣花眼泪都被逼了出来,一个人伤心欲绝地坐到晒楼上,偷偷地哭诉和抹泪。

于是坐下来谈判。

谈判的第一句话是:"山沟里不是人过的地方,我们那里的知青都陆陆续续回城了"。

我母亲说:"要回城,鬼叫你在农村里结婚。"

"大伯都答应了把我弄进瓷厂做工人。"

"那你就等大伯的问题审查清楚再说,好不好?"

"不好,我家的房子在雨季倒塌了,现在全家都没地方安生,老大要进乡中也没有钱供。家里揭不开锅了,我没有其他办法,我们只好来这里找你们救援。"

"说了半天,你说你到底想要干什么?"母亲问。

二姐无赖地叫嚣:"我要回城! 我要钱用!"

母亲周荣花这下起火了,拍着桌子吼:"我还跟你要你爸爸呢,你当初不混账你爸爸怎么会死掉! 怎么会死掉! 啊!!!"

全家都不吭声,一颗炸弹炸得全家鸦雀无声,连一直在楼梯上打闹的外甥外甥女都吓得呆若木鸡。

挂钟在墙上滴滴答答走动。母亲在灯泡底下发呆一样沉默了很久很久,然后长长地叹了口气走进了卧室。等了老半天她出来的时候,她就像一个捡渣工一样,弄得满头满脸满袖子都是灰尘。"喏,一千六百五十块钱,这是我十几年省吃俭用和你爸的一些补发工资,也是我们家里的全部家当,再要就拿我的老骨头去榨油。你就是全部拿去,老三和老小,万一考到了大学……我都不晓得,我这么大年纪卖血的话,医院里还肯不肯要……"

母亲将一个用红毛线缠紧的手绢包丢在桌上。母亲捋一捋花白的刘海,泪如雨下。

我和最小的两个姐姐都陪着母亲流泪。

所以,我不认真复习都对不起我母亲。

母亲在高考前,从未问过我和三姐姐的营养甚至温饱。我以前的书包,都破得不好意思再背了,又不愿意跟母亲开口,就每天大学生一样夹几本课本资料去上学。清晨五点多钟起床背书,因为经常停电,我便跑步赶到学校翻围墙进去,钻破窗子入室,然后开灯,然后看书,一直看到同学们陆陆续续到校。

早餐是没办法吃了。考试的时候我肋骨根根,脸色蜡黄,眼睛都深陷在眼眶里面,一副风一吹就会折断或倒下的样子。有一天下半夜我还在煤油灯下看书。母亲上阁楼扫了我一眼,轻轻说了句"好好考,考上了我就把烟戒了"。就她这轻轻的一句话,把我难过得泪水盈眶,半天都背不下来一个单词。

在嘈杂的时候,我当时还经常去龙缸弄隔壁横弄子里的"老扁"欧阳小根家里复习。

虽然,他家的境况也不容乐观,但毕竟有大量的蜡烛供他照明。他的驼背父亲是做蜡烛的师傅。严重佝偻的老相,就像是欧阳小根的一个祖父。欧阳小根的房间,像是猪舍一般挨着后墙搭建出来的一个棚屋。里面狭窄得需要侧身挤进去,雨季的墙面能长出青苔。里面就是一张铺,一张旧书案,两个板凳和一把蜡烛。

我们都不寄指望自己的家庭。我打算考上了大学以后,就像早期共产党人那样勤工俭学自找生路。我想好了我今后的道路。我对自己充满信心。

那个时候,我和欧阳小根的成绩总排在张琼的前头。张琼父母发觉我们有早恋迹

177

象之后，就管劳改犯一样管制着女儿。高考完后在街上我们还碰到过一回张琼。张琼在书报亭心虚地对我们说："我地理卷子上的第五大题没有做好，语文的作文也来不及结尾"。我和欧阳小根就很自豪地笑笑。她说："你们考上了可别忘了我哟。"可是结果，就偏偏她是我们班上金榜题名的八分之一。

这是为什么呢？我们疑惑，但我们至今无法找到答案。

如果我大伯于家驹不被隔离审查的话，差两分我估计也不至于会愁云密布。

结果我失败了。我和欧阳小根同时名落孙山。

那一夜我没有回到龙缸弄。我们无脸见江东父老。我和欧阳小根，都缩在同学的被窝里嘤嘤地哭泣，越哭越伤心，越哭越无奈，越哭越麻乱。后来我们挂着泪水睡着了。醒来看看现实时真恨不能长眠不起，永垂不朽。

第二天，母亲打发烫了刘海的小姐姐来叫我。四姐于好好妖里妖气在前面走着。我于是仍然作为一个活物，恹恹地站在母亲面前听候发落。记得那一天母亲穿件补丁工作服，半躺在那张冰冷的竹靠椅上，青烟绵绵地在她食指与中指之间飘摇。小窗有一束弱光伸进来照在她的脸上，她难得照人的目光始终耷拉着。

"你打算怎么办？"她问。

我当时头脑里像一锅粥一样混乱。我靠在房门框上想我的处境。

"我们已经送你高中毕业了。你上头有二姐姐在山沟里吃苦，现在，我还必须借债送三姐去读大学，你小姐姐好好既没有工作又在外面打流，你说你怎么办？"

复读是不可能的。

我说我准备去死。

"死？"母亲听后嘴角挂一丝嘲笑，眼皮抬起来放出一束锐利的光芒，"说得轻巧，养猪过年还有一顿肉吃，你二姐在山沟里盐水泡蕨苣当饭，也没说过一回死字，亏你还读了一肚子饱书！我明天就厚着脸皮去找找孟思琦厂长，你还是先跟我到坏房里去混碗饭吃再说。"

32. 白痴

在阳光特别强烈的那一天,疤子郝国宝被市闲散人员安置办公室通知去报到。同一天顶着煞白的烈日,我也被孟思琦厂长叫到前进瓷厂厂部去填表。也是非常凑巧的事情:刚刚走进荫处,我们在瓷厂的厂部大楼楼梯口上,碰上了同样是前来报到的查云华。

三个人都人高马大。

劳教释放犯查云华的样子,叫我大吃一惊。

他穿一条米黄色的长裤,白色长袖子衬衫挽几道整齐的袖口,下摆工工整整地扎在裤皮带里面。"蚊子"查云华的这种文质彬彬的打扮,既令我这个高中生相形见绌,也叫疤子郝国宝嗤之以鼻。

"啊哈,你他妈是大学生分配来报到的吧?"

"蚊子"查云华没有理他,他对疤子的玩笑无动于衷。

我穿了双塑料凉鞋。疤子郝国宝"吧嗒吧嗒"拖一双肮脏的橡胶拖鞋,乌黑乌黑的脚趾头在前面一拱一拱。

前进瓷厂是瓷器镇上一个老牌的国营瓷厂。像这样近千人规模的国营瓷厂,在我们以单一产业支撑经济的城市里,一共有十个。大集体和小集体还不算。国营瓷厂的厂房和设备,大多是公私合营时,从查冠这些资本家那里接手过来的破烂摊子。但是在发展过程中,因为要承担许多国宴瓷和礼品瓷的生产任务,所以国家技改和厂房基建的资金也在源源不断地注入。因此在企业里面,仅仅是成型车间,都存在着新旧不同的两种生产环境。

一种是工棚式的低矮的简易平房,也就是传统的坯房。

另一种架空高大和作业宽松的现代厂房,大家把它们叫做"车间"。

绝对不是嫌弃作坊里肮脏的环境,也不是讨厌坯坊佬的无知和粗俗。但是,性情古怪的查云华,最终还是咬咬牙齿转身放弃了政府给予的安置。——根子就出在那个痢痢头柳国华身上。

那是在一个被南方称之为"秋老虎"的时节,爬上三层楼我背脊心都汗水如注。厂部劳动工资科一个矮胖矮胖,但是五官还比较好看的女干事接待了我们。科室办公室里的吊扇呼啦呼啦地叫唤。她给我倒了一杯白开水算是客气,而接他们两个介绍信的时候,她看都不屑正眼看一下他们的面部。

"哦,是劳改出来的,我们前天就接到了通知,我们厂长都很不高兴,说一个单位怎么同时分配两个一样的人来。"然后她头都不抬,就像丢揩屁股的草纸一样,态度恶劣地把两张《职工基本情况登记表》丢到他们面前。

两个人都很久没有拿笔了。面对表格,记忆对字体就像眼睛对强烈的阳光一样,比较恍惚和模糊。他两个犹犹豫豫,举笔不定,尤其是没有什么文化的郝国宝,趴在桌上写字的笔杆跟刻刀一样,捉得很紧很紧,一笔一画涂涂改改,望着天花板都咬了好几次笔头。

那个女干事,一边在拆劳保品白纱手套在勾织一个假领,一边跟我闲聊。"等下子我叫烧炼车间的主任请你吃饭。"她曾经跟我母亲在作坊里共过事。

接下来,是带他们去参观工作环境。

当然不是去那种新中国成立后新建的车间环境。他们还不具备那种资格。他们所去的地方,是半封建半殖民地时遗留下来的简易作坊。这种作坊环境,跟释放犯继续改造的意思有些对路。一个长方形的院子,被两长条对内敞篷的作坊夹在中间,两端是进出的小门。中间的露天院子,是晾晒坯胎用的晒架塘和过道。那两条内敞的棚房,一边是练泥的偏间和揉泥的正间,一边是各道成型工序的作业点位和烧煤供热的烘坯间。

两个解除劳教人员,像俘虏一样被人牵进去的时候,打闹说笑的坯房里顿时就鸦雀无声。皮带龙和压坯机在呼啦啦地空响,倒坯的人停下手里的翻倒的模子、练泥工停下了泥铲、流水作业线上印坯的、利坯的、补水的、晾坯的、绘制的、施釉的工人,都因为好奇而成了一尊尊石膏菩萨塑像。

我对坯房里的这个场景记忆犹新——太阳通过瓦漏的孔洞射进几道光柱。光柱里的粉尘,就像细菌一样在挤来挤去地蠕动。

有人开始发飙:"茶花妹子,你今天一个人陪三个男人啊。"

"前拱后翘哈,你做干部都做发了。"

"茶花你嫁给我不咯? 我老婆回老家都半个多月了,我估计她不会来了。"

坏坊佬就一起哈哈大笑,笑得女干事茶花抓泥巴摔他们。他们就笑得更加厉害。

最后是我们被带上了一个新办公楼的二楼,见成型车间主任的时候,"蚊子"查云华才开始暴露出他容不下沙子的所谓"个性"。

这个主任癞痢头柳国华,跟我们熟得不能再熟,但是他是一个少年得志的弱智。

"坐,坐,随便坐。"在我们落座以后他屁股都不抬一下,手指头继续在办公桌上弹钢琴一样跳着节奏。癞痢头的办公室很大很空,却没有放什么东西。两把起了毛的藤椅被我和女干事坐了,办公桌前就只剩下两张老式长条木凳。郝国宝和查云华一人一张,坐在柳国华面前像是受审一样。

柳国华慢条斯理地对两位说:"都是熟人,都是从小一块长大的是不是? 首先非常欢迎,我代表车间的领导班子,欢迎你们成为我们的工人。

"但是革命呢,实打实地说,不是请客吃饭,更不是做文章,你们说对不对?"癞痢头柳国华说着说着,竟然双手抱胸,二郎腿就架了起来,并昂头望着天花板,把两个猪八戒一样的鼻孔仰天翘起。

他打着官腔说:"我也不瞒你们说,车间里现在缺少的不是文化而是劳动力,所以你们要有到一线去吃苦的准备,要敢于去做最脏最累的事情,要有——用劳动彻底改造自己的打算。"

柳主任说:"不过呢,你们可能不晓得这里面的历史,这瓷器成型是古老也是非常文化的东西,不说你们也清楚,在很早很早唐朝景德年间瓷器镇就出了名,后来一个姓郑的太监把瓷器运到国外去了……"

"不对吧?"查云华终于忍不住打断说,"历史书上好像是说在北宋景德年间。"

癞痢头柳主任就马上原形毕露。把二郎腿一收,坐正,捶着桌子说:"是你跟我说话,还是我跟你说话? 你以为你们是什么? 你那么懂历史还到我这里来干什么? 你们在这里,就要晓得你们自己是哪一个!"

"蚊子"查云华从小就有些孤傲,想不到在少管所这么多年,依然没有磨灭他的那点脾性。他以为自己释放了,劳教的历史就应当就此结束。但他万万想不到这个癞痢头,依然把他们进厂当作彻底改造的过程。查云华就受不了的就是这个侮辱,他脸都气得铁青,他嘴唇皮抖抖簌簌地站起身子。

他说:"白痴!"

于是,他转身一脚:"老子不求你好不好。"说完,他踢开大门就像烈士赴刑场一样,扬长而去。

"九剑帮"帮主查云华,依然是一把锋利的宝剑。

而在这个时候,对一切都抱无所谓态度的疤子郝国宝,左脚搁在右脚上面没事一样,坐在矮凳上用嘴角阴阴地发笑。他甚至在上下荷包里到处摸烟,他竟想用散香烟的方式来打破尴尬的局面——他真的对一切都无所谓了。

疤子郝国宝来做坏房佬,是被他母亲逼上梁山。

肩膀很宽的疤子,在社会上依然掌控着一股气势汹汹的势力。

33. 烧炼

后来我就真的继承了爷爷的衣钵，沦陷于我从小就惊恐的那个窑场。

"我不下地狱谁下地狱？"

这才是我当时内心，最真实的、自抛自弃的、沮丧的想法。我没有资格产生其他比较乐观的、自欺欺人的、非分的想法。打个比方说，我进窑场就像一只正在翱翔的雄鹰，突然被枪击中了翅膀，掉进了泥潭那样，我真切感到了疼痛、无奈和冰凉。

但是，当听到我就业的消息之后，龙缸弄的街坊邻居竟没有一个人替我表达出同情或惋惜。相反，他们吃饭的时候端着饭碗，洗衣服的时候把洗衣凳拖到一起，他们议论："于家佬的崽真是修来的福分，一毕业就找到了事做。"他们还说："前世派定的，马上就要接他爷爷的班咯……"

绝对没有半点幸灾乐祸的意思。

我从小在弄子里长大，我清楚我们弄里人的脾气和性格。碰到事都喜欢往幸福和快乐上面靠拢，说出一大堆好听的理由，好像我做个窑里佬，是捡到了世上最大的一个便宜。那个以前经常跟我父亲下象棋的曹师傅，迎面碰到我还拍拍我的肩膀，向我笑呵呵地祝贺："先临时做一下起，马上得到了编制，就是生老病死有依靠的国营工人，我从乡下进城进了十多年才转正，哈哈，现在的年轻人真是幸福啊！"

但我一点都没有感觉到幸福，我认为自己是逃不出这"命里的一劫"。

我工作的那个窑场，就是在龙缸弄离我家两百米远的那个窑场。这个浩瀚的窑场，曾以它高高的架空和连绵的顶棚，让年幼的我被猛然的气势吓得仰头惊叫。同样是在这个窑场，我曾目击到我的大姐被人按在匣钵丛中，实施最流氓的勾当。而现在把我分配到这样一个鬼地方的人，恰恰就是当年促使我大姐投河自尽的那个流氓。

"那个孟医生其实就是个流氓。"我父亲说的话千真万确。

这个流氓孟思琦，当时就是国营前进瓷厂的厂长。

我们不过就是有这么一层模糊的关联。我姐姐死了，我大伯走了，孟思琦能答应我母亲，对于我于家已算是心放当中，仁至义尽。母亲找过孟思琦一回，孟思琦很爽快就答应有机会就给我弄一个国营编制——面对天大的面子，我当时都不知道怎么说才好。

因为让我们没有料到的是，他把我分配到烧炼车间，具体的工种不是烧炼，而是既脏又累的装坯。镇上人没有人不清楚，装坯工相当于制瓷工序里面的苦役，是一种打落牙齿往肚子里吞的就业。

像柳国华苦难的父亲，整天驼着背"咿呀咿呀"地把上百斤重的坯胎，用竹制的担架从坯房挑到窑场。一路上还要不停地发出"让一让，让一让"这种卑贱的招呼声。挑到窑场再一个一个地装进匣钵，用吹气的方式吹干净坯胎里面残余的粉屑。粉屑就伺机钻进我们的肺叶。然后，把匣钵重重叠叠再码出一根根像烟囱一样的圆柱，组成一片圆柱的森林，等到满窑时再一节一节地搬进窑弄，等到开窑又从火辣辣的窑弄里搬出来出瓷。

冯大妹的老公，就是在开窑的时候，让冯大妹一下子沦落为寡妇的。

一些手上和肩上的强体力劳动都不大要紧，大不了就像柳国华的父亲慢慢弯腰驼背，到了一定的年纪就像是狗吃屎一样，低垂的脑袋弯进裤裆。但是，最最要命的结果很可能是，跟我爷爷一样患上呼哧呼哧的硅肺病，或者跟痨病壳一样咳血咳到不得好死。

我当时就成了一个，还没有上手，就看到了死亡的囚犯。

面对陷阱，我母亲一声不吭。

我也只能自己跟自己赌气，暗暗咬自己的牙根，狠狠扇自己的耳光，"破罐子破摔"的念头，像洪峰一样一浪又一浪朝我扑来。因此我常常迟到。迟到不是因为我贪睡懒觉，而是因为我不紧不慢地从家里走到车间的速度。我怀着一颗傲岸而又无所谓一切的悲怆，进班组任何人都不看，不声不响将衣褂脱下来搭在架子上，然后，就光着膀子使命干使命干。干得腰酸背痛胳膊红肿，干到汗似雨淋昏天黑地，干到太阳落山冲个冷水澡，就穿好衣服一个人去街上孤零零地走，走到世界漆黑一团，再回到弄里。

我想，我生下来可能被注定是这样一种苦命。

期间，我不是没有想过其他出路。比如到浮西山沟里去找二姐姐于方方，但是二姐的艰难险阻远甚于弄堂。再比如跟疤子郝国宝去闯荡，但疤子的粗俗和野蛮会使我目不忍睹。再比如去死，可是我像父亲于家男一样，没有一丁点寻死的决心和勇气。

我蜷缩在竹躺椅上,死蛇一样一动不动。

母亲坐在饭桌前一边吃饭,一边看着我说:"好端端的一个小伙子,为什么要天天垂头丧气?"

我不理她。她坐着说话不怕腰痛。

母亲周荣花更恼。她放下饭碗说:"我又没死,整天哭丧着脸干什么?"

我就跳起来反击说:"我累了!"

"累了?你爷爷十二岁进厂学徒,人还没有泥铲子高。我进坯房的时候也只有十五岁,你呢,今年都十九了,要在早先像你这种年纪都生儿育女,养家糊口了!"

我只好又出家门。我一脚踢开破旧的门板,然后又"砰"地带上。我出门时死死地顶她一句:我就是不愿像你这样做坯房佬,怎么样?

"有本事你滚!"母亲伤心地喊,"你滚出弄堂,你去住洋房子,你去死,死得不要回来!"

我说:"我就是死,也不想得肺结核死!"

在相当长的时间以后,张琼突然给我寄来一封信和一本过期的文学期刊。

信封白底蓝字。在右下角工工整整印有她大学的校名,一只漂亮的信鸽在左上角飞翔。邮递员叮叮当当地远去。捏着信我满腹苦水再次荡漾。我不敢撕开信封,犹如怕揭开我已经结了痂的伤口。

伤口又在汩汩流血。张琼在校园草坪上的照片,使我联想起窑场里的粉尘。张琼在信中说,春天来了,我们组织了一次别开生面的春游。张琼又说,我们绿河新村的花肯定开了,你难道不想去感受春天的气息?张琼还说,这个世界归根结底是我们的,我们应该冲破束缚去迎接曙光和挑战!

我只好闭上眼睛,泪水便吧嗒吧嗒掉在期刊之上。

那一天,母亲一声不响地坐在我对面。换了一个人似的她望着我进入沉思。烟蒂燃烧着她粗糙的手指,泪水也在她松弛的脸颊上纵横如雨。她吐着烟说话,像是在自言自语,声音沉缓清晰断断续续:

——你现在应该有这样的准备,不是人人都能考上大学的,家里的情况你也知道,你父亲已经死了将近十年,乡下二姐姐一家还要拿钱接济,三姐、四姐都要上学吃饭,尤其三姐于红红大学里的花费更重,我做娘的也就这些本事,你读了很多书,又跟着大伯生活了一段时间,你心高意乱……其实一个人做什么事情并不重要,人能活多长也并不重要,关键是人活着不要狭隘,要放得开。

那一回我没有顶嘴。我听完后站起来走了。我一个人拿着信和期刊慢慢地去了我上

班的地方。就是在那一天清晨,我坐在反扣的匣钵上阅读小说的时候,我碰到了生命里的又一个好女人——曹小英。

那一天天气还好。清早的窑场里只有些许的飘尘,红嫩的阳光从瓦缝里斜灌而入。有太阳没有风,窑炉边堆放的槎柴叶子便纹丝不动,只有匣钵顶上有几只麻雀在一啄一翘地干叫。因此,我便有了坐在大匣钵上进入小说的环境和事实。

"你早饭吃过没有?"曹小英不知什么时候站在我背后。

我说没有。

她说:"炉口上有粥我们分着吃好不好?"

我这才看她一眼。我感激地说我不饿。

她说:"我知道你的心思。"

我苦笑笑在身边让出一些座位。她挨着我坐下来,暖暖的身子挤着身子。她就是我父亲的棋友曹师傅的女儿,她就这样毁了她自己。我们都没有说话,过了好久好久我才问她,你为什么不读书呢?

她说:"我娘死得早,我只好来做事"。

记得她当时缩了缩肩膀将膝盖抱住。她浑圆的膀臂,就很弹性地绷在我面前,肉乎乎的。

你读了书也不会在这里。

"你读了书不也在这里吗?在这里有什么不好?我喜欢跟你们在一起。"

曹小英扭着头看我。她的脸在近距离对着我,她有一个很好看的鼻梁。我闻到了一股很成熟的女人气息。我当时就很想抱抱她的身体,我需要休息,但是我忍了,我只说我们晚上去看电影好不好?

在这个时候,我很想说一说我隔壁的铃子。

我有些喜欢铃子。

但是铃子的情况,发生了根本性的变化。

我说过除了进瓷厂做工,我当时不是没有想过其他出路,我想过。我高考落榜后,孤单的铃子,就开始辞去厂里的公职出去闯荡,后来她跟了疤子郝国宝一伙人,像飓风一样出入自由市场。已经彻底成熟了的铃子,再也不需要大人们的监护。作为孤儿,她豁出命去,不听弄里人劝阻,岗位不要,吃喝在外,抢地盘,躲税收,倒卖倒买,还参与群殴。

那个时候,她还处于发家阶段。夜晚收摊时一辆轻便手推车,在"吱吱呀呀"地装两蛇皮袋货进弄,满脸油汗,一身疲劳。在门口她停下来,她问坐在磉墩上发呆的我,说:"哥啊,你不考了吗?欧阳小根都复读了,你就不复读一年试试吗?"

我坐在磉墩上望着铃子。

弄堂里没有路灯。各家各户的灯泡都像橘子一般大小且蒙蒙光亮。铃子一半脸有光一半脸无光地站在我面前。她完完全全地变了。她的眼影涂得跟熊猫一样,超短裙露出了半片屁股,衣服绷得很紧很紧,特别是一对成熟的乳房,像是要挣脱她胸前已经开得很低的扣子。

我说,我家没钱。

她说:"我有,只要你想读。"

而我却很男子汉地说,不用,我能赚。

母亲周荣花,这时候就在屋里喊我。母亲以前是很喜欢铃子的,甚至比我还喜欢一点。冯大妹死后总把铃子安排在我一条长凳上吃饭,帮我钳菜的同时也往她碗里夹肉。那时候我已经人高马大,就有些扭扭捏捏不好意思。

"老公老婆,骑马下河,骑到河下,生只娃娃。"弄里的小孩子都在门外拍手笑话。铃子却大大方方叫我"哥哥",写作业的时候帮我打扇,替我们家洗碗扫地。

后来,铃子离开工厂跟疤子他们一起以后,母亲周荣花就开始冷淡铃子。我母亲什么事都做在面上,好像铃子是瘟神一样,只要铃子跟我们家任何人说话,她都要拦腰打岔,叫人或者咳嗽,而且咳出的浓痰,总要等到铃子路过时才吐。

聪明的铃子一点都不计较。铃子还叫她"姆妈",铃子还是站在门口跟我说话。有一天出门的时候,玲子又说:"哥啊,你要是愿意我们合伙干这个"。她用嘴唇努努指着车上的蛇皮袋说:"资金不要你出的。"

但是我不愿意。我已经对混迹于疤子一伙的铃子,有了"女流氓"的不好印象。况且我的想法很多,都是那些比较酸臭的老九想法。首先我不愿意跟疤子他们打交道,我亲眼看到过他们一伙无缘无故围上去打一个屠户,像打沙包一样你一拳我一脚,将一个人高马大的杀猪的打得像女人一样下跪求饶。其次,我羞于在街头叫买叫卖,我多少算一个知识分子,知识分子做二贩子斯文扫地。再次是我进了国营大型瓷厂,大型瓷厂当时是很不容易进去的,进去后由临时工一转正,生老病死就真的躺进了共产党的怀抱。

我低头走进屋子。

我母亲就像憋了很久一样,出门吐了口浓痰。

"至于吗?她毕竟还叫你姆妈。"

我站在窗子下等了很久,才听到铃子的手推车咕噜咕噜启动的声音。车子吱吱呀呀地由近及远,拐弯,然后逐渐消失。

在这个世界上,我青少年时代的好朋友除了查云华,我认为还有"老扁"欧阳小根。

查云华已经近乎于一个孤儿。自从一脚踢开痢痢头办公室的大门,当晚他赠送我两本线装老书之后,我就再也连他影子都没有见过。他相当于一个幽灵。他以查仁儒锁死的那间房间为坟墓——仿佛在我的隔壁他有一口安魂的棺材,经常来无踪去无影地活动。有时候半夜听到开锁声叽叽嘎啦,第二天去看他时又是铁将军把门。

查云华像个云游的僧人,居无定所,没有工作,拒交朋友,而且神出鬼没。

那个时期在城镇,类似他这种情况的盲流,不是流窜的盗贼,就是漂泊的乞丐。他居无定所,是他需要打一枪换一个地方;没有工作,是他不屑于安居乐业的生活;拒交朋友,不是说他没有自己的圈子;神出鬼没,就肯定是见不得阳光。所以我一直有点恐惧,我的这个刚刚从"里面"出来的朋友"蚊子",很可能伙同那些个苍蝇跳蚤,在偷偷干着罪恶滔天的坏事。

而我的同学欧阳小根,我则尽可以放心。"老扁"欧阳小根能让我放一百二十个心思:你就是丢一摞钞票在他脚下,他都会诚惶诚恐犹豫不决。他与我一样,是个普普通通人家的孩子。惺惺相惜,肝胆相照。在仄逼的屋棚子里的蜡烛下,那段宝贵的复习时光,让我们结下了牢不可破的无产阶级友谊。

但是,他后来变了。

演变的进度,相当于时代飞转的车轮。我在滚滚向前的速度中,眼睁睁地看到他越跑越远,越怕越远,最后,远成了一个类似于句号的小点。

有一次在街上,我碰到依然在复读的"老扁"欧阳小根。

这是我们分开以后,第一次停下来面对面的交流。

我在烧炼车间的窑场里累得七死八活。自从欧阳小根住校之后,我们就很难得在弄子里碰面。那是在我被借调到车间当文书的一个月之前,我下班之后就想去洗头冲澡。我累瘫了的样子一定非常难看,既瘦又黑,身上还散发出浓重的汗馊气味,枯草一般乱蓬蓬的头发,堆在脑壳上跟一个逃荒者一样敷衍了事。

他站在那家洗澡堂门口,一本书很做作地卷在手中,扑掸着裤腿上的浮灰。

他瘪着他的上唇问我:"怎么样?"

"又脏又破,完全是封建社会的作坊。"

"我知道,我是问你做什么事。"

"在窑里装坯,装坯的人都这样,四五斤重的匣钵一叠四五层,上班的时间搬上搬下码起来,还要来回地挑坯,累得跟耕牛一样。"

"老扁"他显然不屑于谈这个话题,他说,厂里有很多好看的女人?

我说长是长得好,可哪里比得上我们班的张琼。

那是。他说,坯房佬窑里佬嘛,还能有高档次?

我猛然间有挨了一棍子的感觉。他扁着他的上唇,嘴巴轻蔑地一撇,中伤劳动人民的语言就从他嗓子眼里溜了出来。恍惚间我好像让过了一辆单车,让过单车后我就迈步走开了。这时欧阳小根,就知道伤害了我的尊严,追上来扳过我的肩头跟我解释:我不是那个意思,我是说……可我当时没有一丝反应,我笔直地朝前走,我已认定自己与他在人生的岔道上已分道扬镳。

我无话可说。

我只好经常溜达到邮政所门市上买一本杂志,躲在小说里拨动我生活的时钟。

后来果真,这条发誓要跳进"龙门"的鲤鱼——欧阳小根,在第二年的秋天,而不是在第一年秋天,以仅仅线上三分的成绩,庆幸地被地区师专政教系录取。他不被录取是不可能的事情,因为他已经对天发了毒誓,"不考出弄堂誓不为人"。因此他屡败屡战,一年又一年拿大人的血汗钱作为赌资,拼了命地要离开供他赌博的大人。

喜事似乎也会传染。

也就是在欧阳小根终于挤上"独木桥"的那一年的那个秋天,有关我们家的喜事也接接连连。我大伯于家驹终于被定性为"历史清白",同时,他东山再起的战友,竟把他提拔到最西边的地区担任副专员职务;二姐姐也不再在浮西山沟里受苦受难,她以返城知青的名义,直接就成为了地区城市一个事业单位的工人;而我,由于孟思琦厂长的有意栽培，我被组织上委任为烧炼车间的副主任职务……

与欧阳小根光宗耀祖的及第相比，提拔当然也给予了我一丝心灵上的安慰。

我当然高兴。所以在我搬进我们胡子主任同一间办公室的时候，我才主动沟通了与欧阳小根和张琼的联系。我坐在办公桌前，拿一支笔，面对稿纸思绪万千。我终于丢弃软绵和灰心，慢慢萌生出一丝不甘沦落的上进想法。我将这些阴险的想法用文字表达在信纸上，然后骑车子跑到邮局，然后贴邮票贴封，然后将莫名的激动丢进了邮筒。

欧阳小根和张琼立即回函。

两人不谋而合地用导师的语言，给我出谋划策指点江山。措辞都十分激进，意思也非常明了。大致的想法就是：这个世界是你们的，也是我们的，但是归根结底还是我们的。我们青年人正朝气蓬勃，希望就寄托在我们身上！设法排除胡子这样一批愚昧官僚，是我们义不容辞的责任。

我当时正蹲在臭烘烘的厕所里面，所以我赶开嗡嗡的苍蝇，顺便将他们的豪言壮语刮了屁眼，然后丢进快快的粪坑——我开始对知识分子嗤之以鼻。

在那段得心应手的时间里，我不怎么吭声。但是，我每天早早地从破屋中出来走进工作岗位。我在上班前就将茶水烧开、桌凳抹好、走廊扫净。我还将胡子主任水桶大的茶杯，冲得稠黄如尿。

当一切就绪时，阳光破窗而入。瓷厂上班的铃声响起，弄堂里像蚂蚁出窝一样的工人，从四面八方涌进厂门。在窑里佬坯房佬动工以后，体面干净的行政管理人员才款款而至。作为车间行政长官的胡子主任，一般比别人还要晚些，他八字步腆着肚子像鸭子一样，一摆一摆地进来，然后扫一扫室内的环境，再在藤椅上重重地坐下，然后抓过茶缸，美美地咕咚咕咚牛饮一通，然后就拍着我的肩膀，满意地点着头不停地微笑。

"你这么高的文化还不忘记学习。"他坐我对面看着我捧一本《小说选刊》，说，"你真是个很求上进的秀才！"

当然还有对待工人。对待工人就让我想起爷爷、想起母亲、想起冯大妹、想起曹师傅他们。下面的工人师傅只要一到车间办公室来，我总是会主动下位热情让座、倒水，笑脸询问他们什么事情，有什么要求。因为他们大多是我的街坊，甚至长辈。胡子主任在外面逢人就说："于飞飞这个小伙子不错，读书的人，却没有一点臭老九的架子，我要是有个女儿就好，我没这个福气！"

三年之后，我得感谢瘌痢头那边出了一点小事，我当然地再次得到上级的提拔重用。

被提拔重用的原因，在这里我不能省略。

按瘌痢头柳国华的秉性，出事是迟早的事情。一帮"战高温夺高产"的坯房工人，愤怒地涌进柳国华的办公室，把他当做沙包，狠狠地揍了他一个半身不遂。这个愚蠢的家伙，终于用他与生俱来的德行，换来了这样一个惨痛的结局——他克扣了成型一线的降温经费，截留在成型车间的账本上，供他花天酒地，挥霍浪费。这起震惊全市的贪腐事件的结果，就是我因此被应急提拔到成型车间，顶替他"一把手"的空缺。

当然，我庆幸的不是他的贪腐。

我这种一路顺风顺水的"转型"过程，有三四个人我永远牢记并衷心感激。

一个是一直在暗暗瞄准并刻意打磨我的厂长孟思琦，或者是他身后的于家驹大伯。当时瓷厂里的大老粗或小学毕业生一打一打，鹤立鸡群的高中毕业生算是稀有物种，文科仅两分之差的落榜生更是凤毛麟角；二是我母亲，我母亲默默地在做她儿子的坚强后盾。她已经光荣退休，在家做饭洗衣服或者唠唠叨叨，总希望我一心扑在岗位上兢兢业业；三是曹小英这个坯房里的姑娘。曹小英在我沮丧时期给予的关爱，让我感受到生命的温暖，并且恢复了生命的自信，使我安心立足于工厂并思谋发展。

191

就这样我正式混进了工人阶级的干部队伍。上任后的第一件私事是我操起了电话，我拨通了毕业分配在市劳动人事局的张琼。我"喂"了一声。

我昂首挺胸地站在办公桌前放眼窗外。

窗外，南市区的窑砖头民房高低错杂。就像是多年荒芜的滩地，许多低矮的棚顶上有甘蔗兜、鸡蛋壳、塑料泡沫，甚至还长了拉拉杂杂的野草。

当时张琼立即就反应到，我是问我小姐姐于好好工作的事情。她说我这边手续都好办，现在只是你们单位接收的问题。

我说我们厂部估计没有问题。

她说，那你盖了章再找我好了，我晚上一般都在家里。

我说，你晚上也不出去消遣消遣？

她说，大学里还跳个舞什么的，工作以后就没有什么兴趣了。

这让我想起分在中学里教书的欧阳小根，就说："你们怎么都这么萎靡？"

张琼笑笑，说你当然不理解，你现在是差遣人家的人，我们是被人家差遣的人。

我于是得意地放下话筒。四姐于好好一直是我内心的一块病灶——穷怕了的人经不住灯红酒绿的诱惑。

我母亲跟我唠叨过不下于十次。这是我上面最小的一个姐姐。发育成熟的她，长是长得婀娜多姿如花似玉，但是，于好好高中毕业高考都没敢参加，一直只凭着姿色跟着市里一帮不三不四的纨绔子弟瞎混，像一个糠箩里突然掉进米仓的饥饿的老鼠崽子，整天里迷恋于跳舞喝酒,过"资本主义"的生活,穿"奇装异服",唱邓丽君的"靡靡之音",直到夜不归宿,派出所的民警上门来提出警告。

我喝了口浓茶。那时我正是"春风得意马蹄疾"的时候,昏昏然有点小人得志的兴奋状态,连大伯伯于家驹在电话里关心我的时候,我都没有提任何的个人要求——这是我懵里懵懂的一次人生失误。

当时,成型车间的主任,官职不大,但手下有两三百号人马,放在部队至少相当于一个营的兵力。哪像号称"时代宠儿"的张琼和欧阳小根,大学毕业小跑腿一个。虽说欧阳小根带一个班五六十号人马,可那些人尽是些既不懂事,又没有战斗力的孩子。中学生里成天鸡毛蒜皮的琐事、叽叽喳喳的闹心和堆积如山的作业,以及弄里简陋恶劣的环境,让欧阳小根没事的时候,既不想回家又不愿待在学校,时不时就逛公园一样逛到我办公室闲坐。

我一个人单独一间办公室。

"老扁"欧阳小根读上师专以后,就很少回家。他厌恶里弄和家人,不愿跟做蜡烛的驼背父亲和瞎子大哥住在一起,厌恶的神色形之于表。譬如皱眉,皱眉的习惯已使其眉心产生了几道深刻的纹路,因此他的样子,总是重债压身愁肠满腹的定格。再譬如说话,说话喜欢责问和斜视,像哲学家或被生活逼急了的孔乙己。他精通当时盛行的尼采和萨特,说话一套一套,并配以潇洒的手势,所以在意识形态领域,我承认我只能远远地做他拖在地上的尾巴影子。

我闲暇时,就陪他聊天谈女人,但一般我都很忙。来办公室的人穿梭一样进出,工人告状,段长请示,会计让我签字,文书找我批活动经费。好在欧阳小根也不在乎冷落,一个人跟上访者一样,耐心地坐在旁边的椅子上,一张《工人日报》可以从头到尾一丝不苟的阅读,或者拿起我桌上的文学期刊翻上面色情描写的文字。要么他就瘪着上唇,独自站在窗前,目光散乱地俯视我们的里弄和棚屋。

厂区机声隆隆,烧炼分厂的铲煤声异常刺耳,烟和粉尘像雾一样弥漫在空中。

下班后我请欧阳小根上街吃饭,我带他去我可以签单的那个酒楼。路上他一直不作声,甚至有人自行车压了他的脚后跟冲他道歉,他都只顾向前走路。我们把他叫做"老扁",是因为他长成一副"地包天"的嘴唇。

路上欧阳小根突然问我:"听说你跟曹小英……"

"那都是过去的事了。"

欧阳小根反应不过来,只管讨好我说:"曹小英再胖一些是蛮漂亮的。"

我说,那时候我很苦恼你知道。

"她的心地也很善良。"欧阳小根还一味捡好话奉承。

我就火了,我本想开了,跟好朋友他说说我的心思。我说你怎么变得这么虚伪? 低档次就低档次嘛,这有什么好掩饰的? 你直说你看不起曹小英这样的坏房佬,我又不会怪你。

说得欧阳小根瘪着上唇,在大街上很是尴尬。欧阳小根当时并不知道我正在疏远曹小英。

这是至今，依然令我忏悔的往事。

果然，欧阳小根那次因为说曹小英的事情遭遇尴尬之后，就再也没有来办公室找我。我知道，他就是再闲得发愁，也不会来找我自讨没趣。

那天我也是走在街上。我已经记不清是为什么走在街上。我只记得车间里忙过之后心里有些烦躁。只记得那时街上已经有铜钱图案的霓虹灯招牌，闪烁着媚眼。走出龙缸弄就是城市前街。老街稍微要陈旧一些，但是商业区观念的接受比较迅速，沿街的民居，一眨眼工夫大多都改装成了店面。那个时候，几乎沿路都是那些"美酒加咖啡"的哭腔，溢出店门并流淌街头。街上人来车往。

我东张西望。结果通过玻璃的茶色，我发现了很久不见的朋友欧阳小根。

"老扁"欧阳小根的个子不大。他正哑着他那张扁嘴，去吸勺子中的最后一汪残羹。大概是正在结束一场难得的奢侈。他弓腰的姿势，在雅座内犹如一只新鲜的河虾。喝完汤，他擦屁股一样用餐巾纸在嘴边上一按一按。从上唇到下唇转一圈，表现出一种高雅的做作。但是，他的上唇是瘪下去的几乎没有唇边，样子苦嗷嗷的，看上去总像是一副倒霉的样子。

那是哪一年的事情呢？

欧阳小根在酒店挥霍这很正常，但不正常的是，他对面坐着正在付账的铃子。他什么时候黏糊上了铃子呢？铃子正蘸着口水，在一张一张往外数钱付账。之前欧阳小根每每说到铃子，他总是赶苍蝇一样扇扇鼻尖。尤其是读书的时候，他用当时流氓知识分子

的口吻,一口一个"二贩子"加"他妈的"。"摆地摊算什么东西?摆地摊他妈的跟叫花子很难区分。"清高而潇洒。然而我想不到的是,他转眼之间竟然会接受二贩子铃子的宴请。

那时候我穷得叮当作响,做梦都渴望有票子像落叶一样从天上飘下来。在街上闲逛,似乎是有些想捡钱,或者恋慕豪奢的潜在念头。但是出来后,我还是一把拖住欧阳小根,我说你怎么跟她搅和在一起。

"什么搅在一起?她是铃子。"欧阳小根甩手说,"她还问起你呢。"

我说,你跟这种素质的人犯得着吗。

"老扁"欧阳小根说,你不了解她,你跟她聊聊看,蛮有经济头脑的。

欧阳小根拍拍自己空洞的胸脯说,我素质怎么样?我这样的素质现在又怎么样?

我哑口无言。

大概是喝了些马尿一样的啤酒,脸色红嫩的欧阳小根激动之后,有些豪言壮语的嚣张。

但是事实是,欧阳小根在跟一个不属于他同类的女人进餐,且毫无愧色地让女人付账。欧阳小根的观念,被一顿便餐就灌得七零八落无法收拾。

至于铃子,铃子是我小时候一直爱怜的一个邻家小妹。长大了辞了厂里的工作,跟疤子郝国宝一伙人去闯天下,我才开始有些看不惯她。但是她已经成年,所谓"天要下雨娘要嫁人",就是这个意思。弄子里好多的大人都站到门口,眼睁睁看着铃子坐在疤子的摩托车后面,一惊一乍地呼啸出弄堂。

查仁儒平反释放后,铃子已经在火车站附近的街头,租了房屋开了间瓷器店,俨然是一副老板娘的派头,走起路来笃笃笃一副赶去报仇的样子。"革命军人个个要老婆,你要我要哪里有许多……"人的变化真大,当初疤子和马博一伙整齐地拍着屁股,跺着脚板,有节奏在弄里行进时,铃子还躲在我背后伸头缩颈、战战兢兢。

疤子郝国宝已经是我们南市区那一带出了名的"罗汉"。他重操"青龙帮"里的旧业,所以好不容易才落实的坏房里的国营工作,他基本上像是吐口痰一样把它唾弃了。只有在呼啸的群体里,他才能找到"老大"的尊严。他凭借着脸上的一块刀疤和少管所熬出来的身份,热衷于拉一座山头,率队伍斗殴,拿见血的凶器,用野蛮的手段,替亲朋好友摆平难事,为自己和兄弟欺行霸市。

我都差一点忘记说了——在那个年代里,还一个叫我至今懊悔的事情就是:

曹小英与我的男女关系,随着20世纪80年代的消失而消失,这是历史的错误。曹小英是那种寡言少语,眼睛很亮,脸型很美,说话轻声细语,羞涩自卑,而又单薄的工人后代。地上地下活动我们搞了两到三年,循序渐进或长驱直入。在我最需要安慰的时候,曹

195

小英仿佛是一件拥抱我躯体的棉衣，或振奋我精神的鸦片。

但是，自从与张琼接上头以后，我像个陈世美一样越来越不想找曹小英了。曹小英与我同住在龙缸弄的老屋里面，曹师傅是我父亲的棋友，彼此的父母又是稔熟的坯房搭档。每天两家人低头不见抬头见，相互的底细一清二楚。我们偷偷摸摸的地点，由电影院到深夜的坯房，再由坯房转移到近郊的野地，然后到阳光明媚的弄头巷尾。医院的妇产科房间，都偷偷去过两回。因此我无法让人对我后来复杂的情绪变化，予以深刻的理解。

说实话，在20世纪80年代末期的时候，我在厂子里已经习惯背着手走路了。那些日子我们城市正处于改革开放的高潮阶段，"农村家庭联产承包责任制"在全国推广，城市经济技术开发区的相继兴起，特别是海南成为中国面积最大的经济特区以后，口号一浪一浪，观念应接不暇，市民们跃跃欲试，以及城市日新月异。

在那些日子里，张琼的父母正巧又步履匆匆，夜不归屋。我那时酒足饭饱后有些骚动不安，就闲得无事找张琼聊天、跳舞、郊游，甚至发展到关起门来，看那种当时民间暗自流行的录像带子。

雇请的阿姨是不好干涉的，张琼是家里任性的娇小姐。记得在粉红色吊灯的氛围里，我们顺理成章地像磁铁一样相拥在一起。我低下头，吻了她滚烫的额头和高翘的睫毛。当时窗外寒露初降，被公园隔绝了的城市正悄然入梦。我承认我经不住她猫一样的温存，看不得她如水荡漾的眼睛，我终于在闻到温馨的肉香时，伸出了双手，捧住她红嫩的腮帮，用嘴去吻那向往已久的、微微张合的、鲜红的唇。

那个时候，无边的幸福就像一阵一阵的海浪，将我们高高托起，又深深沉降。

许多事只有我心里清楚。

低声下气的曹小英，越发变得低声下气。

和张琼有了联系以后，我试图像擦黑板一样，回避历史和历史中人。我买了一根纯金项链并准备了三千块钱现金。这在当时是一个不小的数目。可是我们在弄堂里迎面相遇时，我叫她，她却咬着下唇没听见一样，与我擦肩而过。"曹小英……曹小英……"她义无反顾，勇往直前。"曹小英，我有话和你说。"过路的人都奇怪地停下来看我了，我只好将钱和项链塞回内衣。

后来，我在自家的门缝下面，看到了一些塞进来的东西。这些东西是崭新的手帕、玉石小圆镜子、一张约会的字条和一个我数年前在河边捡到的玛瑙麒麟。这就更增添了我的不安和烦躁。终于有一回，我把她堵在家里。我等她家里人全走光以后，就偷偷快速地低着头钻进了她的家门。

那天，她很惶恐地望着窗外，将手中的梳子放在桌上，说："你来干什么？我东西都还

你了。"

我说我不是那个意思,我是想跟你谈谈。

"没什么好谈的,我都知道,你走吧,等下我父亲回来了。"

我说,我一直就想把你调到车间行政上去搞管理,但是那些岗位,没有文化很难胜任。

她说:"我从来没有换岗的意思,我知道我不配。"

我说:"我没有办法,我只能说对不起,我为了表示心意就……"我边说边伸手去掏内衣的口袋。

她含着泪说:"你别说了,我什么都不想知道,我不怪你,我也不再找你,你放心好了,你走吧。"说完,就硬生生地使劲将我推出门外,将门"啪嗒"一声关好栓死,然后我就听到里面,有抑制不住的抽泣的声音。

没有人知道,那声音至今都响在我耳边。

最后一次见到"老扁"欧阳小根,是我正稳打稳扎的那段时间。其间我的生活,正在翻天覆地的变化中坐收渔利。欧阳小根穿一件时髦的,相当于他三个月工资的山羊皮夹克,他瘪着上唇,叼一根粗笨的使其咳嗽不止的棕灰色雪茄。我正躺在沙发中遥控着电视频道,灯光照着身边茶几上的咖啡,蒸发出异彩。

197

那天有些子奇怪,欧阳小根走进我新房后扯开拉链,就一屁股落在我左边的沙发上,然后拳头无端地捶打着我沙发的扶手。

我们弄堂里的习惯,口渴了一般是喝茶,但是我递给他一杯咖啡。似乎这就是已经跟上了时代,我们那时候作兴有一股子锅巴焦味的苦涩咖啡。还有破旧的牛仔裤、做膻味的皮衣、叽叽喳喳轰鸣的家庭影院电器,甚至已经有砖头一样大的大哥大,在街上贴面耀武扬威地嚎叫。我开玩笑说,你回来了,你回我们棚户区来了?

他这才抬头告诉我,他辞职了。他准备跟铃子到南边去做生意。

我大吃一惊,说你可以请假啊,你辞它干什么?

欧阳小根说,他妈的卵校长左不行右不行,不过是穷教书匠一个,什么好宝贝职业!

我说:"你想钱想疯了。"

他说我怎么办?什么时候能有你这点权,我也就不走了,我那几十块钱够什么用?我不能死守在这弄子里,过我们父辈这种日子了!

这时候,电视里正在播一部香港打斗片子。电视机的质量不好,或者是当时信号发射的原因,屏幕上的雪花点像马赛克一样晃动。两兄弟为了一笔家产,正在一个昏暗的仓库里动刀动棍。一下一下的格斗声,致使我偌大的客厅显得有些空荡和寂寞。

"可是你要想远点,你家里有老头子和一个残废,你自己还是个干部编制,你不能掉钱眼里去了。"

"你别唱高调了。"欧阳小根摔掉雪茄瘪着嘴说,你不掉钱眼里,你做这栋房子干什么?"

"我可是一步一个脚印奋斗起来的。"

"奋斗?哼!你还配跟我说奋斗?"欧阳小根激动地站起来指着我家里的东西数落说,"这些,这些,还有这些,就靠你那些工资奖金……啊……这都是奋斗?"

"老扁"欧阳小根另一只不动的手,有点像患帕金森似的有些激动地颤抖了,在不知情的人看来,那只手肯定会在攒足力量后,冲过来杵我一拳。当然不会。他走到窗前,猛然将窗帘呼啦一声掀开,一股风就趁势涌了进来。我坐在沙发上点着香烟,然后就望着噼里啪啦打斗的电视机,狠狠地吸吐。

弄堂里传来一阵阵搓麻将的声音。

我终于没能留住我的朋友欧阳小根,我没有任何理由和情绪。我们能再跟父辈那样吃二遍苦,受二茬罪吗? 我连自己都说服不了。

那段时间,我终于动了不少脑筋弄到了两套大房。虽说依然在弄堂的范畴,但是通过大规模的改建加高,装潢一新的房子已在老城区沿河鹤立鸡群。建筑项目很费周折,砖和水泥等材料到车间仓库里搞了一些,厂里的临时工听到后也主动上前帮忙。以后我又花了一笔钱围了个院子,添了一套新式红木家具和许多电器。晚上华灯初放时四壁生辉,清凉的大理石地面悠悠泛光。

女朋友张琼也来过两回,跟验收或检阅一样四下里打量以后,嘴角上露出一丝难以解释的微笑。张琼素净高雅,诡秘含蓄。我说,你应该知道我的艰难,我能到今天这一步很不容易。她这才笑出一个比较明朗的意思。嘴角高高上翘,腮帮上深深陷下一对酒窝。我想此时此刻,还有什么比她的欢笑更有意义的呢?

但那时,我仍然莫名其妙地烦,仍然感觉院子洋楼的压迫,仍然觉得西装革履穿在身上,像晃晃荡荡的甲壳一样很不合身。当时我烦躁的具体表现是——在室内习惯像笼子里的狗熊一样无端地走来走去,出门总是忘了带钥匙或生怕钥匙没带,经常独自把自己关在办公室狠狠地吸烟,对工人的脾气越来越不耐烦越来越坏。绕道回避、闭门不理、大声呵斥,甚至拍桌子摔茶杯……这就有些不很理智。可我又想,我又不是圣人,人不可能每时每刻都表现出稳如泰山,静如止水。

蜷缩着身子,我那时把自己深陷于藤椅之中。

旁边的茶水已冷。

36. 人有人路

在我们弄堂里,有两个人都找到了吭哧吭哧下手的方式。

似乎是真的要做一番惊天动地的大事:一个把自家的院落和空房隔起来,囤积瓷土和釉料,大宗大宗地采购陶瓷原料和成型器具,家里被弄得白粉乎乎、泥巴兮兮,差一点就成了国营瓷厂里的坯房和原料车间;另一个则雇佣着大板车,吭喝着在买进卖出,在设法大批购进国营瓷厂的等级之外的廉价瓷器,把房间当成了瓷器仓库,再发动姊妹亲戚去宾馆饭店等等地方,甚至是到外地去搞"投机倒把"。

但是当时的状态,这两个人都把家里搞得一塌糊涂,把自己忙得焦头烂额。

那段时期,实际上我们弄子里有很多人都跃跃欲试,但是就是一筹莫展,无从下手。面对着松绑的大好形势,绝大多数的人都是像虮蜉一样仰望着"市场"这棵大树。于是,街坊邻居们只好端着饭碗,在门口开这种玩笑,大家幸灾乐祸地把身边这两位异想天开的,想大有作为的人,戏称为中华人民共和国的"二华"。

因为他们俩一个是查云华,另一个是柳国华。

查云华,我一直就以为他是个干大事业的家伙。凭他"蚊子"的性格和气派,成不了大事都算是遭遇了天灾人祸。查云华从小就酷酷的样子没有笑容。他劳教释放以后的经历,在瓷器镇许多人心目中,又都是一片神秘的空白。

发觉查云华有大动作,是我偶然一次回龙缸弄那个破家,看望我母亲和四姐的时候。

当时,一般我都很难得去我那个河边上的破门倒壁的老巢。那里潮湿、压抑和烟熏火燎的乌黑，坐没个干净的座位，躺没个平整地方。我新做的房子在另一个弄堂。要不是家里还剩下年迈的母亲和不懂事的于好好，老屋那里我就是一辈子不回去，也没什么值得留恋——早先的渡船，已经因上游架桥而撤销，龙缸弄破破烂烂的路面已经车马稀疏，冷冷清清。

四姐于好好周末都不在家里。

那天上午，只有我母亲一个人在家里搓洗四姐于好好的短裤头子。

平时四姐于好好脸色都有些苍白，抹着猪血一样的嘴唇，很像是刚刚吃过人的妖精。我怕她沦陷得不能自拔，就花了九牛二虎之力，设法托门路把她塞进了国营瓷厂的检包车间，做一个岗位轻快而又权限很大的质检工作。这种抢手的瓷器质检员的位置，当时在瓷厂里是一个炙手可热的体面工种。

但是，于好好瞧不起做工人阶级。她决定自己混出点名堂。可她又没有"两华"的敢想敢干。我真的不知道，像她这种眼高手低无知无畏的人，能弄出什么名堂。

"她有可能在吃鸦片！"母亲忧郁地告诉我说。

"你不能瞎猜。"那时候毒品很少。

"我没有瞎猜，她昨天半夜鸦片瘾发作了。"我母亲两只湿手滴滴答答，一副想哭的样子站在我面前。会上瘾的东西，她就只知道鸦片。宽大的身躯也变得瘦小。我那时就感到她老了。

这时，我正放下手里的水果袋子，就听到隔壁像在相骂一样吵吵嚷嚷。我走过去一看，这才知道查云华在利用"瓷雕查"的无形资源，准备上马一个瓷器雕塑的私人作坊。他楼下的癞痢头一家，在柳国华当车间主任的时候早已经搬出。空出来的查氏门楼上，挂上了一个"瓷雕查绝技艺术品公司"的金字招牌。

坐牢出来的查仁儒，看样子身体不行。也许是刚刚跟儿子查云华吼叫过一阵。我递上一支香烟，他起身接烟的手像是弹琵琶一样哆哆嗦嗦。手上有石膏白粉。他的眼神、皮肤和腰身都老迈得不成体统。查云华当时，腋下夹着一个鼓鼓囊囊的大皮包有点尴尬。他修长整洁的样子，完全赛得过一个俄罗斯美男子。

刚刚到货的用来做模具的石膏，被横七竖八地推到在地上。

"你叫人家于厂长评评道理，雕塑作品怎么可以倒模子批量生产？"查仁儒艰难的喘气，两眼布满了浑浊的云翳。

我们成型车间已经改革为成型分厂，大型国营前进瓷厂在化整为零，在分开进行着独立核算管理。瓷厂这样改革的目的，无非是把车间主任当做经济效益的责任人来压榨。所以查仁儒叫我厂长。

查仁儒接着说:"如果批量生产那就不叫作品,那叫商品。我大小还算是瓷雕艺术家,搞商品你就不要打'瓷雕查'的招牌!"

在实施分厂厂长责任制以后,为增加效益,我本来也打算请"瓷雕查"这尊大佛出山,我想扛起他的牌子,跟二十年前那样组建一个"瓷雕研究所"的。查仁儒并不知道,我也没有把这种设想,告诉给任何一个朋友和同事。

查仁儒说:"我原以为,你是想把我雕塑手艺发扬光大,我想不到你是在砸你老子的牌子!"

"钱、钱、钱……我看你想钱都想疯了,几十年都这样过来了,一口气就想挖一口金窖!"查仁儒的脾气明显比早先丑陋。他越说越气,脸色有些苍白,嘴角上的泡沫都被说出来了,夹烟的手哆哆嗦嗦得不能将烟头对准自己的嘴巴。

查仁儒最后疲惫不堪地躺坐下去。

他捂着伸不直的老腰,两眼闭起来跟一具死尸一模一样。

看样子这是一个问题,是一个艺人和商人在创作或生产上不可调和的重大问题。这就像两条平行奔跑而永远不能交汇的两架马车。"死脑筋不开窍!"查云华站边上一直没有开口,但是出门以后他这样轻轻跟我嘀咕。我一声不吭。因此,我的那个请"瓷雕查"出山的计划,还没有形成文字,就沤在肚子里沤成了粪便。

那一天,我拍拍查云华的肩膀把他叫到一个酒店。我跟他是患难兄弟。

但是我的这个少年朋友,在那一天结账的时候,硬是涨红着脸要拉开他那个人造革皮包的拉链,抢着到柜台上买单。他死活坚持着要自己付账的动作,是差一点要把我的上衣扣子拉掉。酒店里的人都在看着一对兄弟,为买单而近似于打架。

他最后说自己赚到了钱,没赚到钱也不能开张一个什么公司。

在这一次喝酒的过程中,我这才了解到了,他这么些年来无踪去无影的行踪——是在拿着我们瓷器镇民间收购来的一些所谓旧瓷器,当作古董在一些大城市到处"招摇撞骗"。但现在那已经不叫骗了,在古董市场这种"赌眼力"的买卖,是行当里面通行的规矩。

然而,在那回推推扯扯的过程中,我一句话就让查云华善罢甘休。

听完我一句话,查云华像冻僵了一样愣在我面前——他掏钱的手,在皮包里面被夹住了似的一动不动。我那句话相当厉害!他冻僵的脸皮都在不自然地抖动。我附在他耳朵边,轻声说出的那句话就是:"你不要跟我抢着付账,我是用公款,不用白不用。"

另一位想成为资本家的瘌痢头,是他死皮赖脸地找上门来求我,我才知道他在倒买倒卖本地的瓷器做原始积累。他求我而不去求孟思琦厂长,是因为孟厂长跟他的姐姐已经离婚。孟思琦像无数的冲浪者一样，又赶上了一个汹涌澎湃的离婚浪潮。他娶到了一个更加年轻的当地歌手。因此，孟思琦的原任小舅子癞痢头没有办法，就只好像癞皮狗一样三番五次地到我办公室、新居、饭店，甚至是开会的会场等地，到处寻找。

说心里话，我情愿跟脑膜炎打交道，也不愿意跟这个弱智合作。我像躲瘟神一样，左一个借口右一个由头，躲他这个没有德行的人躲了不下于五次。

有一天上午下着大雨，雨水哗啦哗啦在窗帘外咆哮，我正在办公室身临其境地阅读着路遥的中篇《人生》，这时候我们成型分厂办公室的一个女文书告诉我，说早先那个车间主任、现在的国华陶瓷销售公司的柳国华柳总求见。"他都预约过好几次了。"文书这样说。

"什么销售公司？不过是比二贩子零售做得大一点而已。"我说。

女文书说："他现在正坐在接待室的沙发上等候。"

我说："就说我现在很忙，叫他下午再跑一趟，下午我可能有空。"

文书提醒说："下午两点半你不是要到宾馆去会见一个广州佬吗？"

"哦哦，我都忘记了。那就再说吧，以后有空的时间……再说。"我在敷衍了事。

这就是当时癞痢头想要见我的遭遇。你做得了初一，我当然就做得了十五。分厂的文书不清楚历史。但柳国华他的性子很好——坚强坚韧。癞痢头戴一顶棒球帽子遮住脑壳，夹一个真皮皮包，不慌不忙的样子像是政府公务员上班一样，拿着一个砖头一样的大哥大，依然愚公移山锲而不舍地往我办公室跑。

他一共跑了七趟。也不预约，上午或者下午。但是他一点都不生气，继续在接待室把"砖头"贴在耳朵上，叽里咕噜打自己的电话。最后一来二去，他把那个女文书都混熟了，甚至还塞一个广州带来的蛤蟆镜贿赂，搞得那个女文书每次见到他都有些不好意思。

这一天，我终于同意接见。

柳国华进来，他小心翼翼地不敢坐我的沙发。他像小媳妇一样站在那里。我说"你坐嘛"，他说"我还是站着跟你汇报"，我说"没有给你准备小板凳，就是让你坐沙发的"，他说"那时候是我幼稚，我不该那样傲慢地对待查云华和郝国宝，还请你见谅"，我说"我如果计较，我还会请你坐沙发吗？"

在见到了癞痢头柳国华以后，我才知道他这么死打烂缠地急着找我，是因为在计划中有几个金窖，等着让我给他下锄。他的那些投机倒把的商机分别是：

一、他想通过我找孟思琦，买断积压在前进瓷厂仓库里所有的等外瓷器。等外瓷最直接的说法，就是那种质量够不上等级的劣质瓷。这种廉价的东西他拿去加工打磨，胡

弄着冒充正品卖出去，利润的空间大得可以跑得过火车。当时的总厂厂长孟思琦，自从癞痢头截留职工降温费以后，他嫌他就像嫌鸡屎一样，恨不得看到他就捂住鼻孔。

二、他想跟我成型分厂的作业线，合作生产一种订单样品。那是一种船型的餐具，花样形状都有设计好了的图纸。如果我愿意合作的话，他甚至可以先预付一半的订金，交货之后再付给我个人百分之十五的好处费。

三、想我给引见一下，毕业后被分配在瓷洲宾馆，当时已经是副总经理的于红红。瓷洲宾馆是当地市委市政府的接待处，是当地最大、最高档的瓷器采购单位。

听完后我有些好笑。

但我不得不承认，癞痢头在这方面具备钻天打洞的本事。我们国有企业当时的营销人员，哪怕只有他三分之一的头脑和精神，我都会毫不犹豫地聘请他做分管购销的分厂副厂长。但是，没有人愿意做这个副厂长，有用的人情愿在暗暗地在为私企的产品牵线搭桥，赚取一些"中介提成"。

当时，我断然地拒绝了与他的第一二种合作。他甚至递上一个鼓鼓的信封，都被我斩钉截铁地丢回了他的皮包。我最后说："你硬是要给我，我就上交给厂部。"不是我不心动，而是我真不愿让这种猪狗屎玷污了衣衫，他让我感到恶心、恶臭和糨糊滴答。我婉言推辞说："至于于红红，你又不是不认得，你直接找她就是，她认为能够办得到的事，她肯定会给你办的。"

"那您给她打个招呼，我这个没有出息的邻居，她恐怕没放在心上。"

"你找她就是，直接到瓷洲宾馆。"我准备送客。

"您还是给她挂个电话，不过是提醒有我这么个邻居找她而已。"他真的像狗皮膏药一样，黏黏糊糊地把接通了大哥大递到我手里。

没有办法的事情，我应付性地跟三姐于红红说了几句，我以为这不过是握握手过个套的事情。但是，事后想不到的是，我这座桥一搭好，事后也不知道癞痢头用了什么方法——我三姐好像是被癞痢头灌了迷魂汤一样，一个市委接待处的干部，堂堂的国资宾馆副总经理，后来竟变成了这个"二贩子"割头换颈的酒肉朋友。

按一般的常理，这根本就是"水里点灯"的事情。

一个头上都散发臭味的癞痢头，一个是名牌大学漂亮的高才生，完全是风马牛不相及的两个品种。然而，经常是周末，在我母亲家里吃团聚饭的时候，癞痢头柳国华有饭局就一个电话过来，于红红接到电话像去救火一样，筷子一摆拎着包就跑。他们隔三岔五的饭局和鬼鬼祟祟的交往，使得我母亲不得不怀疑于红红鬼迷心窍，并由此而担心她这最争气女儿，会不争气地给自己招来一个"短命鬼"女婿。

在这里，我还想补充一个，在当时叫我大跌眼镜的事实。

那个叫我丢尽脸面的细节事实，就是有一次，我竟然在孟思琦厂长的办公室里，看到了这个癞痢头半躺在沙发上搁手搁脚。仿佛他恢复了小舅子的地位，又好像就是在自己的家里一样随便自如，他面前有一杯热茶，还有烟灰缸。但是，柳国华手里的烟灰，可以在孟思琦厂长办公室里，闭着眼睛到处乱弹。

而且孟思琦厂长还向我热情地介绍："现在人家是堂堂的柳总了。"

"柳国华柳国华。"癞痢头讨好地对我说，"什么时候我做东，把小时候我们的朋友，都叫来聚一聚怎么样？"

这个癞痢头就这样搞发了。

只用了短短的几年时间，癞痢头就跟变戏法一样造出一个所谓的"国联华夏集团公司"。公司的地点，好像是在前街镇政府老院子里面。他盘下了整个院子，后面早先领导坐过的那幢大楼用作营销办公，把以前镇里的开水房、理发室之类的平房当作仓库。那些稍微有些落渣、裂隙、脱花、变形或爽黄等等，难以察觉劣质的"等外"餐具或茶具，就堆放在平房里面。仓库里有的甚至根本就不是高岭土做的瓷器。

但是，癞痢头柳国华不自量力，他把吓人的招牌挂在大院门口，好像整个足球场一样大的院子，都是他"华夏集团"的地盘。其实不然，其实是拿人家的屁股当做自己的脸皮。那里是"瓷雕查"的家资。查家的传人查云华，正忙于炙手可热的捡钱买卖无暇顾及。包括他爷爷查冠的那幢雕花木楼，据说都正在落实国家的政策——办理物归原主的手续。

但是无论怎么说，柳总柳国华毕竟还是发了。他的人也跟他的公司一样，一年比一年臃肿。臃肿到什么程度呢？满脸的肥肉把眼睛都挤成"一线天"风景，后颈窝里像猪槽头一样的赘肉一浪一浪。走路跟企鹅似的八字步分得很开，像是裤裆里长了个气鼓卵碍事一样。癞痢头狗改不了吃屎，他就这样一划一划也地挽着采茶戏团里的一个著名花旦，在大街上摆脸一样耀武扬威。

任怎么找，你现在都找不到他早先那种弱智样子。脑壳也比以前大了许多。为了掩盖头上生姜片一样的癞痢疤块，他头上就经常紧绷紧扎地戴那顶时髦的打高尔夫球的帽子。但是帽子，却没有办法遮盖他的两鬓和后脑勺上的丑陋，他只有积蓄长发。

世上确实没有发明出，让癞痢疤块生发的药物，这是没有办法的办法。

37. 涉毒

四姐于好好死了。

这个噩耗,对于任何人来说都来得有点突然。在我防不胜防的时刻,我背脊心里,猛然就感觉到有一把刀子狠狠插入。检讨自己,这实际上就是自私的结果——如果一无所知我可以开脱,我记得我母亲好像曾经跟我说过,但仿佛是别人的信息,我根本就没有把这么敏感的大事放在心上。

记得在我四姐临死的头天晚上,我感到特别寂寞和寒冷。这也许是源自于死亡征兆的一个感应。我一个人坐在家里的沙发上吸烟。我在胡思乱想。一会儿我想到了,久无音信的欧阳小根在南方的街上流浪,一会儿我思考着,与张琼结婚还需要添置怎样的家具。

那天深夜,大约在十一点多钟的时候,我母亲来了。在我母亲到来的时候,我仍然窝在沙发中吸烟。有一股风从大门口进入。我母亲没有进门,进门要脱鞋换鞋非常麻烦。她站在铁栅子保险门外,像是探监一样通知我说:你四姐送医院了。

我当时抖了一下,烟头险些掉进了沙发的缝隙。我知道于好好迟早会出事情,但我还是颤抖了一下。这是敏感或承受力的问题。脆弱的我,因此好半天才起身关了电视。

母亲催促说:"你赶快些,医院有没有床位还很难说,现在隔壁的查云华他们帮忙往医院送,你第一人民医院有没有熟人?"

我仍然没有作声。我走进卧室,伸手在保险柜里摸到一大沓草纸一样的钞票,但我没有拿出来。我抽出其中的一小部分,估计能应付入院押金等没有什么问题,就塞进口袋随母亲走出了弄堂。

母亲的头发全白了，满脸如用力搓过的纸张沟壑纵横，走路一晃一晃，六十出头的妇女从侧面看去，完全像个七老八十的乡下的外婆。

"我听说在车间里你有些专横？"母亲一边走一边问我。

我说："没有，现在是分厂厂长责任制，我要负担起大家的工资福利、原料的成本、水电费维修费开支，还要上缴总厂的固定资产和利润规费等等，花钱跟流水一样，因为当家人手头紧要求严，所以底下人就有些意见。"

"你别的什么我都放心。"母亲看看我说，"但是，遇事什么都要有个分寸，做公家的事情千万不要有私心，俗话说，走多了夜路总有碰到鬼的时候。按理说你都这么大了，又有文化，你知道该怎么做。"

母亲的声音在深夜里很亲切温和，听上去也十分的沉重。所以后来我一直没有开口，我脑瓜里尽是些乱七八糟的琐事。我高一脚低一脚地随母亲向第一人民医院赶去。

第二天凌晨我四姐姐就死了。尸体干瘦如柴，轻若泡沫。

"我们又不是没钱，病人凭什么不收？"

我赶到第一人民医院时，查云华正在走廊上跟医生吵架。查云华手里捏着一大把钞票。许多人都在围观。于红红躺在担架上脸色寡白，鼻涕汗水横流，嘴唇哆嗦。"给我……，求求你们……给我一点点……"她焦躁不安地挣扎。要不是有街坊邻居们杀猪一样将她按住，她强烈痛苦的反应，会使得她像鲶鱼一般翻滚到地上。但是我们一无所有，我们拿什么来给她？

"吸毒的人我们医院不收，你送到戒毒所去。"

当时，我们只知道涉毒是警察们要追究的丑事，剩下的知识就稀里糊涂。经医生们在大庭广众之下一顿汹汹喝喝，也觉得家里出现了这种事很丢人现眼，于是我们就像落荒而逃的伤兵，趁着夜色灰溜溜夹起尾巴，回到查云华的面包车上。

通过电话才问到一个公安局的熟人，知道在三百里之外，有一个省公安厅下属的戒毒中心。三百多里路在当时没有高速公路的情况下，相当于现在概念中的千里之遥。查云华的二手面包车，发动机响起来像是拖拉机的声音，手挡摇杆在运行中不停了发抖。但是，在夜半三更找不到其他更好的办法。大家"嘭咚嘭咚"地关好车门。车就像醉鬼一样，摇摇晃晃在坑坑洼洼的公路上跑到了天亮。

天亮的结果是，于红红的尸体轻若泡沫。

在那些日子里的几个晚上，我都没有踏实地睡过一个安稳的好觉。作为于家现场唯一的男人，我根本睡不踏实。朦朦胧胧，四姐姐干瘦的尸体，总是在脑海里不停地扭

动。她扭动的幅度,时时刻刻牵扯着我脑壳里的每一根神经。我脑袋里装满了玻璃渣子一样,始终有即将爆炸和正被切割的感觉。

市专案调查组,在这件事的第三天进驻前进瓷厂的成型分厂。

我最后一次进分厂厂长室的时候,是深秋的某一个中午。因为连续的失眠,我被通知上班的时候脑瓜里还迷迷糊糊。那年深秋,正好是全国上下到处设立举报箱的季节。销售科长家里被搜出两百套高档餐具和一个巨额存折,随后分管销售的总厂副厂长被检察院带走。前进瓷厂一时间人心惶惶,被说成一塌糊涂。而刚刚从市委党校结业的总厂厂长孟思琦,则主动引咎辞职,拍拍拍屁股去北京注册了一个艺术瓷展销公司。

孟思琦是一个冲浪的高手。

我父亲曾说过,"那个孟医生其实就是个流氓!"

那天太阳高照。午休时的大楼鸦雀无声。总厂的副书记约我到他办公室谈话。我一走进厂部接待室,就听到隔壁有倒茶和翻报纸的声音。"人是不错的。"分厂老支书记胡子的声音从板缝中渗透过来,"我先前只以为年轻人免不了有些毛病,比如走上层路线,骄傲专横和生活作风散漫……但我想生产上去了,利润没有下降,作为书记也就不必管得太多……都厂长责任制了……我万万想不到他在经济上,还有这么严重的问题……"

我汗似雨流,握钥匙的手在腰间禁不住发抖。

总厂副书记站在接待室门口,招招手让我出来,然后隔壁一伙人,就随我去了我的办公室翻箱倒柜。抽屉和门扇在哐当哐当作响,连抽屉间的隔层和文件柜上堆废报纸的地方都没有放过。在灰尘像雾气一样扬起来的时候,我看到了我那被撞翻了的座椅,我知道我在这里的日子终于走到了尽头。

当天下午,我被市里的专案组通知停职反省。

仿佛头皮上爬满了虱子一样,痒痒的,我瘫仰在那个新家的沙发上,揪扯着自己的头发。我不想吃饭也不想上床,黑暗中电灯也懒得去开,脑瓜木木的四肢乏力。我大伯于家驹在最西边的地区已转调政协,刚刚被选举为政协副主席的职务。这是当天晚上我挂电话过去,得到的最新信息。

他是我的养父——这么大的事情,再挨骂挨打,我都得跟他汇报和检讨。

"事情都到了这一步,我也没有办法。"

于家驹在那边似乎早已经清楚了我的遭遇。他说,你要是需要钱用,就把我前街的那套老房子卖了吧。但千万不要着急,我这边会给你通融一下,你坐在家里先等组织上的处理结果下来,以后的安排我们再慢慢来想办法——你放宽心就是,现在安排个事做,应该是没有什么问题的。

那套老房子的房契就在我手里,就是卖屁股我也肯定不会卖房。

等到第二天清晨醒来,我感到窗缝之外的阳光格外刺目。一件给张琼买的裘皮大衣不知什么时候已盖在了我的身上。母亲默默地守在我对面。

我鼻孔一热,泪盈眼眶。

楼房的窗帘紧闭,室内的光线有些暗淡。我屋里景象像是刚刚遭受了打劫,值钱的东西已基本被搬空。冰冷的大理石地面留有一个冰箱底座的印迹,有一大窝蟑螂,在那里贪吸着地上残剩的果汁。

母亲凑上来将大衣的衣角拉正,说:"知道就好,我也不怪你,怪只怪妈生的太多,没让你们过上好日子,当然也怨我,平时没有教你们怎么做人。"

她说:"好在你还年轻,你算一算你大概动用了公家多少现金,你把这栋房子抵了,把家里的东西卖掉,我再凑些钱让你还给厂里,我已经不抽烟了,喏,你看,你看我指头。"

她伸出几根粗糙的手指当空翻转了两下,然后,又缩回去摸内衣口袋。她掏啊掏啊,终于掏出一包皱巴巴,但是折叠整齐的票子。她说:"喏,都在这里,本来我是准备等你结婚拿给你的。"

我的心似刀割一样疼痛了一下。我痛苦地闭上眼睛。我的泪水,从眼眶哗哗地涌了出来——我这是第二次看到,她老人家掏出自己的全部家当。

在万不得已的时候,我去找了生意做得很好的铃子。

我确实不愿意在这种落魄的时候,去求助于铃子。因为还有相当一笔金额没有归还,母亲东奔西走,她在彻底绝望的时候,伤心地对我说:"也顾不上……什么脸面了,本来……我们就下贱,我这是在打自己的老脸,现在没有人可以救你,还是……去找找铃子吧,你现在……也只有这一条路了。"

我没有动身。我等母亲走后,就挂个电话给劳动人事局的张琼。劳动人事局那边说她出差去了,我又陷入了沉思。我当时动不动就陷入沉思。我于是就躺在床上,想张琼知道真相后的结果。

晚上,我赶到火车站商品街去找铃子的瓷器店,铃子正坐在木桌边算账。她慌忙把账本合上。她说:"哥啊,我正想找你说件事情你就来了。你来是有事还是来玩?"

我很难一下子就提借钱的事情,就问欧阳小根在广州那边的着落。

"我不知道。"玲子说,"我见他没钱,就答应跟他合伙一次,我不知道他辞了职,他那次赚了钱就不肯回来。"

"你不是每年，都帮他转交一些钱给他父亲吗？"

玲子说："是这么回事，钱也是别人转交给我的，我不清楚他现在在干什么。"

大约十点多钟的时候，我起身要走。我扭转头问铃子："你不是说要告诉我什么事情吗？"

铃子望着我，舔了舔她的嘴唇。沉默了大概几秒钟后她才说："哥啊，说了你不要在意，我在省城看见张琼。"

"张琼是在出差，看见她又怎么了？"

"张琼和一个戴眼镜的男人，从一辆出租车上下来，张琼在街上挽着那个人的胳膊。"

"你看错了。"

"没有，我跟他们走了一站路，开始我也不敢相信。"

我做出一种很坚强的样子，咬了咬牙根，然后说了声"知道了"就下了楼梯。铃子送我到门口，再次邀请我下次来玩。她站在店门口木偶一般，一动不动看着我慢慢消失。

秋天快结束了，弄堂中间有一棵泡桐树"窸窸窣窣"掉下一片片卷曲的阔叶，矮小的屋顶便一层衰败的焦黄。晚上起风，沙沙的声音像过蛇一样曲里拐弯地在弄子里行走，走走歇歇，无所着落。

老城南市区据说要进行旧城改造，沿河和龙缸弄都包括在红线之内。不知道要规划一些什么工程。拆迁的消息，促使许多的家庭的旁边，一夜之间会蹦出一间厨房或者厕间，楼顶像春天的蘑菇一样猛然就长高了一层。有一天，拿红排笔在墙上划"拆"字的城建人员走到哪里，几个孩子就跟到哪里。许多人都盼望把字写在自己的墙上，许多人也看到写字人走过门口时，理都不理。

后来这件拆迁的事情，就像是被遗弃的一个衬衫扣子，莫名其妙丢在河边丢下了半年。没有人再来龙缸弄过问，墙上的"拆"字被日晒雨淋逐渐淡化。期间，我一直没有会过张琼，也不知张琼回来与否。倒是铃子来过几次，并将我所欠的公款一笔还清。她给了我母亲，对我却只字不提。她坐在我家里陪我聊天下棋，以及说些小时候的事情。是总厂通知我的时候，我才知道了真相，我没多说什么，只道声"谢谢"，就将一纸借据给了铃子。

铃子笑笑收起了借据，然后继续和我下那盘没下完的象棋。

我说："我写字据的意思不是想拿你当外人，但我清楚你的钱也来之不易。"

她说："在你面前，我一直都没有把自己当作外人，这你清楚。"

棋子被我举在空中，像是思考的样子很久都没有放下。我实际上是感动，鼻孔有些酸酸的发痒——铃子真好,铃子真的是我唯一从小到大都没有任何戒备的朋友。

这一天,我忍不住又往市劳动人事局挂了电话。接电话的人正好就是张琼。我还能说什么呢？我想了想,就说:"你来一下。"

张琼说:"我现在没有时间。"

我说:"你抽空来一下。"

她说:"我听说了你的事情,我现在真的没有时间。"

我说:"你知道我的家境和收入,我的希望一直是我们今后的这个家里。所以你应该理解我。"

"可我没叫你去违法。"

"我一无所有这你知道,我的工资……"

"我知道,但你所做的一切都告诉了我吗？"她打断我说,"我们以后再谈吧,我现在手头还有事情。"

她搁了电话。我正在考虑着怎么把事情说清楚的时候,她将话筒搁了。我听到"咔嚓"一声,脑袋就像挨了一锤似的嗡嗡叫唤。

此后张琼便不再有音信,我也不可能去卑躬屈膝地给她电话。一切很正常地结束。冬天来了。我不是在这里诅咒——在冬天的某一天,我听到大街小巷都在盛传张琼的父亲,被省反贪局逮捕的消息。

38. 开发

　　因为在等候组织上的发落,我像一只乌龟一样,缩在龙缸弄沿河边的那个破屋子里面。每天的生活按部就班:去菜市场买菜——去铃子店里帮忙——午觉后看看文学书刊——晚餐后看电视或者写点东西。在旁的人眼里,这个阶段的我,像个清心寡欲的和尚,在龙缸弄的河边和我的母亲相依为命。

　　我那精明的三姐于红红已经结婚,她刚刚被提拔到临县做分管科教文卫的副县长。

　　之所以说到三姐,是因为旧城改造的消息,又开始死灰复燃。

　　据说瓷器市计划在瓷片河两岸,开辟一条宽敞的沿河马路,以及将龙缸弄改造成具有旅游价值的仿古街道。按道理,这幢已经物归原主的查氏家产,我们早就应该腾出这两间偏房搬出去另找门户。我不是没有房间,房间钥匙都在我身上,大伯在前街的那个带院子的平房一直空锁在那里。

　　但是,查云华劝我们谈好了拆迁盘子再走。"你们都住这里几十年了,按政策住户可以获得一定比例的安置赔偿。"另外,还有一个更重要的原因,就是我母亲想多住几天——龙缸弄河边居住了大半辈子,不到推墙揭瓦的时候,她依依不舍不愿意离开。

　　在那段时间,恰好本地艺术瓷市场的火候在猛然升温,"中国陶瓷工艺大师"查仁儒的作品正火爆走高。因为"瓷雕查"的基地就在我隔壁,这使我得以亲眼看见一段,历史上都非常罕见的疯狂情景。各大媒体和广告商像苍蝇一样,围着这块即将腐朽的老骨头嘤嘤嗡嗡;龙缸弄门庭若市车水马龙,艺术品收藏家及掮客进进出出;"蚊子"查云华忙于拿着老头子的瓷雕,飞来飞去到处吸血。

有一回我见查云华忙活,就开玩笑说:"嚯,钱挡都挡不住了啊。"

"就是,得抓紧,趁老头子还没有倒下。"

"这些抢购的人也不傻,这个时候,老头子的作品有很大的升值空间。"

"那是那是,跟我一起跑怎么样?"

查云华正待出门,在跟我照面的时候脚步都没有停下来的意思。他一头是汗地去应酬一个上门收藏的老板,出门前还吩咐女助理去清点正在搬出去的瓷雕锦盒。他小跑着出门,嘴里丢下一句随便敷衍我的一番好意。

其实我知道,年老力衰的老爷子"瓷雕查",根本创作不了这么多流水一样外销的作品。老爷子被菩萨一样供奉在楼上的卧室里面,家里配了个年轻的保姆,几乎是搀扶着伺候他左右。就当时的身体状态,查仁儒抖抖索索的手爪要想搞好一个雕塑,就相当于半天蹦出一个字的结巴,到主席台上作一回长篇大论的工作报告。但是实际上,在流通领域,这位艺术大师的作品及收藏证书,正在泛滥成灾。

这个时候旧城改造的计划,据说又有了变故。

前来勘探拆迁的人马,竟不是市政府的工作人员。我于某天的早餐之后,正出门去前街菜市场买菜的时候,看见窑场前有好几个年轻人拿皮尺在比画丈量,用红颜色在老墙上补划大大的"拆"字。他们像是某个企业的白领,操着满口的京腔,统一穿淡蓝色的工装,胸前佩戴"京瓷贸易"的徽标。

"要拆这个窑场吗?"我问。

年轻人停下来望着我:"不仅要拆这个窑场,沿河这几条弄堂都要拆掉。"

"拆掉干什么用呢?"

"开发成一个全国最大的陶瓷商城。"

我就奇怪了:"不是说旧城改造吗?怎么又改商业开发了?"

几位年轻人立即警觉起来,反问我:"你谁啊?你是政府的还是瓷厂的?"

我说我是前进瓷厂的干部,说完我就匆匆地提着菜篮去赶菜市场的早市。如果继续我有些心虚。干部不可能不知道市政规划的重大改变。当然我也没有说谎——因为态度端正、款额还清,以及本着"治病救人"的原则,我已经被总厂保下来免于追究刑事责任,应该还可以算是厂里的行政干部。

对于我的问题,内部的行政处分肯定是要的,但是像霜冻了一样迟迟听不见单位上一丁点动静。弄堂里的居民在唉声叹气。这时候,整个城市的国营瓷厂经济正在滑坡,成型分厂年底工资的发放,也在频频告急。我实际上已经被单位忘记了,或者说单

位已经无暇顾及我这些,已基本了结了的鸡毛小事。

铃子为此专门跟我谈过,劝我与她合作经商。

"或者你如果愿意,哥啊,我们就一起到外面去做大宗的瓷器生意。"她是认真的。有一次我俩单独在卡座里用餐,铃子像是有意连喝了两大杯葡萄酒,通红着脸颊,她甚至把这几年的家底都兜给我过目。

铃子也是我自小所爱,就像一个我可以随手摸她脑袋的小妹。脸型是那种瓜子脸型,下巴和嘴唇翘翘的带点性感,肩膀、胸脯和屁股都丰厚得像她母亲。如果不去涂脂抹粉,素面朝天的铃子实际上更楚楚动人。

跟我说话的时候,她眼睛里有些血丝和潮湿。

坐在对面,我伸手感慨地在她肩头上捏了两捏。那次不是我想欺负她,是我真心把她当作自己的妹妹。按理,铃子早该结婚生子有个家庭了,但是,孤苦伶仃一个人在生意场上打拼了这么多年,她都忘记了自己的年龄和性别。

我说,铃子你放心,哥会一直帮助你的,不要说我们从小到大在一起的情分,就凭你在我落难的时候……我凭什么都应该铁着心对你。

当时就把铃子的眼泪说得滴滴答答。

但铃子是个聪明的女人。

213

我不是不爱铃子。不过我清楚自己几斤几两,明摆的现状是,我既身无分文又一无所长。我知道如果一旦答应下来,我从今往后就成了一条吸附在铃子身上的蚂蟥,今生今世都没有了自己的着落。

牙齿和舌头都有相剪的时候。万一今后有什么龃龉,我很可能就会像寄生虫一样遭人嫌弃。到那时,只要在大腿上围绕着我不断轻轻拍打,我这条蚂蟥就会被挤压剥落出肉体,不仅再也吸不到鲜血,而且更有可能会掉在水泥地上干枯而死。

铃子很好很好,是一个求之不得的伴侣。但是,我得想一想这个属于一辈子的决定。货上货下,钱进钱出,我不太喜欢也不适宜经商。顺手的东西,其实我更想搞一个陶瓷创意成型公司,或者用小说的形式,把我们那条弄堂和河流保留下来。我一直朦朦胧胧暗地里怀有这样一个,雄心勃勃的具有创意性的宏伟计划。

我们这个地段的开发单位"京瓷贸易",就是"京城瓷业贸易集团有限公司"。

这是后来我才知道的。知道的时候,我已经对这个企业不是一般的反感。原因非常简单:他们在跟拆迁户商谈赔偿盘子的时候,竟委派几个像疤子一样的"罗汉"紧跟着示威。那些社会上的"罗汉",好像时刻准备着要打架一样,剃着光头,纹了手臂,瞪着眼睛,吆吆喝喝,丢丢甩甩,彰显出一副剑拔弩张的凶样。有一次他们那几个鸟人,竟然当我不在家的时候,指着我母亲大声责问:"都晓得这又不是你的房子,你这个死老妈头还赖在这里等什么等啊!"

于是我这个吃软不吃硬的人,更下定决心继续等候着结果。

可是等了才两天时间,我想不到大伯于家驹这时候打来电话。他不清楚这边拆迁的具体事情。他只是想告诉我,孟思琦已经到了瓷器市投资开发陶瓷商城,"如果你暂时还没有事做的话,孟老板答应安排你进他们集团,一起参与开发这个大型的项目。"

"那个孟医生其实就是个流氓!"我说。

"不要这样轻易盖棺定论,经商嘛……哪个不是为了自己的利益?你现在年纪也老大不小了,在这方面你也要看开一些,想破一些。"大伯于家驹说,"其实在京贸集团我也有些股份,我这里也马上就要退了。退下来之后我就回去,开发这个项目很有意义,孟思琦他已经准备请我去做这个项目的顾问。"

有这样一层关系,那几个前两天对我母亲凶神恶煞的鸟人,丢下的话,权当作放了个臭屁,我们家拆迁安置补偿费的问题就不存在问题。我的三姐那边也跟市拆迁办主任打了个招呼。但是,三姐于红红毕竟是县级干部,她处事细心,她知道我的脾气,就再三在我母亲面前嘱咐——你千万要保证不让飞飞去管那些闲事,弄子里的个别钉子户那是拿鸡蛋去碰石头,政府都支持的项目,是你一个平头百姓能逆转得了的吗?你千万千万!

于是我们家,成了当时最早的一个撤离龙缸弄的"模范"住户。

第二天一大早趁着天气晴好,我和我母亲招呼着一帮坏房佬窑里佬亲朋好友,像接新娘子一样,吆三喝四地拖来了一长溜板车。

但我总觉得少了一样东西,就问母亲:"我爷爷装糖装绿豆的那些老青花罐在哪里?"

很小的时候,爷爷时不时会从柜子里面,偷偷掏一块冰糖塞给我解馋。甜蜜的记忆让我对那几个青花罐感情至深,耿耿于怀。

母亲说:"很早的时候,就被查云华收了去,他说他给父亲装些糯米送去。"

"你听他?他当时给了你多少钱?"

"四个,二十五块钱一个,一共一百块钱。"

我看过罐子上的底款。我"嗷"叫一声:"天哪!我的妈呀,那都是明朝万历年间的古董啊!"

"丢了丢了,那个破瓷器篓子还要它干什么?"我看见母亲两手沉重拎着两个大篓子,跟在板车后面一晃一晃。

年迈的母亲周荣花，除了确实是不能拆除的板壁和业已淘汰的马桶之外，其他家里所有的破铜烂铁废桶旧布，都恨不能全部抱走。临别时还站在大门口发愣，你催她，她像个童养媳一样，禁不住抬起胳膊肘用衣袖子擦泪。

我母亲这才把手里的东西，依依不舍地给了边上收破烂的。她手里的那一对东西，是放在床铺底下装瓷器的竹篾篓子。在计划经济时代，国营瓷厂的工人年终分到的福利瓷器，多得当礼品到处送人。

瓷器市的龙缸弄，自从我搬离到完全铲平，开发商用了整整三个季度大半年的时间。那里还坚守着我的街坊和朋友。在漫长的半年时间内，近在咫尺的我却仅仅只返回过弄堂一次，而且那一次还属于万不得已。不是我不想回去，而是我不想面对。我确实不愿意面对的原因还不止一个。

我不好意思多说。

我唯一的那一次返回弄堂的原因，是没有办法，是朋友查云华的面子不可不给。那次真的不是我自己想去。是在一天早上，好朋友查云华在上海浦东给我打电话叫我去救急——他家里出了大事，再不去家里就要死人！

这个查云华我都不想再三说他了。

215

为了金钱他近乎疯狂，他的运作方式越来越令人发指。他不仅背着老爷子把"瓷雕查"陈旧的雕塑，像印钞票一样大量倒模子复制，并当作新创作的孤品，天女散花铺天盖地似的对外发货，而且还广泛组织绘画"枪手"，批量仿制所谓大师的陶瓷美术作品，拿钱买有高级职称的艺术家在《收藏证书》上签名，然后陈列在"大师名人坊"柜台里高价出售。

我最最不想说他的原因，是那位"中国工艺美术大师"查仁儒，最后被他儿子活活地气死。

当然，查仁儒的身体当时也已经差得不能再差。突出的颧骨和牙床绷紧了苍白的脸皮，人瘦成了干壳，说一个稍长的句子断断续续要分成好几个部分，两只手和一颗脑瓜只要静下来，就会像摇拨浪鼓一样晃荡不已。

那天早上，有一个蓄八字胡须的外地胖子，操着山西口音，跑到查仁儒的大门口公开砸"瓷雕查"的作品。

"咣当"一声。我到达的时候看到一地的冰冷的、尖锐的、釉光闪烁的、带有色彩的瓷片。像是天气要返潮一样，我甚至能感觉到脚板心的那道伤疤在隐隐刺痛。我至今都能体会到那块冰冷、硬实、锋利的东西，插进我脚板的钻心感受。

那一天像是新闻发布会一样，胖子召来了许多小报小台的记者，弄堂里有很多的市民也来围观"砸名人名作"的新闻。砸瓷器作品的现场，就在查家宅院的楼下，摄影记者闪光灯"唰唰"地虚张声势，采访话筒录下了惊爆的破碎声音。前所从未的热闹和炸响，把弄里的土狗都吓得"嗷嗷"乱叫，把墙根下的母鸡都惊得到处乱飞。

"查仁儒你出来，你这个骗子！"

操山西口音的胖子冲着楼上的窗户叫喊："我当初是花了三十八万买你这件作品，我现在拿还给你。"

胖子又"咣当"一声，把一个《钟馗驱鬼》的瓷雕摔碎在地上。

那是一尊用模子复制的瓷雕作品——《钟馗驱鬼》。尽管是大师旧作的翻版，但是钟馗依然是双目锐利，杀气逼人。这种在底款上按有"瓷雕查"真迹的东西，我在铃子商店的仓库里看到过一批。铃子告诉我，那是查仁儒唯一的经纪人查云华，放在她店里钓大鱼的所谓的大师"孤品杰作"。但在"雕"与"色"的细微之处，复制品明显地丧失了原件的精神与生动。

原因是——蓄八字胡须的胖子在其他藏友那里，已经看到了个几尊同样的"孤品"。

法院也送达了两张传票，以传唤这个中国工艺美术大师查仁儒一周后出庭。

查云华在电话焦急地叫我："你赶紧帮忙去看一看老头子的反应！"

我去的时候，查仁儒躺在床上还有一丝丝气息。卧室内的空调是开的，偏热的气温让我迅速扒下了自己的外衣。很显然，老爷子查仁儒已经听到了楼下的声音。他躺在床上握紧拳头在微微发抖，嘴唇皮也有些发黑，嘴角上残留着白沫。在鼻子前我们用手指头试试，尚能感觉到一点细若游丝的气息。

那就叫作苟延残喘：一代宗师"瓷雕查"危在旦夕。

保姆问我"怎么办怎么办"。我看到老爷子冲我抬一抬他软啦吧唧的右手，然后眼角流淌出两条浑浊的泪水。

39. 寻找表哥

在搬到前街那套平房里居住的那段时间里，我好像是度过了人生中一段比较充实和愉悦的时光。

因为我大伯留下的这套老房子，不仅宽敞亮堂，而且干爽静谧，最最适合一个整天沉浸于阅读写作中人的恬静生活。这原本就是瓷器镇上一个私塾先生留下的书香宅院。两进四室的平房带一个前院，在当时的城镇，有这样品味的民居也越来越少。平时把院门一关，窗门一开，院子里的花香就弥漫进书房。

加上在那段时期，往来的应酬降至零点，豆腐干块的散文在当地也写出了一点名气，有勤劳的母亲忙里忙外，我基本上就像个书呆子一样，打着做作家的旗号，承揽着日报副刊一个叫作《旧城碎片》的专栏，过着剥削母亲劳动力的甩手掌柜似的生活。

——我终于找到了一个我喜欢的事做！

但是，这都不是我所要表达的关键。

我所说的人生中比较充实和愉悦的时光，跟这种慵懒自私写一些短文的生活没有关系。因为很明显的事情，我不可能在当时的情况下，还能够心安理得地沉湎于需要良好心境的小说创作之中。一个是我准备不足。对待一个神圣的事业，在认知方面我还相当幼稚。无论是笔头底下的技术，还是民俗文化的领会，我一铺开稿纸，就发现在我道路的面前，耸立着无数座艰难险阻的高山。

另一个原因就是我人静下来了，心却总在其他事情上飘来飘去。

结果当然就是：写小说像当年张步秀想硬着头皮起草计划一样，"嗞啦"一声，又

"嗞啦"一声,一张又一张的格子稿纸被撕成了碎片。碎片被揉成团一把一把地丢进角落。两三天工夫,就把一个很大的废纸篓堆得跟装苞米花一样蓬蓬散散。于是,就像个落了魂的人一样,我在母亲疑惑的目光中推开院门,然后一步一步,去瓷器镇的一些老街上没有目标地瞎转。

从那以后,我再也没有去过那条叫做龙缸弄的弄堂,甚至包括在替查老爷子吊丧送终的时候,也包括最后在强制拆迁的时候。我就像于家男那样,在居民遭受侵害的时候,采取了缩头乌龟似的行径。但是,我不是没有听到那件拆迁的事故。即使是母亲不告诉我现场的真相,那个时候强拆龙缸弄的消息,也像我大姐投河的事件一样,在当地的当时,已经成了家喻户晓沸沸扬扬的新闻。

因为那一次强拆,拆出了人命。

政府在公告上说,陶瓷商城是一项市政重点工程。但是,曹小英等几户人家的拆迁费一直没有谈妥。曹家老老小小七口像动物保护巢穴一样,拼死坚守着一幢仅有四十几个平方米的破屋——赔偿的金额,买商品房的一间卫生间都买不下来。曹小英的父亲、我父亲十几年的棋友曹师傅在强拆过程中,在屋顶的椽子断裂后活活被摔死。

还记得我有一个在港口乡下的表哥吗?

我就是在这一次瞎转当中,想起了那位个子细长细长、眼睛长条形眯缝的表哥的。在下意识中我转到了新华书店,并在书柜上看到了一本新版的《瓷镇古考》,想都不想我就把它买下来,回家如饥似渴地一翻开,就正好翻到了那一首——当初在乡下石孔桥上找到的那段文字。那个编撰《瓷镇古考》的袁旺生,就是我那在地方志办工作的表哥。

"古考"上有很多,当初我们在港口村发现的文物。

这些文物的图片,我基本上都似曾相识。比如明代官道上的石碑、石板街上的独轮车迹、袁家祠堂里的砖雕、码头上固定货船的船桩,以及门匾牌坊、桥墩护栏、阁楼梁柱……还有大量的、平时不太注意的、散落在我们城镇的、正是我急需深入了解的——有关古代陶瓷的坯房窑屋、窑型炉坑、彩绘红店,以及商行、御窑厂、师主庙、陶成社、会馆等等概述性的文字照片。

表哥袁旺生,自从那一年考取名牌大学考古系以后,我们就很少联系。

他难得回家,难得回家是没有联系的原因之一。尽管在外婆和他哑巴母亲过世的时候,我们在港口村以披麻戴孝的方式见过两次。但是他读完本科后读硕士,读完硕士后又留校教书,教书也没有静下来的时间,马上又被抽调去跟着导师在西北挖了两年古墓,然后去了希腊、土耳其那些古里古怪的国家。具体到国外做什么事情,我们稀里

糊涂也懒得去打听。

考古这种行当的大部分工作，是想弄清楚地底下埋葬的旧事，跟我们没有半分钱关系。我们自己在地上面的事情，都名名堂堂顾不过来，如何有闲心去关心一个四海为家、追溯远古的高级知识分子的下落？我当然没有想到在二十多年之后，我会像寻找钥匙一样怀着急切的心情，想马上就见到一个与自己毫不相干的亲戚。

他当时已经在瓷器市地方志办公室做主任。

我说："我想马上就找到表哥。"

母亲周荣花还莫名其妙，说："找你个头啊，人家现在当官忙不过来，他哪有时间去理你？你自己闲得发愁想散散心，也不要去麻烦你这个表哥。"

"我真的是有急事找他。"

"他有什么好找的，在那个鬼部门又不能帮你什么忙！"母亲嘴里是这么说的，但还是到抽屉里到处去翻表哥的名片。

我母亲作为所谓的"姑姑"，比我们多见过表哥袁旺生两次。可是接见两次，两次都搞得她情绪糟糕——她对这个娘家里的外甥，深深地怀有恨铁不成钢的烦恼和怨气。这些琐碎的事情说来话长。一次是，这个外甥在当上主任以后来我们家看望"姑姑"。另一次是在这之前，报考地方志办主任职位的时候，曾来我们家想找我大伯于家驹探探路子。但是于家驹那时候早已经远走高飞，在我省最西边的一个城市担任政府副职。

显然是见面之后，母亲对我的表哥大失所望。母亲在那一次事后，还常常在家里一个人一边做家务，一边叽里咕噜地自言自语："我娘家里也不晓得是前世造了什么恶？把我生下来养不起卖到镇上，生下你舅舅最后又成了个拐子，现在好不容有个有出息的外甥，也跟发了神经一样！"

她说："简直就是神经病脑膜炎，我跟他做了半天的思想工作，研究生也读了，洋也留了，好好地丢下大城市名牌大学里的教授不做，鬼迷心窍，偏偏看中了我们这个穷山沟里的破烂镇上，硬是想回到我们这瘆病壳打堆的地方。"

她继续说："又不是来当市长市委书记，一个鬼都不愿去做的地方志干部，据说还是跟以前的会计文书一样整天的抄抄写写，他倒把这个位置当作宝贝，还是面向全国招人，连研究生都要公开面试。"

我母亲是我母亲，我跟她一个老人家说不清楚。一个只在新中国成立后扫盲班里混过几天夜校的人，你就是把嘴皮子说烂了，也没有办法把她的老脑筋扭转过来。我依旧找我的表哥。我找到表哥袁旺生的时候，是打通名片上的手机号码，于第二天晚上才好不容易在港口村见到他的。

港口村我曾经去过,离我们瓷器镇上不过是五六十里长的路程。

我原以为他一个地方志办的衙门官僚,打通电话后,当天见到他是没有问题的问题。我马上就可以去他办公室,或者直接就上他家登门拜访。要是真不方便,我请他去哪个酒店或者茶楼都行。他一个见多识广的高人,又是《瓷镇古考》的编撰人员,想必破除我创作道路上面临的艰难障碍,是分分钟的鸡毛蒜皮的事情。

但是在吃中饭的时候,拨通电话令我想不到的是,他不仅半天才接话和信号断断续续,而且在通话的时候,他那边有许多叽里呱啦的声音,像是在激烈地讨论一宗什么事情,严重干扰了我向表哥表达的意图。表哥只能对我说:"等我回市里好不好?我一个礼拜之后就返回市里……确实要一个星期……你要是真有急事,你就直接到港口来找我好了。"

那一回也是叫作"好事多磨"。

吃饭吃得越急促,咽喉部位就越会作哽。事实就说明了这个浅显的道理。我当时丢下饭碗,跑到汽车站去赶车,车站说"下午去那边的班车已经取消",原来每天两班的汽车现在改为每天清早七点一班;第二天赶早上车,因为正在发展古矿山景点的旅游,坑坑洼洼的山路正在修理,有时候正道不能走还要绕泥巴小路,所以前三十里路走走停停,班车就像老太婆的小脚一样花费了半天时间;后半段的行程又出现了麻烦,由于遇到了一辆货车陷进了泥坑侧翻堵路,等把援手的人请来,把货卸了,再把车身扳正,又再把货装上,吭哧吭哧忙乎了近四个小时才得以畅通。

到港口村已经是晚上七点多钟。光线已经是灰蒙蒙一片,陌生人不借助电光就寸步难行。

随便扒了两口饭后,由舅舅一拐一拐地带路。市地方志办公室主任袁旺生,这时正在村委会一个破办公室里开会,朦胧的电灯泡下坐着陶瓷文化研究所领导、旅游局的科长、当地的乡村干部、古矿遗址的管理员、摄协的摄影大师、地质勘探测绘员、地方志的写手,以及一些自愿参与"高岭土古矿文化研究"的有识之士。

"因为时间很紧,任务又繁多,调查一共分四个工作组,每个组的工作必须都紧凑规范地分三个步骤,第一……"

表哥吐字清晰滔滔不绝,说话一套一套。与早先的样子相比,他多了一副度数适中的近视眼镜,因为晒黑了许多,脸相就略显比实际年龄苍老一些,但是,他仍然像刚出校园门的学生一样,他的精力和激情都写在表情生动的脸上,以及他大幅度挥舞的手势当中。

在晚上将近十点半左右的时候,表哥才有空得以和我到河边老码头上坐下来交

220

流。这时他已经洗过澡换过衣服，衣服上的肥皂香味还不时钻进我的鼻孔。有点野风，但是风不是很大。我们背后是他家的院落和平房。他的家仿佛已经成了这帮人的工作据点，有一帮开会的城里人，在睡觉前坐在院子里喝茶聊天。

其中的一个"有识之士"，甚至我还非常熟悉，那个人是一个风韵犹存的六十多岁的老太太。她就是我母亲周荣花的闺蜜，曾经给毛主席研制过生活用瓷，做过陶瓷研究所副所长，以前出差回来总是买糖果给我，现在在什么地方跟人家合作办一个日用艺术瓷研制的作坊——这个人，我小时候叫她做"古梅阿姨"。

"我看你就干脆加进我们这个现场调研队伍，你到文字工作组去帮忙。"表哥说，"按计划只忙一个礼拜的时间，需要收集整理的东西又非常广泛，所以你可以帮忙负责一些古矿史料和民间传说，更主要的是，你在工作中还能够感受到陶瓷文化中原料的这一部分。"

我当然乐意。

但是我更加乐意的是，了解一些关于早先瓷器古镇里的街道和弄堂风俗与景观，譬如坯房窑场的结构布局、制瓷的手工艺流程、行帮及其规矩、"陶王庙"和"三窑九会"的来头——"总之，我是想写一些镇上弄头巷尾的场景和事情。"

袁旺生当时听后，"呵呵"直笑。

"你真行，你有做作家的雄心了！我真的想不到成年以后，我们两兄弟就成了这座城市里，两条轨道上并行的列车。"

他说这个话我莫名其妙，因为我不知道，他已经有了一个工程庞大的编撰《瓷器镇瓷志》的计划。目前在市领导的支持下，"高岭土古矿文化调研"的启动，正是这一计划的开头部分。这个人有条不紊，雄心勃勃。他说他在大学里教书的时候，就产生过年轻时候的冲动。他就是为了实现这个梦想，而毅然决然地放弃了国际大都市的生活，丢掉了教育家这个体面而轻松的饭碗。

"累一点苦一点不要紧，我们活着总得做一些事情对不对？我们就挑自己喜欢的事情去做！"

那一个晚上，我们在古老的河边交流了很久，久到半夜里听到猫头鹰的叫声，感觉到了屁股底下麻石板和河面阵阵微风的寒意。他的同事小解时出来跟我们提示过钟点，他的瘫子父亲打着手电筒朝河边晃荡过两回，我也试图在他换气的时候插进一些话题，但是他一二三四五，行云流水。你根本无法打断他思路清晰的连篇表述。他依然继续比画着手势，如同放开了闸门的库存，就像是一个无药可医的话痨。

"……盛世修志，鉴古知今。在我们这样一个世界上最早的工业城市，中外闻名的千年瓷都，国务院首批公布的历史文化名城，早就应该有一部集瓷业资料之大全的专业地情性巨著。"

　　尽管，他的那个《瓷器镇瓷志》的编撰计划，跟我们一般人没什么关系，但是我依然想将其拟定的提纲，不厌其烦地罗列如下。综述、瓷业原料、瓷器制作、瓷器装饰、瓷业经营、瓷器品种、瓷器贸易、瓷业厂矿、陶瓷科技、陶瓷教育、瓷业人物、瓷业文物、瓷业习俗……一共有十几个篇目，每篇里面又分若干个章，章下面又细化为若干节。内容分门别类、古今俱全、应有尽有。

　　实际上，那个晚上与其说是在交流，倒不如说是他在侃侃而谈。在月光下他如同一条夜狼，夜越深他越精力充沛，目光炯炯，真的是这个样子。虽然他只大我五到六岁，但是在那个夜晚，我就像个小学生一样，怀着崇敬的心情在仰视和聆听，并且逐渐感觉到血液的沸腾和精神的振奋。

　　活着，其实有很多有意义的事情等着我们去做。

　　我打心眼里认定，我的表哥生下来就是一个不可多得的伟人！

跟以前相比,孟思琦这个开发商也变得欢喜讲话了。

年过半百的他粗胖了许多。粗是指他脸上的皮肤含岁月的沧桑。记得当厂医的那个时候,他细皮嫩肉得就像个女人,如今他已完全脱胎换骨。首先是脸皮很粗,这不是骂他。鼓胀鼓胀的肥膘,撑得他毛孔夸张、横肉狰狞。其次是他具有了都市人的张狂,浑身上下一副地道的京城人的装扮。比如金色欧米伽手表、牛筋底老北京黑布鞋、亚麻质地的短袖T恤,以及手腕上圈一串沉香木佛珠。

他说话的常态是:一边捧着紫砂壶慢慢喝茶,一边用很快的语速,以强加于人的态势嘚吧嘚吧,连舌头都卷得溜溜的圆浑。不认识他的人,还真以为他的血脉源自于首都。他的手臂还总习惯大包大揽地一挥一挥,一见到人就叽里呱啦阐述起他将要开创的宏伟大业。他就像是一个海洋里起伏的鲸鱼,前进瓷厂的这条小鱼小虾已被他一口吞噬——他气势磅礴,他用指头在空中画一个大圈——"我立马要将这一片老城区夷为平地,再在上面立起一座世界上最大的国际陶瓷商城!"

窗外风和日丽。

在那个夏末秋初的贵宾接待室里,空调中的冷气呼呼地铺张弥漫。孟思琦董事长当着我们的面,指着富丽堂皇的沙盘,就是这么狂妄地跟我们吹嘘。说他吹嘘,是因为他的那个国际陶瓷商城的设想还停留在纸上。开发红线内的房子还没有拆完,他就可以这么着,跟我们无中生有地描绘出空中楼阁,人间仙境。

据我那个地方志办工作的表哥透露,原来的城建规划,是在瓷片河两岸开辟一条宽敞的沿河马路,以及以龙缸弄为中轴,将这一片旧城改造成具有陶瓷历史文化的旅游古街。

表哥袁旺生给我做过清晰地描述:"那是一片白墙飞檐的徽派明清建筑群落!石板路全面恢复,有价值的作坊窑屋修旧作旧,紧靠前街的红店一条古街保留下来,类似于查家宅院的老建筑都尊重原状,再把一些零散的祠堂、庙宇、衙门,以及古代的瓷器门市移植过来。这个建筑群落里面的店面、商品和民居生活,都尽量要求靠近民俗民风。到那个时候,老镇的面目,就是我们的子子孙孙都可以看到!"

但是现实的情况是,书呆子袁旺生和我们居民们空欢喜一场,摧枯拉朽的推翻与铲除,像扫荡一样在龙缸弄展开——原定在城市郊区开发的陶瓷商城,被孟思琦这个大老板运作到了旧城区一带。

那一天,孟思琦坐在贵宾接待室还这么说:"你们都是我孟某的熟人,你们前来加盟我们京贸集团的事业这就对了!我们要在这三百六十多亩的土地上干一番大事,我们的大事就是,以陶瓷商铺为主体,融购瓷、加工、包装、运输、展览、拍卖、金融、休闲等等为一体,建一个综合性的一站式的国际陶瓷商城。这里西临瓷片河码头,东接老前街商区,距火车站不过三公里路程,离长途客运站仅一桥之隔,水陆交通得天独厚……就是买下的店铺不做买卖,升值的空间也不可想象。"

那天上午,我们就坐在原前进瓷厂总厂的厂部大楼里面。在四楼走廊尽头最里面的那个原先作为厂部会议室的房间,居高临下,通过贵宾接待室的窗口,我们可以鸟瞰到老城区一片高地错落的青灰色的瓦顶,以及像癞痢头一样一块一块的被拆掉的废墟。孟思琦曾经在里面待了整整十八年。听他的口气,估计他现在返回来,又打算再待它个十八年,甚至今生今世。

那个贵宾接待室的正中间,是一个陶瓷商城的沙盘。

沙盘里的模型楼房、道路和景观都做得非常逼真,连甬道的电灯杆上,以及店铺中的窗户内都幽幽地闪烁着珍珠般的灯光。商城的占地面积很大,气势恢宏的商铺一排一排,但很少有开阔的广场和景观绿地。而道路两边设置的绿色林木和草皮,则明显是在做假,因为不过就是店铺与店铺之间的一条步行弄巷,细心的人只要粗略地算一算它的宽度,就会发现弄巷里只要有三辆大板车通过就会被堵得水泄不通,哪里还容得下绿化的面积。

我当然不属于坐在周边一圈沙发中的贵宾。我囊中羞涩,根本不具备买房置业的资格。我痴痴呆呆地混坐在接待室里面,仿佛就像明星里的一个滥竽充数或浑水摸鱼的"狗仔"。

然而，这一天我早上九点多钟就到了——我跟这些被"京贸集团"用请柬请来的人，怀有的自然不是一个目的。我头天就在铃子的店里看到了这份请柬。请柬上写着："恭请对陶瓷商城规划设计上的探讨"。约定的时间是上午十点。但是，我明显地精明不过商场上的狐狸。所以，当铃子、查云华、柳国华他们这些做瓷器生意的老板们鱼贯而入的时候，我被孟思琦敷衍了一通之后，便被顺水推舟地一同"请"进了贵宾接待室对待。

　　这天早上九点多刚刚一见面的时候，孟思琦误会了我上门的意图。

　　一见面，他激动得好像是遇到了帮凶，一把拉住我的手不停地摇晃。他说："我就知道你迟早会来找我，我一直就等你来找我，我这里正缺你这样的人手，你大伯也跟我电话里交流过多次，想你加盟和我们一起来做这件大事。你怎么拖到现在才来呢？你是不是有什么情况？"

　　但是，接下来的效果却不容乐观。

　　也就是在将近十点的时候，我才发现这个开发商孟思琦也变得特别喜欢讲话。他还没有等到我接嘴表态，就像一个广告机器人一样，便急不可耐地阐述他这个项目的规模、优势、档次、前景，以及"开天辟地的巨大的"意义。他原先上齿中间的缝隙竟然没了，我发现那缝隙中间补了个小齿。而补上去的东西挤在中间，比露一丝缝隙更加做作和难看。

　　说实话，我真的不是去送肉上砧的——我有自己的身份。

　　孟思琦是一个由政府招商引进来的老板，我胸前也像模像样地挂有一个政府发给的徽章。我有我自己的想法，我作为"地方志办"临时聘用的"民俗巡视"。我去拜访他的目的，只是为了在开发的同时，他能够把红线内的所有有价值的老屋和旧街，作为商城的景观保存下来。这种超前的文化层面上的设计提议，对他打造一座上档次的国际陶瓷商城，有百益而无一害。

　　据我摸底，在这个将要被铲平的区域内，至少是三个地方遗迹，必须当作不可复制的特色景观，就像保护眼睛一样留存在商城之中：一、查家八字门头的宅院和龙缸弄古代码头；二、清末遗存下来的，可作手工制瓷标本场所的坯房和窑场；三、前街清一色木质推板的明清红店一条街街铺。

　　但是，还没有等到我展开，我就被请到贵宾接待室里面，跟铃子、查云华、柳国华等客户尴尬地坐在一起。记得当时在我沙发的对面，有一架镀金的瑞士巨型落地座钟，指针告诉我们将接近午餐的时间。

　　然而陶瓷商城三维效果图的投影，依然闪烁在接待室的墙面。明明是"恭请"诸位来"探讨"，而京贸集团却没有空出一分钟用以给贵宾们发表建议或意见。孟董事长好不容易作完工作报告，漂亮的"京贸"女总经理就拿一截激光指示器闪亮登场。总经理像教授一样点击着画面，用播音员似的声音，挺胸微笑着就商城的工程进度、区域划分、环境部署、配套设施、价位政策、营销方式、售后的物业，以及辉煌的前景等等等等，逐段逐段地作深入浅出的动之以情的解说。

其间，我一直就想见缝插针。尤其是在她谈到区域的划分和环境的部署的时候，我就想把话题牵扯到我来的目的之上。可是那些所谓的"贵宾"们七嘴八舌密不透风，那些怀揣支票和金卡的作坊主和小瓷商们，关心咨询的只是商铺的面积结构、位置朝向、价位质量、付款方式、交付期限，以及商城能否实现的预期效应等等。

这次成功的"商讨"会，显然达到了开发商期望的效果———一个多小时下来，接待室里的声音变得有些嘈杂。仿佛大家看到了大把大把的金钱，这些客户们情绪都或多或少有些起伏波动。小老板们所提的问题，都是在一心一意地计算着购买的得失，或者进驻之后的种种疑虑。而我就像是一个十足的傻瓜，在这种氛围里竟试图丢出一个，在大家看来近似于荒蛮的话题。实际上我也非常清楚，我的这种懵懂的企图，就相当于想在国统区繁华的街头，公开散发来自于苏区的红色传单。

最后快到中午的时候，在女总经理从包里拿出一叠宣传材料和意向性协议的时候，在铃子和痢痢头他们一窝蜂地围上前，想抢定一个尚在图纸上的格子的时候，在孟思琦董事长笑哈哈说"不忙不忙，我们先吃过饭喝完酒再说"的时候，我英雄般地站了起来。

但是很显然的事情，我站立起来雄姿遭到狙击。

孟思琦就一句话："这种建议，你至少要让一个分管的副市长来跟我谈！"

"你知道那得要浪费我多大的地盘？"他说。在说这话的时候，他脸上的横肉鼓胀起来，鼓起来的肉坨像是一枚枚古代的钱币。他当时的那种形象，根本就不像是一个医科学院毕业出来的知识分子。

我们下楼。

那一次只有我和查云华，没有去接受他"京贸集团"在天鹅湖大酒店的盛情招待。

41. 梦西溪

有一天我出门,我是无所事事才出门的,出门绝对跟查云华无关。

那是在我大伯于家驹返回故里的第三天头上。在深秋季节的一个星期天上午,天突然一夜之间,因北风而变冷,甚至还有点牛毛细雨,西伯利亚寒潮这回是首次南下。风刮到我们江南小城虽说是强弩之末,但骤降的气温仍使我们缩手缩脚。就相当于那种"小资产阶级"的文艺情调,我那一天推门出去纯属没有目的地瞎蹿。

我当然没有想到,这次瞎蹿,会全面刷新我对查云华这头"蚊子"的根本认识。

"瓷雕查"被气死之后,我对"蚊子"一直心存芥蒂。

尽管,他一直就是我敬重的朋友,但是我都懒得去理他。就好比一个在天上穿梭,另一个在地下爬行一样,他住他的别墅楼院,我住我的平房老屋。偶尔,我也会在电视屏幕上看到他的身影,或者在地方报纸上读到他的消息,比方说去一个山区小学捐建一幢大楼、援助贫困学子读大学的资金,或者全程赞助一本古镇弄堂文图集的编撰出版。但是,我立马把电视机关了,或者把报纸丢到一边,他发家的痕迹我一清二楚,我以为这不过是一些暴发户,为安抚自己不堪回首的心灵,往自己脸上贴金的惯用伎俩。

那一天因为穿得较少,我独自缩在书房里感觉到寒意一阵一阵,面对着稿纸半天都没有一点下笔的冲动。小说的创作态势不容乐观。我母亲一大清早就去了南郊的一个叫做"名仕逸墅"小区去了,她去帮大伯于家驹收拾"京贸集团"给他准备的宅院。于是就"砰"一声带上大门,我加了一件当时还算是时髦的米黄色风衣,但是我一出洞就像健忘症患者一样不知所往。

"出去？"街面上迎头碰到了一个熟人。我点头回答："出去，有点事情。"

实际上我真实的意图，只是想出门吹一吹野风，放松放松我绷紧的心境。

以下，就是我那天所谓"有点事情"的全部经过。

我到西溪无意之中，闯进了查云华新创的创新企业。

当时是上午八点多九点的时候。四下里望了望，犹豫了好久后我去了瓷片河河边。我拉屎一样蹲在河边看水看了很久。久到碧波荡漾舒展开我皱巴巴的心结，我才沿着河岸下意识一直向北边的郊区走去。

阳光亮出来了，有一丝正在慢慢裂开的云缝洒下万道的金光。很好。大概是我已经老了，因为我感觉到了温暖。除了少年孤独的时候，我好久好久都没有这样，一个人像条野狗一样漫无目的地游荡过。河边上没有高大建筑的遮拦，阳光将我的躯体包裹，我竟能听得到皮肤上的寒意，在被"毕毕剥剥"的解冻。

本来我不想描述这一天的出门经过的。但是，越往北走越觉得熟悉，因为七八里路已经到达了郊野，老树、岩石、山冈和溪沟等等都一如过去。经过了一条简易的浮桥，就是茂密的西溪沟林场——这段堤岸的原生状态，是因为西溪林场的存在而基本上没有遭到什么破坏。记得少年的时候我在这里捉过蟋蟀、抠过河蟹和掏过麻雀。

除了有些挑起记忆的兴奋，这一天出门平淡无奇。

我当然不是为了描述这样一个平淡的日子，因为值得我述说的是——那天我碰到了一个熟人。他不是查云华。我惊讶地大叫了他一声"蟋蟀王"，一位老者蹲在菜地里艰难地扭转头来，他在一小块菜地里摘一把上面有露水的白菜。他一下子就认出我来，当时他欢喜得连手中的菜都丢了，爬起身两只手在裤子上擦了又擦，然后敏捷地闯过来，紧紧地抓住我的手臂。

"你是……啊？啊？"这个老人就是马博的爷爷——"蟋蟀王"。

在我十几岁的时候，他五十多岁将近六十的样子。但是现在，除了头发全部雪白、身体有些消瘦和脸皮基本打皱之外，他眼睛发亮，手上有劲，走起路来还咚咚咚作响，一般的人根本不会以为他早已经跨入了耄耋之年。他精神好得就像是一个刚刚退休的老人。事先我真的不知道能够碰到久违的熟人。就这一下，我终于找到了这一天待在外面的由头和意义。

胡子依然是山羊胡子。

问题是他硬要拖我去他住的地方。我随他沿着西溪沟走了两百米山路，上坡，右拐，然后下坡，来到一个好像原先是林场知青点的山沟平地。这里山清水秀，像是一个修理整齐的农家大院。

在这个竹木茂盛的山坳里,西溪水潺潺地从大院的正中间穿过,溪沟上架有三两个原木小桥,桥两端是鹅卵石铺就的甬道,甬道又勾连着两边对称的,用竹篾搭建老旧的平房。而所有的这一切都在前面的山门口,被一排齐胸高的篱笆拦住。山门口立了块巨石,巨石上写着"云华日用瓷艺术研究院"。

"蟋蟀王"马洪刚作为陶艺专家,就被安置在靠近山坡的一排木房子里面居住。

这个研究院,就是查云华现在唯一的陶瓷产业。

马洪刚介绍,"知青点撤销以后,我们三五个瓷业界老头老太太就住进了这里,我们先前是帮西溪林场义务看管森林,后来查仁儒的儿子把这里买了下来,打造打造,让我们以技术入股,在这里搞了这么一个产业。"

"研究什么东西?"

"喏,上面不是写了,日用瓷艺术化。其实就是边设计边生产,量不大,但是贵。"

在"蟋蟀王"居所的后面有个院子。进院子我才发现,在他那一排分配给专家的木房子后面,像是田埂一样都划有一块一块的小院子。一眼望去,这些院子里有的种养着一些野花野草,有的用铁丝圈着几只山鸡,有的挖半边鱼池养些水产,有的有两条土狗,或者一只圈养的狐狸。

"还养蟋蟀吗?"我问。

他眼睛一亮,说:"养啊,平时蟋蟀钵都放院子里,昨晚听到天气预报就都搬进去了,饭后天暖一些我们就拿几个出来过过瘾。明年你到我这里来玩蟋蟀就是。哎,你现在还养吗?"

我摇头,我说:"我养自己勉勉强强,但是,明年一定抓几只元帅来卖给你。"

我们哈哈大笑。

中午,我被他坚决地留在研究院用膳。我拗不过,也不忍心有违老人的心愿。那一餐我确实吃得津津有味。饭桌摆在小院子里头,头顶的树叶上还往下滴着水珠。饭桌上有土鸡、腊肉、干笋、木耳、河鱼,以及马洪刚上午摘来的白菜。竟然还有瓷片河边石头缝里抠出来的小蟹,以及西溪沟里浑身透明的米虾。小蟹油炸得香脆香脆,米虾则加几匹青菜叶子被食堂熬了一大钵鲜美的浓汤。

我不太会喝酒,但是在老人们面前,我美滋滋地喝了满满的三盅谷酒……

但这都不是我想说的关键。我这样东拉西扯地绕弯扯淡,都是想扯到一个既让我痛心排斥,又让我耿耿于怀的朋友。那天中午研究院的院长查云华来了,而且同餐共桌的还有古梅阿姨。

"古梅老师是院里的艺术总监,马洪刚先生是院里的手工艺总工,这里还有画面设计大师。这一位是色彩配料博士,最里面坐的那一位是镂雕和浮雕的世家传人……还有两位年轻的是创意工程师……"查云华介绍。

整个吃饭的过程实际上并不重要,我想说的最关键事情是:饭后查云华他主动邀请我出去散步——我以为他想跟我说话,但是他一直都不吭声。他不紧不慢地引着我上了西溪山的后山山腰。山坡上竟出现了一个陵园,有好多粽子形状的坟墓一丛一丛。

有一个雇工在清扫甬道上的落叶。

枯叶一堆一堆,再集中倒进洼地里焚烧。

查云华就说了一句:"这个山头我买下来了,我经常一个人上来散步,这里清净。"

山上真的很静,连山脚下的流水声都一清二楚。阳光照在坟山之上,光斑铜钱一样零零星星从树冠上漏在路上。有八哥和画眉在树林里叫唤,一条溪水从山脚下汩汩地流过。墓穴里躺着的人,大多都跟他查云华没有什么关系,但是查云华像个看坟山的人一样,在溜达和徜徉之间,这里拔一簇野草,那里堆一把黄土。

我正在纳闷他带我走进坟堆的意思,这时我在墓碑上看到了我熟悉的姓名。我慢慢走着,然后一个一个地挨着辨读——曹小英的父亲"曹开全之墓"、瓷器镇中学原校长"赵飞燕之墓"、镇上著名郎中"钱大统之墓"、原镇派出所民警"张步秀之墓"、原镇"革委会"副主任"马经堂之墓"、铃子的母亲"冯大妹之墓"、中国陶瓷艺术大师"查仁儒之墓"、我的恋人"查云珍之墓"……

之前除了自己逝去的亲人,我根本就不知道他们埋葬在哪里。多少年过去,有的人尸骨甚至已经糜烂,但我依然能够一一回想得出他们的音容笑貌。坟墓散发出潮湿的土腥气味,有矮小的野草在上面接受阳光。这时我的鼻孔一酸,泪水就莫名其妙地轰涌而出,滴滴答答。

这一天在坟山上,像一段木桩般,我站在那里好久好久。

我没有说话。

但泪水在说话。我想到很多很多,多得一个接一个。我从肺底里长长地叹出粗气。

"所以我就想下决心做些事情,做我自己一直就想做的事情。"查云华说。

下午三点钟一过就冷。山上林子间的太阳基本就丧失了热量,而且溪沟里有阴森森的风一股一股冒出。我微微打了个寒战,搭在手臂上的风衣又不得不重新穿到身上。

那一天查云华开车送我回到镇上。

车里轻飘着音乐。那一天我们都没有说什么废话。在车上,他随手丢给我一本印刷精致的册子——《日常花开》。册子用的是仿古粗黄的棉质纸印刷、线型装订、繁楷字体、竖条板式,一打开就散发出纸张木质的芳香。我不以为然——不过就是一本企业宣

传画册,无非肯下点本钱而已。

所以册子刚到我手中的时候,我就像走马观花的小孩翻连环画一样,扑噜扑噜将页面洗扑克牌一般一溜带过。但是突然,我停住了我的敷衍了事,因为其中的一页被指头卡住,一幅艺术瓷产品就光彩夺人地迷住了我的眼睛。

于是就像欣赏作品一样,我一页一页细看,一下子我就屏声静气,爱不释手。原来每一页的图片,与其说是他们生产出来的杯盘碗盏等日用瓷器,还不如说是一件件美轮美奂的手工艺作品。也就是说,一般传统的杯盘碗盏,不过是用以盛装粮食或液体的圆形器皿,但是"云华日用瓷艺术研究院"精工细作出来的日用陶瓷,是可以在碗边上蔓藤生花葡萄累累,盘子造型也能够一如鱼虾鸟兽的活动身姿,杯壶的把子似象鼻高悬或盘龙飞凤,盏子、碟子变成翩翩的蝴蝶、莺歌燕舞……

在《日常花开·序言》中查云华说:

生来我并非痴呆和冷血,也不是喜欢仿古和复制,更不愿伤害精神与艺术。在幼儿玩家家的时候我就有个梦想,梦想着有我"瓷雕查"父亲一样的巧手,使家里所有的器皿都萌芽开花、奔跑飞翔;让我们的生活都姹紫嫣红、充满生气;叫整个物质的世界精神复活、拥有灵动……

钱不是理想,寿只是时间,梦才是真理。

所以我誓言:给政府捐出所有有价值的遗产,给贫困送出一切多余的钱币,给自己安装一个翱翔的滑轮,给人类奉献力所能及花朵和生命。

我现在就努力,我一点一点努力,我正努力让我们的日常诗情画意!

231

真是说到我心底里去了!

从西溪返回的那个黄昏,家里依然是关门闭户,冷锅冷灶。

这就有些子反常——我厨房和卧室里都扫视了一遍。母亲没有回家,家就像空荡的太平间里一样缺乏了生气。

本来那一天,我像是换了一个人似的,从来都没有过的爽脱与清醒,如同刚刚沐浴了温泉。许多的往事和话语,像豆子一样挤满了脑瓜。以前,写作的计划搁在我心里搁了好久好久,有想法却一直都感觉到无从下笔。就这样拖着拖着,终于拖到了这一天从西溪回来,回家我就趴在房间的桌上——灵感,瞬间就像放礼花一样稀里哗啦。

但是就在这个时候,我隐隐约约听到母亲抽泣的声音。

声音源自后面一间摆亡灵牌位的房间,那里挂有我爷爷和父亲的遗像。我感觉到我们家又出了事情。果真,母亲就一个人坐在里面偷偷抹泪——因为那一天她在"名仕逸墅"看见 我们于家的顶梁柱于家驹,被纪检或者是检察院的同志带走。临走的时候,也像当年一样,大伯别墅的大门上被贴上了封条。

"别急⋯⋯也许像上一次一样,又是个误会呢。"我安慰母亲。

42. 瓷器

在我加紧码字的某个夜晚,我突然接到了铃子从厦门打来的长途电话。

铃子五天以前到广州去签订一个销售合同,一直是我临时性充当老板,在店里坐镇监督几个店员维持正常的营业。我没想到她短短的几天时间,就马不停蹄地从广州转道惠州,又从惠州赶到了厦门。

但是没有人知道,我这个时候创作的灵感,让我像尿床的幼时那样产生了如梦凌空、翩翩起飞的快意。我正好写到我最拿手的成型车间这一章节。畅通的叙述,竟一下子跟不上我轰涌而至的思潮。如果是有钱投资,我肯定会购进一整套全新的成型设备,招一批技艺精湛的工匠,自己做器型的设计人员,按自己的审美理想,做一个陶瓷创意成型方面的企业。在工序和管理上,我都有十分充足的经验和信心。

瓷土,不过是一堆任人拿捏的泥巴。它的好处就在于,只要你能够想象出来,它就会让你拿捏成一个理想的形状。犹如堆积木或者绘画,有梦想的人就会热爱赋予创造的材料。我一直纳闷:碗盘杯碟的圆形,几千年以来的缺乏新意是不是应该改变?瓷器镇怎么就不能突破单一的釉面白色,或者根本就不需要釉面?瓷器的生产为什么就不能突破器皿或瓷板,用瓷土烧造出世上需要的所有物质……

然而,我妹子铃子的声音让我戛然而止。

我丢开键盘,我生怕她一个女人在外面会碰上什么不测的事情。

"有什么吩咐?"

"有你个头啊!"铃子的声音急促而欢快,"我这么急你还有时间开玩笑。"

仿佛是抢占高地，她叫我赶紧到她火车站店里提一车"货"出来。"碰到了一笔大生意。"她说。你再到日用瓷艺术化研究院查云华那里，拿二十套样品。通过声音，我甚至都可以想象得到，由于营销的顺利，铃子在厦门那边两腮胭红，眉飞色舞。

　　她这是对我的信任和差遣。

　　那批"货"是雇请了一些外来美术家所画的山水瓷瓶——艺术瓷在市场上跑火的今天，许多在纸上泼墨的人，都一窝蜂地飞到我们这个城市，找到了瓷器这个升值的载体。

　　但是从来，我都没有正儿八经插手过铃子的任何一宗生意。钱货往来的事统统都不关我卵事，我理都懒得理。我说过我不喜欢经商，因为我在金钱和情意方面对她的一直亏欠，平时我在她店里帮忙，就类似于一个手摇鹅毛扇的师爷，或者女老板的助理，帮她张罗张罗文化文字及场面上应酬方面的杂事。经营销售没有一个男人也不行。

　　窗外黑咕隆咚。

　　已经是半夜了，一下子我都不知道怎么办才好。

　　"是铃子。"我放下话筒跟母亲说。

　　母亲周荣花在我们通话的时候，一直都站在我身边用围裙擦手。她眼睛观察着我的脸色。母亲自从铃子帮我还清公款后，对铃子的态度是一百八十度的转弯。甚至在心里，她都重新泛起了早先那种"拉郎配"的意图。但是她一直内疚，而且还因为铃子已经是一个老板，跟有钱的老板暗示那种意思，有点想吃软饭的卑微。

　　"一定是着急，叫你去你就应该去。"母亲周荣花说，"这么大的生意，你写作又当不得饭吃。"

　　后一句，才是推我出门的动力。

　　出门之后，我开始了我一个晚上乡巴佬上镇的尴尬处境。真的是井底的蛤蟆，我不知道我会出那么多洋相。

　　先是，我叫出租车赶到了火车站陶瓷市场，出租车司机"杀了我一猪"。本来打表计程只需要十二块钱车费，司机一眼就看出我不是"夜生活"的常客，说按规矩另收我夜班费十块。我把车费告诉给两个早已到位的女店员，把两个女店员笑得蒙住嘴巴，前拱后仰。

　　到火车站市场已经是半夜十二点多钟。但是那里的陶瓷市场根本就不像半夜的景象。灯火通明的市场里人来车往，钱进钱出。我吃惊不小，我闭门造车的生活，一直让我离市场很远很远。夜晚有钱捡，为什么睡觉就一定要放在夜晚？——这就是当时我吃惊后的自问。

市场里琳琅满目,各种各样的瓷器造型奇巧,釉面闪烁,色彩斑斓。采购的客商好像来自世界各地,语言,甚至肤色都千差万别形形色色。交易洽谈、小汽车喇叭、大货车上货……杂七杂八的声音交融鼎沸。这种陶瓷买卖空前繁荣的景观,让我这个身在其外的人目瞪口呆。

市场里有铃子的两间店面。所谓的仓库,不过是店面地下的一排早先的车库。

这时候我遭遇了第二个尴尬,比多付了出租车费还要尴尬。——我得让我叫来的那个货车司机回去。

因为在这之前,我事先在电话黄页簿上随便找到了一个货运号码,并联系好让其赶到火车站陶瓷市场。但是那两个店员,早就轻车熟路地雇好了一辆东风牌货车,在店门口等着我开门提货。这个东风牌货车及其车主,不仅是挂靠火车站正规货运公司的下属,而且还是铃子几年来瓷器货运的协议宾主。安全方面不说,运输费用就相差好大一截。

我拿五十块钱辞掉我叫的司机,那个年轻的司机冲过来要跟我打架。"你戏弄我啊,你半夜里吃饱了撑的,我睡着了从床上爬起来,你拿五十块钱打发叫花子啊!"他抓住我的胸襟嚎叫。

235

当众我陪着笑脸就像一个孙子,你说我尴尬不尴尬?

但是转眼莫名其妙,那个年轻的司机突然放开了我的前胸,像个逃犯一样跑回驾驶室,关上门一溜烟开车逃跑了。我一回头,我后面站着个脸上有一道疤痕的东风车司机——这个司机就是当年的"罗汉"郝国宝!

出第三个洋相是我幼稚地问了一句:"还有查云华那里的二十套样品怎么办?"铃子交代我以后,我一直着急的就是这个棘手的事情,我说,"都半夜了,人都睡了,研究院看样子早关门了。"

两个女店员就在一边窃窃地坏笑。

她们在笑我幼稚,要不是看我是老板的青梅竹马她们会嗤之以鼻。果真就像个学徒的人一样我一无所知。十五分钟的时间不到,查云华研究院里的销售经理,就被一个电话召到了我们面前,同时在黑暗中送到我们面前的,还有用锦盒包装好了的整整二十套样品。

当时女店员还按住我的手,不断地给我眨眼示意,让我不要当经理的面打开盒子验货,直接就叫我在货页上签单。事后面对我的纳闷,她们说:"查云华那里的货不用验的,信得过,老板一直都这样做的。"

在那天晚上,我就像个十足傻瓜一样,表面上是我在做主指挥,实际上我相当一个由人摆布的木偶,任两个女店员嬉笑着指使民工搬货上车,叫我清点数量并准备在出库单上签字。

所有装有艺术瓷瓶的锦盒,正在像码积木一样被有条不紊地搬上货车。一盒压着一盒。这些艺术品被商人们统称为"现货"。有人愿买,也有人愿卖——这就是交易。尽管我已经知道这些山水画瓷瓶里面,还掺杂了一些徒弟或大学生的作品。但是每个锦盒里面,都堂而皇之地配有一个措辞夸张,且来头不小的所谓《艺术作品收藏证书》。

等厚厚的帆布将货蒙上,再用绳索把帆布勒紧,时间已经过了下半夜一点半钟。我急着收工回去写作。我高兴地与郝国宝握握手,正拍拍手准备收工。这时候,铃子又电话叫我马上押车赶往厦门。

"还要不要活了铃子?"我说。

铃子的生意已经做疯了!

平时她做事也就是这个样子。这个疯狂的女人,一疯狂起来总让我觉得有些心疼。她不过是一个举目无亲的女流,做这么烦人的买卖,既没有人问寒问暖,更没人搭把手上前。而且问题还在于她干起活来跟拼命一样,事无巨细、日夜不分、远近通吃、废寝忘食、大包大揽、任劳任怨。她也许认为拼了老命一口一口就能够把整个世界给吞掉。

我一直知道,铃子做梦都在想在艺术瓷营销上面做大做强——她想做成一个营销王国。我曾问她:"最后想大到什么程度?"她哑口无言。我问她:"是想做成辛迪加?托拉斯?还是康采恩?"她说:"这个我他妈的不管,这些都是你们秀才管的事情,我简单的想法就想赶紧弄成一个艺术瓷营销集团。"

我甚至已经知道,在那个所谓的"国际陶瓷商城"里的中心街头,她早就预定了近半幢可以开得下一个公司的楼房。她固执得就像一头疯牛,缰绳怎么拉都拉不回头。那个晚上我着急了,我说我不想去什么厦门,我正在写我的东西呢。

"写什么鬼东西?我一车货到了就是三十万的纯利。"

哇!做生意像是捡钱。我哑口无言,人活着不可以只能是为钱,但是钱像流水一样已经流到了自己脚下,我们这时候总不能跳过去跟钱作对。就在我沉默的那一刻。好像是厦门那边等着瓷器救场,她又在电话里急切地催促说:"现在就发车过来,哥你押车过来,其他人我不放心。"

我知道痢痢头一直都想与铃子合作。但是铃子闻不得他帽子底下的气味,她撇撇嘴巴。

她在电话里又说:"这次你顺便来熟悉熟悉业务,熟悉了你就知道以后怎么做了。"

"铃子啊。"我说,"你是不是想培养我做业务员?"

铃子吼叫："哥啊，你怎么这么没有出息，你为什么不可以想到做我的老总？"

"你绑架我啊？"做买卖，我想都没有想过。

"谁绑架谁啊？我正准备按你的意思上马一个成型作坊。"她说，"我考虑过了，产销一条龙，我文化上差老大一截，我们这一生，一起把它做成一艘艺术瓷产销的航母行不行？"

"铃子……铃子……"我想，你怎么不早说啊。

"……别犹豫了哥啊，你说话啊，我不耽误你写作……你不愿意就不做，写烦你想做就做好不好？喂……哥啊！"

"好吧。我去，哥答应你这就去厦门！"我声音都有些沙哑。

就在那天押车去厦门的晚上，我跟久别重逢的疤子郝国宝一路兴奋地闲聊。

我说："你他妈的也不吭一声。你这个疤子！"

"我吭什么？你都是老板了，我一个开车的司机。"

我问："你什么时候开货车了？你跟谁打工啊？"

疤子郝国宝习惯性地掏出根香烟给我，被我挡了回去。他说："哦哦，我都忘了，你们书生是不抽烟的。我总记得你帮我就业的事情，你是个好人。"

我问他："你跟谁打工啊？"

他说这是我自己买的车子，都跑了三四年了。"年纪大了，老是瞎混也不是个办法，再说最后也混不下去了，就买辆大货车混混饭吃。"

"这一趟运费怎么算哪？"

"你不用操心。"郝国宝说，"运瓷器这早有规矩，按公里和重量结算，铃子知道的。"

"不好意思，我刚刚上岗。"

郝国宝说："但这一趟得便宜你们百分之五，因为我顺便带我老婆去厦门玩玩。他就在我们驾驶室后排，我这里先征得你货主的同意行不行？"

我觉得年纪大了，疤子像换了个人似的客客气气。

结果后面的局面让我更加吃惊。我探起身子扭过头，我看到曹小英躺在驾驶室后排。

然后，我就不说了。货车已经嘟嘟嘟嘟地发动，好闻的燃油废气正一股一股地袭进我鼻孔。司机故意按响了喇叭，像是出发前在跟这个子夜的古镇打一声招呼。曹小英躺在后排座上睡觉。那天晚上我只有跟母亲通个电话，临时在店里拿了毛巾、牙刷和茶杯，爬上哼哼呀呀的大货车，落座在副驾驶的位置上，披着漫天星光，满身跟油老鼠一样向一个陌生的地点出发。

也许这样更好——我想。

一下子我就成了老板。货车在摇摇晃晃,半醒半睡的朦胧中起起伏伏真的犹如我幼童时代的梦飞。也许我真的能在陶瓷成型上干出点大事,或者冷不丁还能够做个大作家。我的想法就这么简单。

郝国宝在车上,还告诉我一条关于"老扁"欧阳小根的信息,"老扁"现在被关在广东的一所监狱,年底就期满释放。因为倒卖国家文物,他被当地法院判了五年。欧阳小根进去以后,一直是铃子给他资助。

该说的话都说了,因为生怕冷场,路上郝国宝还拧开叽叽喳喳的收音机。于是我们在凌晨的时候,收听到了瓷器市人民广播电台的"晨曦新闻"。有两条时政新闻,当时就激活了我昏昏欲睡的神经。女播音员用字正腔圆的声音向听众播报:

——因收受巨额贿赂,生活腐化,经省纪律检查委员会审议并报省委批准,原瓷器市人民政府窦其恩市长被开除党籍;由省监察厅报请省政府批准,给予其行政开除处分;将其涉嫌犯罪问题及线索,移送司法机关依法处理。

另一条是,"经瓷器市第十四届人大常委会第十九次会议,通过并任命市地方志办公室主任袁旺生同志,为人民政府副市长。"

我差一点跳起来。我跟郝国宝说:"袁旺生就是我表哥,我本来还想找他帮我搞到地方志或者文化系统去的,怕他一个没有权利的科级干部为难,一直都不好开口。"

"现在好了,调你去是分分钟的事情,"

"现在我还要考虑考虑。"

"你发神经吧。"

我可能有点晕车,或者是瞌睡虫来了。我有一些迷迷糊糊。因为在那一年漫长的山水老路的行程中,由于大货车的绕弯和颠簸,由于正常作息规律的破坏,由于沿途的气温变化很大,由于我缺乏旅途的经验,由于曹小英也终于有了美满的结果,由于我心里憋着许多翻天覆去的憧憬,由于我又有了那长篇后面许多精彩的细节……所以,搞得难得坐一趟长途货车的我,一路上在风景秀美的武夷山区,在呼呼啦啦劲吹的东南风当中,像个喝醉了酒的人一样感觉到空气新鲜,晕晕乎乎。